BLOSSOM

* Meet me there *

Tome 1

Shanah Jis

Remerciements

Mes remerciements vont à trois personnes qui ont cru en moi et m'ont encouragé à me lancer dans cette aventure :

Chrystell, tu as pratiquement tenu le stylo avec moi du début à la fin sans me lâcher une seconde. Tu m'as poussé à me révéler.

Estelle, tu m'as encouragé à accepter ce don avec simplicité et fermeté.

Michaël, toi mon frère, tu m'as montré qu'il fallait arracher ses bénédictions en croyant en soi.

Appréciations

«L'histoire est captivante du début à la fin. J'ai enfin un chef-d'œuvre entre les mains qui retranscrit soigneusement le style de vie que je mène volontiers avec le Saint-Esprit. L'introspection est inévitable. Je pense que des femmes et des hommes de tout horizon, adeptes du christianisme ou non, sauront apprécier la fraîcheur surnaturelle qu'apporte le roman Blossom. L'auteure a su donner vie à ses écrits et les rendre accessibles. L'immersion est garantie. Elle a ce don pour vous réconcilier avec la lecture. Les battements de son cœur sont palpables au fil des pages. L'âme en ressort transformée.» - Lex Zamora

«C'est un très beau livre, les personnages sont attachants et on a envie de voir le déroulement des choses car on peut s'y identifier. On trouve un peu de nous en chacun des personnages. Quand on sait qui elle est, cela se reflète dans le livre. J'attends avec impatience le deuxième volume!»
- Chrystell Saint-Vil
Ayalon Ministry

Avant-propos

L'amour est la première chose que j'ai réclamé quand j'ai ouvert mon cœur à Dieu. Attention pas celui des hommes mais le Sien, je voulais que ce soit tangible et inspirant. Au fil du temps, Il s'est mis à me prouver qu'Il m'aimait à sa façon, il m'appartenait de le découvrir. Lors d'un temps de qualité ensemble Il m'a révélé que j'avais le droit de parler d'amour et d'être une inspiration pour que d'autres rêvent à leur tour, à la seule condition qu'Il soit mon premier associé. Des histoires où son amour est reflété de plusieurs façons.
Un peu d'amour dans ces temps si particuliers est toujours bienvenu, il suffit d'ouvrir son cœur et de se donner la permission d'aimer et de se laisser aimer.

Pour te guider dans la lecture, trois typographies différentes te permettrons de différencier le texte narratif, les monologues internes et *les dialogues avec Dieu.*

Dédicaces

Dédicace spéciale à Toi mon Père, chaque jour a une saveur particulière parce que Tu fais de moi Ta passion, chaque jour est un hymne à l'amour parce que Tu es amour. Tu me fais découvrir l'amour, le vrai et sans détour. Je n'oublierai jamais cette fameuse nuit en 2017 ou Tu m'as dit d'écrire. Aujourd'hui j'écris grâce à Ton amour et par Ta grâce.
Je t'aime Yahweh Ahava*.»

**Dieu d'amour* en hébreu

Prologue

« Punaise, encore un autre mariage et ce n'est toujours pas le mien. Marina a fini par réussir à monter sa boutique de lingerie féminine en ligne. J'ai écouté le single de Tim, il s'est enfin lancé. Je suis sûre que le pasteur Marco va organiser une soirée à l'église pour lui faire de la publicité. Oh, et puis Tania et Franco attendent un garçon pour Mai ! Ce n'est pas vrai, et moi dans tout ça ! Rien de spécial depuis que je suis revenue de Colombie. J'ai perdu deux CDI, j'ai servi à l'église pendant un an et demi car je voulais me sentir utile ; puis je suis entrée dans un organisme chrétien pour aller en mission dans des pays où il y avait besoin d'aide en tout genre. J'ai assisté à des conférences chrétiennes et ça fait maintenant six mois que je suis revenue de ce voyage missionnaire. Aujourd'hui je me retrouve fauchée comme pas deux, je ne trouve que des contrats de courte durée, celui-ci étant le troisième en cinq mois. Mais pourquoi je n'arrive pas à vivre de ma passion ? Aurais-je un jour du succès en tant qu'écrivain ? Si seulement je n'avais pas autant de doutes, je crois que j'aurais certainement déjà écrit un roman qui serait devenu un best-seller. Toutefois, j'avoue que j'ai encore peur de ce que l'on pourrait dire de moi. Je veux être libre, libre de l'avis des

gens. Mélanie a raison ! Je l'entends encore me dire : « Anna, à un moment donné, il va peut-être falloir que tu arrêtes de faire la dépressive et de te plaindre. Lève-toi en tant que femme et agis bon sang ! Tu es chiante, même si je t'aime. Au lieu de trop parler, prends la décision d'écrire et de terminer ce que tu as commencé. Tu agis comme si Dieu n'était pas avec toi. Il t'a menti alors quand il t'a dit qu'il avait mis la créativité dans tes mains !? Lève-toi et marche, sinon tais-toi et subis, vu que tu aimes ça ! »
Mon Dieu, de mes frères, je suis la seule qui n'avance pas, de mes amies celle qui stagne. Mais je ne sais pas, je ne comprends pas, je ne suis pas plus inspirée que ça et puis je ne sais pas si l'histoire que j'ai écrite plaira réellement. En tout cas, je sais à coup sûr que je veux voyager et aller un peu partout pour apprécier les merveilles du monde. Dieu a fait tellement de belles choses... Qui sait, peut-être que je rencontrerai un homme bien comme Dieu seul sait le faire. Le coup de foudre aurait lieu dans un aéroport en plein transit et une belle histoire commencerait. Hahaha je sais, je sais, j'aime bien rêver et je suis fleur bleue, on ne me changera pas ! Bon je peux le faire, il faut juste que je me décide et que je me mette dans une situation et un environnement propice. Je vais joindre l'utile à l'agréable, ainsi je pourrai finir mon histoire et ensuite passer à l'étape suivante. Je me lance alors. Environnement... environnement... J'ai trouvé ! Je sais ce que je vais faire. Mon contrat se termine le 5 juin et le 7 c'est mon anniversaire de baptême et je veux le fêter seule alors je pars ! Oui c'est ça, deux semaines toute seule loin de tout, dans un endroit où je pourrai écrire, me laisser aller, être moi-même et surtout être ouverte à de nouvelles opportunités parce que j'avoue que je suis un peu sauvage. Anna, sors de ta coquille ! »

Annabella monta sur son lit, prit son ordinateur portable et l'alluma. Elle pianota dans le vide comme pour chercher de l'inspiration. Elle s'adressa à Dieu à haute voix : *« Tu en penses quoi toi Seigneur ? Tu irais où ? Donne-moi la destination s'il te plaît ! Hum... Oh oui, dit-elle alors qu'une pensée soudaine s'installa dans son cœur. J'en reviens pas que tu me fasses penser à ce pays, de moi-même, je n'y aurais jamais pensé. Tu es toujours hors du commun. De toute façon si c'est vraiment ton idée, les choses se feront sans douleur. Il faut que je sois attentive, je refuse qu'il m'arrive des galères parce que j'aurais cru entendre où voir des signes là où il n'y en avait pas. Une expérience comme celle-ci plus jamais ! »* Annabella se souvenait d'un voyage qu'elle avait planifié et qui, selon elle, entrait dans la volonté de Dieu. Ce n'était pas faute d'avoir prié, d'avoir pris du temps avec Dieu pour écouter ce qu'il avait à dire à ce sujet. Elle avait eu des rêves et des signes, elle avait même vu des portes qui s'étaient ouvertes : un logement, une église qui recherchait la présence de Dieu, la possibilité de vivre sans quémander et le moyen de s'y installer.

Et oui, son cœur battait pour les Etats-Unis, particulièrement la Californie. Lors de son passage à l'immigration, son calvaire dura des heures pour finir par être rapatriée en Italie, son point de départ. Elle avait entendu ce que Dieu lui répétait sans cesse à ce moment là : « *Obéissance. Il y a bien un endroit où je t'attends et je te l'ai révélé mais ton cœur en a décidé autrement. L'obéissance et la soumission sont primordiales* », avait-elle entendu Dieu lui dire alors qu'elle se trouvait avec des agents de police.
Depuis son retour en France, elle se préparait, mettant de côté un maximum d'argent pour aller au Canada. La terre promise. Elle avait comme rêve d'y vivre depuis sa majorité.

Un de ses frères avait fini par y poser ses valises, il est maintenant devenu Canadien. Elle attendait le bon moment pour partir. Elle avait décidé d'apprendre à ne plus avoir peur du « qu'en dira-t-on », d'être authentique et de s'aimer. Après tout, seul Dieu tenait sa vie entre ses mains. La vie était faite pour être vécue mais avec Dieu comme partenaire et associé.

« *Ce sera toi et moi Seigneur, reprit-elle, en route pour l'aventure. Je suis d'accord avec cette destination. L'Islande c'est ça ?* Voyons voir ce que ce cher moteur de recherche a pour moi. Oh lala mais c'est beau tout ça ! Ici ils disent que la meilleure saison pour y aller c'est entre Juin et Septembre, mais que demande le peuple ! Les prix maintenant. Incroyable ce n'est pas cher, par contre j'opte pour une autre ville, la capitale, très peu pour moi. « Husavik », on peut observer les baleines, il y a des montagnes donc il est possible de faire de la randonnée. Le paysage est époustouflant et en Juin le soleil est toujours levé à minuit. Une ville de plus de 2000 habitants est parfaite pour moi. C'est parti, je choisis Husavik et je ne dirai rien à personne, même pas à moi-même, se dit-elle en riant. Que je réfléchisse, nous sommes encore en Janvier donc le mois prochain je m'occupe de réserver un logement, on sera encore en période creuse, je trouverai certainement de bons prix. »

Le téléphone sonna. « Allô, oui Mélanie.
- Tu as vite décroché, dis-donc, tu faisais quoi ?
- Je suis sur internet, je regarde des trucs.
- Quoi tes séries asiatiques encore ? Tu abuses et c'est quoi l'histoire cette fois ?
- Non pas du tout, je cherche des bons plans pour mon anniversaire. Mais bien entendu, une série est déjà prête à être visionnée et critiquée comme tu le sais, dit-elle en riant.

- Je ne sais pas quoi te dire, tu sais ce que j'en pense. Bon, je t'appelais parce qu'à mon travail on recherche quelqu'un pour quelques heures, de 16h30 à 19h30 et vu que je sais que tu as besoin de sous, je t'appelle. Tu es du matin dans ton temps partiel actuel non ?
- Oui de 7h à 14h.
- Bah voilà, comme ça tu as deux bonnes heures de pause et tu peux reprendre le travail de 16h30 à 19h30. La papeterie se trouve à côté de la maison, c'est bien non ? Sachant que tu habites à cinq stations de chez moi !
- Ouais c'est top, et ce serait pour commencer quand ?
- Lundi prochain, en fait tu vas faire les horaires du mari de ma patronne, il est en arrêt suite à l'accident qu'il a eu et ils m'ont demandé de trouver quelqu'un de fiable pour faire les fermetures. J'ai pensé à toi, tu vois que je pense à la famille ! continua fièrement Mélanie.
- C'est grave ça, dit Annabella en riant, il faut toujours que tu montres que tu es la meilleure !
- Je ne t'écoute pas du tout et je prends ça pour un oui. Alors quand tu finis le boulot demain, passe à mon travail pour voir ma patronne d'accord ?
- Je ne t'ai pas dit oui, c'était une remarque, répliqua Annabella comme pour résister.
- Allez à demain demoiselle, j'ai des responsabilités moi. Bisous !
- Eh mais tu crois que c'est normal ça ?
- Prépare-toi seulement à me dire merci ingrate. Salut !
- Mélanie !... Oh, elle a raccroché. Elle m'a eu, on ne la refait pas celle-là. Je sais qu'elle m'aime, ce n'est vraiment pas normal par contre d'aimer quelqu'un comme ça haha. »

Mélanie était une jeune maman de 28 ans qui élevait seule sa fille de 6 ans, Mélissa, avec force et courage. Annabella l'appelait « Interpol », elle avait toujours des infos sur tout type de choses. Les gens avaient tendance à lui raconter leur vie et elle aimait ça, elle était aussi psychologue à ses heures perdues.

« Bon, revenons à nos moutons, où en étions-nous déjà ? Oui, l'Islande ! Dans 15 jours, je prends mon billet pour Husavik, fin du mois prochain, l'hébergement, c'était ça n'est-ce-pas ? Ah lala, c'est bon d'avoir deux anniversaires dans l'année, du coup pour mon anniversaire de naissance le 21 avril, celui qui m'offrira ce qu'il aura à cœur sera le bienvenu, parce qu'il se trouve que pour mon anniversaire de baptême j'ai une destination époustouflante. J'ai tellement hâte ! Je vais chercher pleins d'infos sur cette fameuse ville, ce sera mon secret. Je suis si contente. Allez, un film et au lit, ça va être une superbe journée demain, j'espère que je plairai à sa patronne. »

Chapitre 1

« Hé ! Mais tu ne m'as toujours pas dit ce que tu voulais pour ton anniversaire. Ça y est, on est en avril, le 21 arrive vite tu sais !?
- Bah ne te prends pas la tête, je prends ce que tu me donneras.
- Ça te dirait un voyage ?
- Ah ? Comment ça Oscar ? »
Annabella s'étonna qu'Oscar, son frère aîné, lui pose cette question sachant qu'elle avait déjà prévu de partir cet été. Elle décida de ne pas montrer sa surprise étant donné qu'elle avait décidé de garder le secret à tout prix.

Annabella était la dernière d'une fratrie de quatre enfants de père Sud-Africain et de mère Italienne s'étant rencontrés sur les bancs de la fac en France. Ils décidèrent de s'y installer et d'y fonder leur famille. À la mort de leur père, Roberta leur mère choisit de rentrer en Italie pour rester avec Helena, sa sœur, de qui elle était le plus proche. Annabella était aussi « tata » de plusieurs neveux et nièces. Elle avait une relation toute particulière avec son frère Miguel, plus âgé d'an. Ils partageaient quasiment tout et ils n'hésitaient jamais à s'entraider. Quand venait le moment de son anniversaire ou de Noël, Miguel mettait toujours le prix pour sa petite sœur.

Du coup, cette proposition venant d'Oscar la surprenait.

« Franchement Oscar c'est comme tu veux tu sais, tu es sûr de vouloir m'offrir ça ?
- Bah je me dis qu'un weekend en Toscane ne te ferait pas de mal et puis ce n'est pas comme si on n'avait pas de famille là-bas. Tu sais que tante Agata n'arrête pas de demander de tes nouvelles ?
- Ah bon ? Et je peux savoir pourquoi ce soudain intérêt pour ma personne ? dit-elle étonnée. Ça fait très longtemps que je n'ai plus entendu parler de cette chère tante Agata.
- Je t'ai déjà dit qu'elle cherchait à ce que Miguel et toi vous lui pardonniez pour son comportement à la mort de papa. »

Cette chère tante Agata n'avait jamais été proche de son frère Miguel, ni d'elle. Elle a toujours plus apprécié Oscar et ce depuis leur enfance. Elle s'était montrée irrespectueuse en ne présentant pas ses condoléances à la famille à la mort de leur père pour une dispute qu'elle avait eu avec Roberta, leur mère, quelques jours avant. Malheureusement, son comportement en blessa plus d'un, dont Annabella.

« Donc ton plan est de m'envoyer en Toscane pour que nous fassions la paix toutes les deux ? demanda Annabella, choquée. Mais quel cadeau d'anniversaire ! Écoute, ce que je peux déjà faire, c'est d'avoir un premier contact avec elle par téléphone et ensuite au fur et à mesure de notre relation, je pourrais éventuellement aller la voir mais s'il te plaît, envoie-moi ailleurs.
- Bon d'accord. J'aurai essayé, tu sais très bien que j'aime les réconciliations. Du coup, je t'offrirai un nouveau portable, je sais que tu aimes la marque Samsung n'est-ce pas ? C'est bon pour toi ?

- Yes, tu sais que j'aime changer de portable et de tablette alors ça me va», dit-elle en sautant au cou de son frère.

Elle était venue rendre visite à son frère le temps d'un weekend ce qui lui permettait de passer du temps avec ses neveux et nièces. Deux de ses frères étaient mariés et avaient à eux deux 8 enfants, alors elle se sentait la «tata» la plus chanceuse du monde. À chaque fois qu'elle leur rendait visite, elle était toujours chargée de petits cadeaux. C'était «la meilleure tata du monde» selon les enfants.

«Sinon, quand est-ce que tu finis ton contrat? reprit Oscar.
- Je termine le 5 Juin.
- En fait… euh...
- Euh quoi? Qu'est-ce qui se passe?
- Oriane et moi aimerions que tu nous aides, nous voulons prendre du temps tous les deux et nous avons donc pensé à toi pour garder les enfants pendant notre absence.
- Ah bon? Il fallait me dire ça avant, maintenant je comprends l'histoire avec tante Agata, dit-elle sans surprise. N'empêche que c'est génial que vous partiez. Ce serait pour quand?
- Eh bien, on s'était dit qu'on allait attendre que ton contrat se termine et partir juste après. On a pensé à tout, pas d'inquiétude. Tu viendras ici à la maison, on te paiera puisque tu feras office de nounou. Trois cent euros c'est bon non? Tu dormiras dans notre chambre, tu auras l'argent des courses et quelqu'un viendra faire le ménage deux fois dans la semaine, le mercredi et le samedi pendant 2 heures. Tu vois comme on a pensé à tout! Alors tu en penses quoi?
- Ouah! Eh bien, tu as vraiment envie que je garde tes enfants dis donc, dit-elle en s'asseyant comme à son habitude sur le grand congélateur se trouvant dans la cuisine. Je ne peux pas te dire oui, il y a tellement de choses qui peuvent

se passer entre maintenant et le mois de juin. Tu sais que j'ai toujours espoir que Dieu m'ouvre les portes d'un travail stable. Si c'est à l'étranger, je pars. Mais pourquoi tu ne fais pas venir maman, qui se ferait un plaisir de les garder avec tout ce que tu as prévu ?
- Non, si elle vient, elle ramènera tante Odilia et qui dit tante Odilia dit Smart. Je ne veux pas de chien qui laisse ses traces dans la maison et qui est impossible à tenir surtout qu'il n'est pas petit.
- Mais quand même, il y aura quelqu'un qui viendra faire le ménage en plus de maman et de tante Odilia, qui est un as de la propreté.
- Non, nous on veut que ce soit toi. Mais prends ton temps pour t'organiser s'il te plaît, ce ne sont pas deux semaines qui vont te faire rater quoi que ce soit. Tu nous rendrais vraiment service s'il te plaît petite sœur », dit-il en faisant la moue.

Ils sortirent de la cuisine et allèrent s'asseoir dans le salon. Michelle, la petite dernière de 2 ans, vint s'asseoir sur les jambes de sa tante qui s'était assise par terre sur le tapis. « J'essaie de te dire que j'ai des projets après mon contrat, expliqua Annabella, qui tentait de se faire comprendre. C'est trop juste, par contre tu m'aurais dit juillet ou août, je l'aurais fait sans sourciller. Ça ne va vraiment pas être possible, c'est pour ça que maman est une très bonne option.
- Mais tu as tout le temps des choses à faire et très peu de temps pour ta famille, renchérit son frère. Je dis ça, je dis rien.
- Donc c'est parce que je ne peux pas garder mes neveux en Juin que ça fait de moi quelqu'un de mauvais ? Ça ne t'a pas traversé l'esprit que, peut-être, ta sœur a des projets, et que tu ferais mieux de lui demander ses disponibilités avant de bloquer des dates, non ? se défendit-elle. Et puis pourquoi obligatoirement juin et pourquoi est ce qu'il faudrait que ce

soit uniquement moi ?
- C'est vrai que j'aurais dû y penser, j'aurais dû d'abord te demander. Bon écoute, je voulais vraiment que ce soit toi, tu connais bien nos habitudes et on veut se retrouver tous les deux. En août on partira tous en famille mais bon, ce sera maman alors et tant pis si elle ramène tante Odilia. Les enfants ne sont pas très habitués à elle, même si maman est là, mais ils s'y feront. C'est Roberta qui va être contente. Mais une suggestion quand même, inclus nous un peu plus quand tu fais tes programmes ce serait vraiment cool pour la famille. Le weekend prochain tu vas chez Miguel ?
- Oui, tu sais que quand je vais chez l'un, je dois aller chez l'autre. Sinon des nouvelles de Manu ?
- Non pas ces temps-ci, tu sais comment il est, une fois tous les mois ou tous les deux mois tu entends parler de lui, il est toujours en train de conquérir le monde bien qu'il soit installé au Canada. Il viendra en juillet normalement, apparemment c'est du sérieux avec sa philippine.
- Diana ?
- Ouais !
- Oh mais c'est génial ça ! Je suis contente. On aura des blasians dans la famille. Ce sera l'ONU ! » dit-elle en faisant sauter Michelle de haut en bas.

Oriane, la femme d'Oscar, arriva avec la sœur jumelle de Michelle dans les bras. Elle donna la petite à Oscar. « Est-ce que tu peux terminer de l'habiller s'il te plaît ? lui demanda-t-elle. Allez Lucie, va chez papa. Je veux m'assurer que Karl et Lyly soient prêts, il faut qu'on parte dans 20 minutes si on veut être à l'heure.
- Où on va déjà ? demanda Annabella à sa belle-sœur.
- Au parc Kids et Compagnie. Tu te souviens c'est celui dont je t'ai parlé, le nouveau qui est entre Montsouris et Belle des

champs. Les enfants vont aimer et puis ils ont pensé aussi aux adultes là-bas. Je ne t'en dis pas plus, tu verras.
- Bah vite alors on y va, on va passer une belle journée ! » dit-elle en les pressant.

Vingt minutes plus tard, tout le monde était en route pour un moment inoubliable en famille. Voilà encore un weekend qui sera rempli de souvenirs. La semaine suivante Annabella irait rendre visite à son frère Miguel. Elle aimait faire la tournée des familles.

Quelques jours plus tard, Annabella put entrer en contact avec la propriétaire de la maison d'hôtes qui allait la recevoir à Husavik. Celle-ci lui confirma la réservation de son séjour et également que ce serait son fils qui viendrait la chercher à l'aéroport. Tout était bon, il ne restait plus qu'à faire preuve de patience, continuer à garder le secret et peut-être commencer à réfléchir à la suite de l'histoire qui était en cours d'écriture.

Une fois sortie du travail, elle se mit en route en direction de l'Isle-Adam pour aller chez son frère Miguel. Au moment où le train démarra, elle reçut un appel. Voyant que c'était Mélanie, elle enclencha le *bluetooth* pour discuter avec plus d'aisance. « Hé tu es où là ? demanda Mélanie.
- Je suis en route en direction du Val-d'Oise, pourquoi ?
- Ah oui c'est vrai, j'avais oublié que tu partais chez Miguel.
- Est-ce qu'il y a un souci ?
- J'ai un contretemps au travail et je ne pourrai pas aller chercher Melissa après son cours de piano. Mais ce n'est pas grave, je vais appeler le conservatoire vu que tu es déjà en route et je leur dirai que j'aurai 30 minutes de retard.
- Zut alors ! Tu aurais dû me le dire un peu plus tôt, je t'aurais

rendu ce service. Il y a toujours des trains pour l'Isle-Adam, j'en aurais pris un qui part un peu plus tard !
- Mais non ne t'embête pas, ils me l'ont déjà gardé une fois tu peux partir tranquille, je voulais juste savoir si tu étais disponible pour que tu ailles la chercher. Tu reviens quand sinon ?
- Dimanche soir, pourquoi ?
- Passe à la maison, ma mère nous a envoyé des trucs sympas, tu verras.
- Ça tombe bien parce que j'aimerais te dire un truc.
- Ah c'est à quel sujet ?
- Je te dirai ça dimanche, tu es trop pressée.
- Donne-moi un indice sinon je vais penser à tous les scénarios possibles, je ne vais pas dormir et je passerai un mauvais week-end à cause de toi.
- Je n'accepte pas la culpabilité que tu essaies de me jeter, tu attendras dimanche. Tu te rends compte du chantage émotionnel que tu me fais ?
- Et pourquoi devrais-je ne pas le faire ? Tu n'as même pas confiance en moi. Laisse tomber alors, la porte sera fermée pour toi quand tu sonneras.
- Tant pis. Je choisis de garder le silence, on se voit dimanche Mélanie.
- Anna tu es méchante, juste un peu quand même !
- Allez bisous ! Je prendrai une bouteille.
- Encore heureux, mais l'un n'empêche pas l'autre Anna... »
Annabella avait raccroché au nez de son amie. Elle la connaissait bien et savait que Mélanie était capable d'insister très longtemps pour obtenir ce qu'elle voulait. Elle éclata de rire en imaginant Mélanie surprise de son audace. « J'ai gagné cette fois-ci. Ce n'est juste pas possible d'être comme ça ! s'exclama Annabella. Elle n'aime pas le suspense, elle veut tout savoir. Elle va mariner un peu. Allez, c'est parti pour un autre week-end chez les Botha-Luiggi ! »

Annabella eu un week-end en famille comme elle les aimait. Musique, danse, nourriture, balade, soirée sympa à la maison. Miguel avait convié deux de ses bons vieux amis de lycée et leurs familles, ce fut un moment très agréable. Elle avait cette fâcheuse tendance à lui dire quasiment tout ce qui se passait dans sa vie, le fait qu'il y ait eu du monde l'aida à ne pas dévoiler son petit secret. Ils se comportaient parfois comme des jumeaux. Encore un challenge réussi !

De retour à Paris, Annabella arriva vers 19h30 chez Mélanie qui venait de mettre sa petite fille au lit. Comme d'habitude, elles attendirent un moment avant de pouvoir commencer à parler, le temps que la petite s'endorme profondément. Mélanie ferma la porte du salon et vint s'asseoir sur le canapé avec Annabella qui l'attendait. Elle lui dit d'entrée de jeu : « Comme tu l'as constaté, j'ai tout préparé pour ne pas que l'on perde de temps, on verra les trucs de ma mère après. Vas-y, dis-moi tout... Non attends, je sais, je sais ! Tu as rencontré un gars, c'est un milliardaire, et comme il n'a pas de temps à perdre il t'a demandé en mariage, tu as dit oui et vous partez vivre au Canada, lieu où le mariage sera célébré. »
Annabella la regarda, la bouche et les yeux grands ouverts. Elle était stupéfaite par l'imagination de son amie. « Donc, tu as passé ton week-end à demander à Dieu ce que j'allais te dire et tu en as conclu que j'allais me marier. Gloire à Dieu, mais ce n'est pas ça, apparemment il ne t'a rien dit. Tu veux tellement tout savoir !
- Tu me connais, tu sais que je n'aime pas quand on me fait attendre. Alors je me suis occupée avec plein de scénarios et c'est celui-là qui m'a plu. »
Elles éclatèrent de rire en même temps. Annabella était contente de voir que son amie lui voulait du bien, elle reprit la parole : « Je savais que ça se passerait comme ça. Tu es

incroyable ! Bon, en fait voilà, à la base, je ne voulais pas dire quoi que ce soit à qui que ce soit, mais il fallait au moins qu'une personne le sache. Pour mon anniversaire, en juin, je pars deux semaines sans compter le week-end ou j'arrive, tu auras compris que ça fait deux jours de plus. Je pars en amoureux, avec Jésus, à Husavik en Islande. J'ai déjà tout réservé, billets en poche. Vendredi, j'ai été en contact avec la propriétaire du logement, quelqu'un viendra me chercher à l'aéroport. Je vais aussi faire des excursions bien que mon autre objectif soit de terminer ce que j'ai commencé à écrire. Cette fois, je suis décidée à mettre sur papier ce que je fais, ensuite il faudra démarcher les éditeurs avec une ébauche et qui sait, la suite peut se révéler intéressante !

- Le fait que tu veuilles voyager ne m'étonne pas du tout, répondit Mélanie, tu aimes ça. Hum, attends voir, l'Islande hein !? Intéressant. Tu connais le coût de la vie là-bas ?

- Leur monnaie est plus faible que le dollar et l'euro, c'est avantageux, ça s'appelle « Couronne islandaise » je crois.

- On y parle quelle langue ?

- L'Islandais et l'anglais.

- Tu es prête financièrement ?

- Oui, surtout que le CDD de 4 mois que tu m'as filé me fait vraiment du bien, je suis parée à toute éventualité.

- Tu pars quand exactement ?

- Je finis mon contrat le 5 juin et je pars le 7, deux jours après.

- Ton appart' tu en feras quoi pendant ton absence ?

- Tu as le double des clés, loue-le si tu veux, on fera moitié-moitié.

- T'inquiètes, demain je vais mettre une annonce au travail et deux sur internet, on verra bien. Tes frères le savent ?

- Non, comme je te l'ai dit, je n'ai rien dit à personne, mais je savais que j'allais de toute façon te le dire en premier, je le leur dirai au moment opportun.

- Tu es sure que tu ne pars que deux semaines ?
- Oui puisque c'est moi qui te le dis, pourquoi ?
- J'ai du mal à y croire, il me semble que les jours ne sont pas exacts. Écoute, tout ce que je peux te dire c'est que pendant que tu parlais, j'ai vu une grande porte ouverte. Je te vois en train de me dire au revoir et tu as l'air très heureuse. Tu vas vers quelqu'un, je ne distingue pas qui cela peut être, mais tu ne regardes pas en arrière, c'est comme si... Bon, c'est quoi déjà le verset dont tu me parles à chaque fois ? Tu sais, le Psaume là !?
- Tu me conduis dans de verts pâturages, près d'un cours d'eau calme et paisible etc. Le Psaumes 23 quoi !
- Cette partie-là justement, eh bien tu vas le vivre. Je crois que... Non je ne vais pas mettre la charrue avant les bœufs. Tu vas tout simplement aimer.
- Ok, c'est l'objectif alors je ne suis pas inquiète. »

Annabella savait que son amie avait une très belle communion avec Dieu, Mélanie recevait beaucoup de messages et de visions de Sa part. Les deux amies étaient chrétiennes et croyaient fermement en Dieu, mettant un point d'honneur à écouter Sa voix et à obéir à Ses instructions, alors elles avaient l'habitude de s'échanger ce qu'elles recevaient venant de Lui.

« Quand le moment viendra, tu seras stressée je te connais.
- Oui certainement, mais sereine parce que tout est parfaitement programmé.
- Donc tu as l'intention de passer des moments de qualité avec Dieu ?
- Oui, c'est mon amoureux et Il mérite bien que je ne sois rien qu'avec Lui non !?
- Tu as raison, je te soutiens. L'amour t'attend là-bas.
- Je sais, je sais, qu'est-ce que je suis contente ! Bon parlons

d'autre chose. Qu'est-ce qu'elle nous a envoyé ta mère ?
- Regarde ! »

Mélanie lui montra un carton de 23 kg qui contenait des objets, des tissus et de la vaisselle. Dans un plus petit carton se trouvaient des bouteilles de liqueur faites par ses soins, ainsi que des douceurs. Mélanie continua disant : « C'est pas génial ça !? » À ce moment-là, quelqu'un sonna à la porte. « Ça doit être Amanda, dit Mélanie, elle arrive pile au bon moment. » Elle alla ouvrir la porte et Amanda, qui était la meilleure amie de Mélanie, entra en les saluant de la main. Elle s'assit en soupirant et dit : « Les filles, j'ai un truc à vous raconter, ce n'est pas que ce que vous faites n'est pas intéressant mais là, ce que j'ai à vous dire va vous bouleverser.
- Je suis assise là, enchaîne Mélanie, tu peux balancer la sauce.
- Moi aussi, ajouta Annabella. J'étais déjà prête à t'écouter avant que tu ne t'assoies.
- Bon alors voilà, j'irai droit au but... Mais que vois-je là ?! De la liqueur, des mangues, oh lala le set de verre, mais qu'est-ce qui se passe Mélanie, ne me dis pas que c'est encore ta mère qui nous fait du bien comme ça ? »
Amanda oublia tout à coup qu'elle avait une histoire à raconter. Ce qui se trouvait dans le carton avait l'air bien plus intéressant. « Tu as vu un peu ? répondit Mélanie, mais raconte-nous d'abord ce qui s'est passé, c'est plus important !
- Ça peut attendre, je veux voir ce qu'il y a dans la caverne d'Ali Baba. Quand je pense que je n'allais pas venir ! »
Mélanie et Annabella se mirent à rire en se regardant parce que tout d'un coup ce qu'Amanda avait à dire n'était plus si important que ça. Elles se mirent ensemble à déballer le grand carton et à se partager le contenu. Mélanie demanda à Amanda de raconter son histoire en même temps, celle-ci se mit à relater la dernière catastrophe faite par son responsable,

ce qui l'obligeait à refaire tout le travail qu'elle avait si bien fait concernant un nouveau projet...

*

« Ça y est, c'est le dernier jour et après-demain c'est le grand départ ! s'exclama Annabella en se préparant pour aller au travail. Heureusement que j'ai commencé à ranger mes affaires depuis deux jours, il ne me reste pas grand-chose à faire juste un bon coup de ménage quand je rentrerai à 15h tout à l'heure et voilà. Oh mais qui m'appelle si tôt ? C'est Miguel.
- Allo ?
- Ouais, ça va ?
- Oui et toi, tout va bien ?
- Oui t'inquiète. Dis-moi, tu crois que maman et tante Odilia accepteraient de venir à la maison ce week-end ?
- Bah oui, à condition que tu prennes tout le monde, tes neveux et nièces inclus.
- Oscar et sa femme s'en vont lundi prochain, donc je peux les prendre toutes les deux vendredi et je les ramènerai dimanche soir, comme ça je profite de leur présence et elles rentreront avant leur départ, pas mal non ?
- Décidément beaucoup de choses vont se passer ce vendredi. Mais pourquoi c'est moi que tu appelles pour discuter de ça ?
- Je voulais juste avoir ton avis c'est tout.
- C'est quoi l'histoire derrière tout ça ?
- Je veux juste passer un moment avec ma femme moi aussi.
- Loool et maintenant c'est à moi que tu demandes de négocier avec Oscar, en ta faveur, parce que maman et sa sœur n'auront aucun problème avec cette idée. C'est bien ça ?
- S'il te plaît, ce sera ta dernière bonne action avant de partir

en vacances, fais-le pour moi !?
- Tu te rends compte que je vais me mêler de ce qui ne me regarde pas, surtout qu'à la base c'était à moi qu'il avait eu recours ?
- Je sais, je sais, mais quand c'est toi, il est rare qu'on te dise non et si maman entend ça, elle va sûrement être d'accord et demandera elle-même à venir. L'obstacle c'est mon frère.
- Donc je suis quoi moi ?
- Allez quoi! S'il te plaît ?
- Ok, mais quand je serai au travail. Par contre, je préfère te dire clairement que tu prends maman, tante Odilia et les enfants, il n'y a que comme ça que ça marchera, même s'ils ne s'en vont que lundi prochain. Garde ton téléphone avec toi au cas où.
- Ok, je prends tout le monde, merci *sister*. Par contre autre chose, quand tu pars là-bas dans le pays des Vikings, n'oublie pas qu'en cas de besoin, tu m'appelles, je suis disponible 7 jours sur 7. N'hésite pas et je suis sérieux.
- Oui j'ai compris, j'ai compris. Bon allez bisous, il faut que je parte. »

De retour chez elle en milieu d'après-midi, Annabella eut la sensation d'avoir fait le parcours du combattant. Elle n'avait pas été très concentrée au travail parce qu'elle avait dû négocier en même temps avec Oscar, son frère, pour que sa mère et sa tante aillent chez Miguel le week-end. Oscar avait bien compris la stratégie de Miguel et il le lui avait fait savoir, bien qu'il ait fini par accepter. Juste après le travail, elle dû courir au centre commercial pour faire des achats de dernière minute. Elle doutait d'avoir la force de faire le grand ménage chez elle et terminer de ranger sa valise, de toute façon elle savait qu'elle n'avait pas le choix parce que Mélanie avait trouvé un client qui prendrait l'appart' pour 2 semaines.

Le lendemain, elle partit chez Mélanie, qui s'était donnée pour mission de voir si tout était en ordre tout en lui donnant quelques recommandations. Soudainement, Mélanie lui dit : « Écoute, ça fait maintenant des jours que je tiens ma langue et je tiens à signaler le fait que ça n'est pas de ma faute. L'Éternel m'a dit de te le dire qu'à ton départ. Vu qu'on y est et bien sache que je suis fière de toi parce que tu as pris la bonne décision. Et rends-moi fière là où tu vas s'il te plaît !
- Mais de quoi tu parles, je pars pour 2 semaines seulement et ça se transforme en tragédie grecque. Et puis si tu pouvais être plus clair ce serait pas mal, sauf si ça aussi ça doit rester un mystère que je vais devoir découvrir quand il l'aura décidé ?
- Pourquoi tu t'emballes ? Je n'ai pas terminé ! »
Annabella, frustrée, regarda Mélanie avec incompréhension et dit : « Vas-y je t'écoute, de toute façon je me suis faite à l'idée qu'il ne veut vraiment pas me parler ces jours-ci et puis je ne veux plus prendre à cœur ce qu'il raconte.
- Hé ! Arrête ça tout de suite ! Arrête d'être négative et de dire des bêtises. Va chercher ta guérison, ta restauration et tes bénédictions ! Cette fois-ci, il n'y aura pas d'échec parce que ce sera devant toi et surtout ne fais pas celle qui ne voit rien ou qui ne sait pas, parce que je viendrai moi-même te gifler pour te remettre les pendules à l'heure. Dieu te parle et tu le sais, mais à Sa façon. Pourquoi tu veux que ce soit seulement comme toi tu en as envie ? Il est tellement grand et créatif, qu'avec toi Il a décidé d'agir d'une autre façon et ça marche vu que tu vas là où Il te veut ! Il est temps que tu te poses les bonnes questions, tu sais qu'Il n'agit pas de la même façon tous les jours et ce avec tout le monde. N'oublie pas de m'appeler dès que tu arrives. Et dès que ça va commencer, en parlant de bénédictions, je veux être mise au courant sinon je t'en voudrais ! »

Après quelques minutes de silence qui parurent interminables à Mélanie, celle-ci lui dit doucement : « Je croyais que tout allait bien maintenant et qu'Il était redevenu l'amour de ta vie ?
- C'est juste qu'il y a certaines choses que je n'apprécie pas qu'Il fasse même si je L'aime.
- Il va falloir que tu les acceptes vite ces « choses » comme tu dis, Il n'a pas ton temps. Ce sont des caprices que tu Lui fais là. N'oublie pas de Lui dire merci quand tu seras heureuse !
- Je tâcherai de m'en souvenir. Bon, il est l'heure pour moi, il ne me manque rien, tout est bon pour nous ?
- Ouais.
- Bon ok, merci pour ton aide Mélanie.
- Mais de rien et sache que l'Éternel t'aime, même si tu t'es fâchée.
- Oui, incroyable mais vrai. Allez, je t'embrasse et je t'appelle demain dès que j'ai du temps.
- Tu veux dire dès que tu as enregistré tes bagages oui, tu crois que tu es seule dans la vie ?
- Ok c'est bon je t'appellerai à ce moment-là. Allez je file bisous.
- À demain madame ! lui dit Mélanie comme pour lui rappeler qu'elle n'avait pas intérêt à l'oublier.
- Oui à demain Mel, je n'oublierai pas ! »

Chapitre 2

Assise dans l'avion, Annabella regardait les autres passagers qui cherchaient leur siège et une place pour leur bagage à main. Tout à coup elle se rappela qu'elle avait oublié Mélanie. «Oh mon Dieu elle va me tuer. Vite, j'ai encore quelques minutes ! »

Elle sortit son portable et appela Mélanie qui décrocha au bout de la deuxième sonnerie. «Ne me dis pas que tu m'as oublié et que l'avion va décoller !?

- Je suis désolée, c'est de la faute de maman, elle a beaucoup parlé et du coup je t'ai oublié.

- Tu es dans l'avion là ?

- Oui. Punaise je vais déjà devoir raccrocher, ils ont fermé les portes.

- C'est malin, moi qui voulais te dire une dernière chose dans le calme. Tu ne me laisses pas le choix alors voilà, sache que tu ne reviens pas et que c'est un aller simple. Je sais que ce n'est pas facile à encaisser comme ça mais c'est ce que j'étais censée te dire hier soir mais comme tu étais fâchée, il m'a dit d'attendre aujourd'hui. Tu ne m'as pas appelé comme je t'avais demandé, je suis obligée de te donner ce noyau dur à manger. Bon voyage, bisous ! »

«Mais attends, de quoi parle Mélanie? Mais c'est une

mauvaise blague? Comment ça je ne reviens pas? Mais bien sûr que si! Je n'ai rien compris! Seigneur, ta fille!» Mélanie avait raccroché, l'hôtesse de l'air lui fit signe d'éteindre son portable parce qu'ils n'allaient pas tarder à décoller. Annabella préféra ne pas donner suite à ce que son amie venait de lui dire. Celle-ci avait tendance à exagérer, alors elle se mit à rire en pensant qu'il n'y avait plus d'espoir pour certains.

*

Assise dans la salle d'attente, en transit pour Husavik, Annabella appréciait l'odeur des vacances, casque sur les oreilles, les yeux fermés et adossée sur sa chaise confortablement. Elle s'était dit qu'elle entendrait suffisamment l'annonce pour le prochain départ mais elle s'endormit profondément.

« Madame, madame, c'est bien vous Annabella Luiggi ? lui dit Matthias en anglais, content d'avoir enfin réussi à la réveiller.
- Oh pardon je ne vous entendais pas, la musique est forte et le casque coupe le bruit extérieur. Qu'est-ce qui se passe ?
- Vous êtes bien Annabella Luiggi ?
- Oui et vous êtes ?
- Matthias Ellison, pas le temps pour les présentations, l'avion risque de partir sans vous. Ça va faire 5 minutes que le personnel d'embarquement vous appelle et vu qu'il ne reste que vous dans la salle d'attente, j'ai supposé que c'était vous.
- Oh mon Dieu, Annabella Ericka Botha Luiggi, ce n'est pas la première fois que tu me fais ça. Il s'en est fallu de peu,

se reprocha-t-elle.
- Donnez-moi votre sac à dos, je vais vous aider comme ça on ira plus vite.
- Je veux bien merci, il est un peu lourd. Quand je pense que j'étais assise pas trop loin de la porte d'embarquement, quelle honte ! Mais bon... Euh... merci monsieur, c'est vraiment Dieu qui vous a envoyé vers moi.
- Matthias, ça m'ira. Si nous passons d'abord la porte, on aura tout le temps de se jeter des fleurs après !?
- Oui, oui. Bien sûr. »

Ils arrivèrent devant les agents d'escales qui les regardèrent avec un air frustré mais en même temps soulagés que tout se termine bien. Ils passèrent, accompagnés d'une d'entre elles qui devait être la superviseure au vu de son attitude. Celle-ci les emmena jusqu'à la porte de l'avion, les laissant entre les mains des hôtesses de l'air qui les saluèrent avec un peu trop d'enthousiasme au goût d'Annabella. Elle voyait bien que les sourires et les regards très appuyés étaient pour l'homme qui l'accompagnait et certainement pas pour elle. « Les femmes sont tellement prévisibles, dit-elle en français tout en souriant. Au moins ma bêtise a été vite oubliée ! » Une hôtesse leur fit signe de la suivre pour les emmener à leur siège respectif et comme il fallait s'y attendre, ils étaient assis sur la même rangée. « Eh ben, ça alors ! Non mais je n'y crois pas, c'est le destin c'est sûr ! déclara Matthias. Permettez-moi de vous aider avec vos affaires. Regardez juste là, il y a de la place, dit-il en lui montrant du doigt la cabine pour bagage à main.
- Vous êtes génial, j'accepte ! dit-elle en se retournant vers celui qui se tenait derrière elle. »
Elle ne put se retenir quand elle le regarda avec plus d'attention. « Oh mon Dieu ! » dit-elle en français.

Annabella n'en croyait pas ses yeux, ce Matthias était d'une beauté à tomber par terre. Dans le *rush*, elle n'avait pas remarqué à quel point il était charmant. Du moins, à ses yeux. Il était grand, blond vénitien, des fossettes, les yeux couleur océan avec un peu de gris et aussi avec un soupçon de vert foncé. Il était plus grand que son frère Miguel, donc il devait mesurer à peu près 1m85 à vue d'œil. Il avait une carrure imposante, comme un viking digne de ce nom. Alors qu'elle continuait à le détailler la bouche ouverte, une voix la fit subitement sortir de sa bulle. « Tout va bien ?
- Oui, non... Matthias, c'est Matthias n'est-ce pas ?
- Vous avez l'air choquée, ne me dites pas que vous avez oublié quelque chose dans la salle d'embarquement parce que là c'est trop tard, les portes sont fermées !
- Non ce n'est pas ça, désolée, dit-elle ne sachant pas quoi dire.
- Alors laissez-moi vite vous aider et asseyons-nous, le décollage est imminent. »

Matthias rangea rapidement leurs affaires et ils s'assirent sur les sièges 2A et 2C. Il se tourna vers les voisins d'à côté et s'exprima dans une langue étrangère à Annabella. Alors arriva une petite fille blonde qui lui fit un bisou avant qu'il ne la porte pour la faire asseoir au milieu d'eux, sur le siège 2B. Annabella, qui sentait qu'elle était un peu trop curieuse, tourna la tête vers le hublot histoire de regarder ce qui se passait à l'extérieur.
Matthias, lui, avait remarqué le changement soudain d'Annabella. Il sentit une petite pointe de déception car il souhaitait présenter sa nièce de 9 ans à sa voisine. Et pourtant, il pensait qu'ils avaient eu une bonne connexion, mais peut-être qu'après tout, il avait mal perçu les choses. Il se sentait curieux et voulait la ramener parmi eux attendant qu'elle se tourne vers eux, mais celle-ci décida de prendre son casque,

posé autour de son cou et d'écouter de la musique, histoire de bien signaler que la conversation s'arrêtait là. Elle lui jeta un regard furtif en souriant comme pour le remercier encore de ce qu'il avait fait pour elle sans rien ajouter. Elle baissa un peu son siège, posa la tête sur un petit coussin transformable qu'elle avait accroché à son sac à dos et se mit à dire quelques mots inaudibles les yeux fermés. Tentant de lire sur ses lèvres, il reconnut le « Amen » ce qui voulait dire qu'elle était chrétienne. « À la bonne heure, elle doit être pratiquante, et les pratiquantes fanatiques sont compliquées. Je ne crois pas que l'on pourra échanger plus que cela. Et pourtant quand nos regards se sont croisés un peu plus tôt, j'ai cru voir une sorte de lumière, un truc, je ne sais pas, quelqu'un d'agréable, de jovial en plus d'être mignonne, je dois l'avouer. J'aimerais connaître ses origines avec un teint caramel comme ça, je suis curieux. Mais elle a fermé la porte alors je la laisse tranquille. C'est dommage ! » pensa-t-il.

Matthias se tourna vers son petit frère Ariel, âgé de 37 ans et papa de jumelle : Anabela et Axelia, 9 ans. Il avait poussé le jeune papa à prendre des vacances en famille pour les faire décrocher du travail, il était important qu'ils sortent de leurs routines. Celui-ci tenait un cabinet d'architecture avec son meilleur ami Toni. Quant à Matthias, à 40 ans, il tenait un cabinet de consulting dans les ressources énergétiques. Ingénieur de son état, il avait travaillé pendant dix ans à Toronto, au Canada, pour une grosse boîte. Il était l'heureux célibataire de la famille.

« Tu me pousses à connecter avec la gente féminine et quand je décide de faire le pas, les portes se ferment à double tour. Et en plus, dans ce cas de figure c'est encore une chrétienne,

dit-il à son frère tout en désignant Annabella.
- Je ne t'ai pas demandé de l'épouser, juste de connecter avec elle. N'oublie pas qu'elle ne te connaît pas, même si tu l'as aidée tout à l'heure, ça ne te donne pas tous les droits. Reste tel que tu es. Je te rappelle que nous aussi nous sommes des chrétiens, maman...
- Je ne suis pas pratiquant comme grand-mère ou maman. Trop de lois et de règles à respecter. Trop d'hypocrisie pour moi, je ne peux pas être moi-même. J'entends déjà grand-mère réciter le Notre Père, ça n'a pas de sens. Moi je crois en Dieu et j'aime croire qu'Il m'aime tel que je suis, sans toute cette pression.
- Nous sommes différents et certainement pas de la même génération. C'est le passé maintenant. Tu sais très bien à quel point Dieu est bon envers nous, laisse les parents en dehors de ta relation avec Dieu, mon frère. Il n'y a aucun doute sur le fait qu'Il nous aime tel que nous sommes, encore heureux ! Moi je suis intrigué, il y a un tas de choses qu'on ne sait pas à Son propos. Il y a encore des choses à découvrir, ça ne t'intéresse pas toi ?
- Ça y est, tu replonges !
- Quoi, avoue quand même que c'est extraordinaire ce qui m'est arrivé et ce n'est pas du fanatisme en plus tu étais présent. D'ailleurs, tu as eu toi aussi une expérience… »
C'est à ce moment-là qu'Annabella les interrompit dans un islandais très français en disant : « *Afsakio Mig** ». Axelia se mit à rire quand elle vit la surprise sur le visage de son oncle. Annabella contente de l'effet causé s'adressa à lui en anglais : « Votre fille est un bon professeur à ce que je vois. Elle parle très bien anglais, je suis impressionnée. Elle m'a appris ces mots en islandais. Mes félicitations aux parents ! »
Matthias éclata de rire devant tant d'éloges et lui répondit : « Merci beaucoup, mais je crois que tout ça revient à mon

**Excusez-moi* en islandais

frère Ariel, que voici d'ailleurs. » Elle se leva pour aller aux toilettes. « Oh vous vouliez aller aux toilettes !? s'exclama-t-il.
- Désolée, je ne savais pas comment interrompre votre conversation. »

Au passage, elle salua Ariel, un peu gênée. Elle remarqua qu'il s'exprimait parfaitement en anglais lui aussi. Elle s'excusa et alla aux toilettes. Elle attendit qu'une des toilettes se libère. C'est alors qu'une des portes s'ouvrit et à son grand étonnement, une petite fille blonde avec des yeux couleur océan sortit de là. Elle la regarda avec un air choquée : « Axelia comment as-tu fait pour être là !? Ce n'est pas possible.
- Je m'appelle Anabela avec un seul « N » et un seul « L » et Axelia est ma sœur jumelle. Je suis plus grande de quelques minutes. Si vous voulez nous différencier c'est simple, j'ai les cheveux plus longs qu'elle, le nez plus fin et nous n'avons pas les mêmes goûts. Ah et aussi, je suis la moins timide.
- D'accord, merci pour ces infos !
- De rien, on est peut-être de vraies jumelles mais on est différentes. Voilà, comme ça, plus d'erreurs.
- J'ai bien compris, enchantée jeune fille », dit Annabella amusée par le caractère bien trempé de la petite fille.
Celle-ci lui rendit son sourire et lui dit : « Il y a deux choses que j'aime chez vous. Un, nous avons le même prénom. Deux, j'aime beaucoup vos cheveux, je les trouve magnifique ! Est-ce que je peux les toucher s'il vous plaît ? »
Annabella s'accroupit. La petite fille passa la main dans les cheveux puis laissa échapper un soupir. « Ouah c'est bien ce que je pensais, c'est doux ! » Elle la remercia et partit rapidement vers son siège.

Une fois terminée, Annabella retourna s'asseoir. En arrivant, elle s'aperçut que les petites filles étaient assises ensemble à

côté de leur père. Les filles lui firent un grand coucou de la main depuis leur siège, elle leur répondit en faisant la même chose. Matthias se tourna vers elle. « Vous avez rencontré ma nièce Anabela, à ce qui paraît elle a eu le privilège de toucher vos cheveux, du coup vous lui plaisez. À toutes les deux d'ailleurs, dit-il en voyant sa sœur jumelle lui faire un signe. Par contre, il va falloir qu'on vous départage parce que vous avez le même prénom.
- Oh mais ce n'est pas grave, vous pouvez aussi m'appeler Ericka.
- Moi je prendrais ça vraiment pour un signe, ajouta Ariel.
- Et moi, renchérit la petite Anabela, je préfère qu'on l'appelle par son premier prénom, je trouve ça super qu'on ait le même prénom.
- De toute façon vous avez maintenant le choix, si c'est compliqué pour vous, vous pouvez m'appeler Ericka, ça ne me dérange pas. »

Quand elle pu se rassoir, Matthias en profita pour lui parler. « J'espère qu'elle n'a pas été déplacé avec vous. Très souvent il faut lui rappeler qu'elle n'a que 8 ans et demi. Oh pardon ! Sacrilège j'ai dit 8 ans et demi, je voulais dire 9 ans. Elles sont très à cheval sur leur âge.
- C'est très important à cet âge, vous avez bien fait de rectifier le tir, dit Annabella en riant.
- Je ne vous le fais pas dire. J'ai de la chance qu'elles ne m'aient pas entendu. »
Ils rirent ensemble de bon cœur pendant quelques instants et Matthias continua, heureux de constater qu'elle était ouverte à la discussion. « Dites-moi, pourquoi l'Islande, et pourquoi Husavik ? Il y a des endroits bien plus agréables, je veux dire qu'il y a d'autres destinations avec un temps plus beau que ça et avec plus de choses à visiter et à faire non ?

- Êtes-vous en train de me demander de vous raconter ma vie ? Si c'est le cas, on n'a pas assez de temps !
- J'aimerais bien que le temps s'arrête alors, dit-il en riant. Malheureusement, il ne reste qu'une heure alors si vous réussissez à faire court vous gagnerez mon respect !
- Alors je vais faire vraiment court. Prêts ?
- Très bien !
- Un : me détendre. Deux : me retrouver. Trois : passer du temps avec celui qui a redonné un sens à ma vie. Quatre : donner naissance à une belle histoire qui aura je ne sais combien de pages mais qui j'espère, sera une source d'inspiration pour plusieurs. Cinq : pourquoi l'Islande et pourquoi Husavik ? Non seulement le prix du billet n'était pas très cher mais c'est une destination qui m'a été suggérée, une destination de rêve. Il paraît qu'en cette période, il fait jour jusqu'à minuit, c'est vrai ?
- Je confirme.
- Ouah je veux vivre ça ! dit-elle en serrant les poings. Ah, il y a aussi l'aurore boréale mais ce n'est pas visible en cette saison... »

Pendant qu'elle parlait, il l'observait et il s'aperçut qu'elle avait un côté enfantin. Il aimait la passion qu'elle dégageait lorsqu'elle s'exprimait. Il se surprit à penser qu'il aimerait se rapprocher d'elle, mais il fit taire cette voix car il se souvint qu'elle avait mentionné quelqu'un ayant redonné un sens à sa vie.

« Voilà, voilà, dit-elle pour marquer la fin de son speech, je suis fière de moi là, dit-elle en s'applaudissant tout sourire.
- Ok je vous tire mon chapeau, vous m'avez dit l'essentiel.
- Et vous, lui demanda-t-elle, qu'allez-vous faire à Husavik ?
- Nous on est de la capitale. Mon frère et moi avons souhaité nous retrouver en famille et passer quelques jours à Husavik. Il ne se déplace jamais sans ses filles et vu que je suis un ton-

ton gâteau, je suis heureux de les avoir avec moi. La famille c'est important, nous sommes très soudés.
- Vous avez laissé les femmes derrière vous ? J'espère qu'elles aussi ont prévu de s'amuser pendant ces quelques jours !?
- J'aurais bien aimé que ce soit le cas, mais Ariel a perdu sa femme il y a 4 ans, elle était malade, insuffisance cardiaque. Moi je ne suis pas marié et nous n'avons pas de sœur. Par contre, on a une bonne dizaine de cousines. Ma mère a été la seule à avoir des garçons parmi ses sœurs.
- Désolée pour votre frère, j'ai parlé un peu trop vite, dit-elle gênée, la main sur la bouche.
- Ne vous inquiétez pas, vous ne pouviez pas savoir. Mais dites-moi, serait-ce un « Amen » que j'ai perçu lorsqu'on a décollé tout à l'heure ? Je dis ça parce que vous aviez une attitude de prière et je crois vous avoir vu le dire. Vous êtes chrétienne ?
- Je le suis, vous avez bien observé !
- Oh non, c'est juste que j'en suis un mais pas comme les autres. Et puis ma grand-mère était une fervente et sacrée religieuse.
- Comment ça, une sacrée religieuse ?
- Elle était du genre à réciter le « Notre Père » en toutes circonstances. Elle passait son temps à nous dire que Dieu allait nous punir si on pêchait. Du coup les punitions qu'on avait venaient de Dieu. Les séances de catéchisme étaient d'un ennui... Bref, je n'ai jamais compris ce Dieu là. En tout cas, je ne reproduirai pas la même chose avec les miens. Le fanatisme !? Très peu pour moi.
- D'accord, du coup cette mauvaise expérience vous a traumatisé. Comment vous considérez-vous ?
- Oh, je suis chrétien parce que je sais que Dieu existe et qu'il est bon, mais je ne serai jamais un fanatique, hypocrite. Je ne comprends pas les chrétiens d'aujourd'hui. Déjà que

ceux de la génération de ma grand-mère, c'était du grand n'importe quoi. Pourquoi tant de complications ? Pourquoi tant de colère envers ceux qui ne sont pas comme eux ? À quoi ça sert finalement si cela engendre de la haine ? Vous savez, je parle en connaissance de cause. J'ai des connaissances qui sont chrétiennes et elles sont bizarres. Malheureusement elles vivent sur la planète « j'ai oublié que je suis un être humain qui vit sur terre avec d'autres êtres humains. » À une époque, j'essayais de me trouver une petite amie dans le milieu jusqu'à il y a quelques années. J'y croyais vraiment. Je pensais qu'il serait bon pour moi d'y trouver une femme, ce qui est normal pour un chrétien. Mais les femmes sont toutes aussi difficiles. Il est vrai que je n'étais pas pratiquant à 100%, assistant à toutes les réunions et faisant parti de l'élite n'étant pas un leader, mais est-ce-que c'est sur la base de ces critères que ça fait de moi une personne pas assez proche de Dieu qui de ce fait pourrait détourner quelqu'un ? Autre chose ! Je me souviendrai toujours de ce dimanche-là ou un homme voulait entrer dans l'église et s'asseoir. Il était imbibé d'alcool, il sentait à des kilomètres à la ronde, mais il n'était pas violent. Je me rappelle qu'il y avait certains responsables à l'entrée. Ce jour-là, je suis arrivé un peu en retard alors j'ai pu assister à la scène. Ils ont chassé ce monsieur de toutes leurs forces. Il insistait pour rentrer et disait qu'il voulait s'asseoir dans l'église et il y avait droit, il était seul contre quatre ou cinq personnes. Il disait aussi qu'il ne voulait faire de mal à personne, qu'il voulait juste entrer à l'église et s'asseoir. Ils n'ont rien voulu entendre et ça, ça m'a mis en colère. Alors je suis allé voir l'un d'entre eux et je lui ai dit que ce n'était pas correct ce qu'ils faisaient, car ce monsieur n'était pas du tout agressif. Il sentait l'alcool et il était un peu sale certes mais il avait le droit d'entrer à l'église et de s'asseoir. Ils auraient pu le placer derrière sans déranger personne, je suis sûr qu'il serait resté assis et n'aurait pas causé de souci. Je vous assure qu'on m'a souvent regardé comme étant « celui qui n'était pas au bon endroit, celui qui n'est pas assez converti, envoyé par l'ennemi pour les détourner du droit chemin. » Tout ça c'est de la faute de Dieu, il a tout compliqué en nous laissant comme ça avec tous ces protocoles et toutes ces règles ! »

Annabella assistait à une scène incroyable. À quel moment la situation a-t-elle changé ? L'homme assis à côté d'elle exprimait une colère enfouie. Il avait juste reçu les mauvaises informations, il avait eu de mauvaises expériences. Dans son cœur, elle demanda à Dieu de lui dire quelque chose pour Matthias. Il lui fit ressentir beaucoup d'amour pour lui avant de lui susurrer : *« Il est frustré parce qu'il ne sait pas comment s'approcher plus de moi. C'est moi qui l'attire depuis toutes ces années vers les chrétiens pour arriver à ce moment-ci. Tu es différente, il le voit, alors il déverse sa frustration sur toi. Dis-lui juste que je l'aime et que je ne l'ai pas oublié. Je sais ce qu'il attend de moi. »*
Déjà qu'il trouvait les chrétiens bizarres, lui demander de faire ça était juste le summum. Ce serait le conforter dans cette idée. Mais après tout, ce n'était pas la première fois qu'elle agirait ainsi de la part de Dieu et puis qui sait ce qui arriverait par la suite. « Autant que je le lui dise alors » se dit-elle pour s'encourager.

Mais ce fut à ce même instant qu'une hôtesse de l'air annonça l'atterrissage imminent et donna les dernières instructions pendant que d'autres passaient dans le couloir pour vérifier que tout le monde respectait les consignes. Axelia revint s'asseoir immédiatement au milieu, elle boucla sa ceinture et, sans prévenir, prit la main d'Annabella et la serra très fort.

Celle-ci s'aperçut qu'elle faisait de même avec la main de son oncle. Elle comprit donc que c'était un moment pas très agréable pour la petite fille. Alors elle se mit à caresser sa petite main tout doucement pour la rassurer.

Après l'atterrissage, ils se retrouvèrent dans la zone de récupération de bagages, attendant leur arrivée. Annabella qui sentait qu'elle avait trop attendu pour parler à Matthias l'interpella pendant qu'il conversait avec une de ses nièces. « Excusez-moi de vous interpeller de la sorte, mais j'ai quelque chose à vous dire qui ne peut pas attendre. En plus, je ne sais pas si l'on se reverra alors autant que ce soit tout de suite. Mais avant j'ai besoin de m'assurer d'une chose, vous savez que Dieu n'est pas mort n'est-ce pas ?
- Bien sûr, il a été ressuscité le troisième jour, il est donc vivant, pourquoi ?
- Pendant que vous étiez en train de parler un peu plus tôt dans l'avion...
- À propos de ça, je suis désolé je ne voulais pas déverser mes frustrations sur vous de cette façon... »
Elle l'arrêta d'un geste de la main et reprit en disant : « Il y a pas de mal, j'ai juste vu quelqu'un qui exprimait avec passion une colère enfouie, il n'y a rien à pardonner là. Bon, je disais que pendant que vous vous exprimiez, j'ai demandé à Dieu de me dire quelque chose pour vous parce que j'ai cru comprendre que vous aviez besoin qu'Il s'adresse à vous, alors...
- Alors qu'est-ce qu'Il vous à dit ? dit-il d'un air étonné et amusé à la fois.
- Tout ce qu'Il m'a dit de vous dire c'est qu'Il vous aime Matthias, Il ne vous a pas oublié. Il sait ce que vous attendez de lui. Voilà !
- D'accord, merci ! Mais pourquoi Il me dit ça ?

- Pourquoi Ariel chercherait-il à rassurer ses filles en leur disant ces mots ? lui demanda-t-elle.
- C'est sans doute parce que c'est leur père et qu'il ferait tout pour elles car il les aime.
- Alors pourquoi ne pourrait-Il pas simplement dire à son fils Matthias, qu'Il a créé, qu'Il l'aime et qu'Il ne l'a pas oublié !?
- Euh je n'ai pas l'habitude d'entendre Dieu me le dire.
- Il le fait, c'est juste que vous n'y faites pas attention. Il est le créateur de tout ce qui se trouve sur la terre et sur la mer, aussi de toutes les générations qui ont existé avant nous, donc le fondateur de la vie. S'Il vous dit qu'Il vous aime, donnez-lui le bénéfice du doute au moins, non ?
- Je suis choqué et agréablement surpris à la fois, je ne sais pas trop quoi penser ?
- Et pourquoi ne pas voir les choses avec un autre regard, si Dieu vous dit qu'Il vous aime, c'est qu'Il vous aime tel que vous êtes pour le meilleur et pour le pire. Quelqu'un de bien plus supérieur à tout ce qui existe sur terre suit votre parcours depuis le début jusqu'à aujourd'hui et vous dit qu'il vous aime. C'est génial ça quand même non !? »

Avant qu'il n'eût le temps de répondre, le tapis se mit à tourner. Annabella se retourna et vit sa valise sortir en premier. Elle se précipita vers elle et la récupéra. Elle revint vers la famille Ellison et les salua en leur souhaitant un bon séjour. Matthias toujours sous le choc de ce qui venait de se passer, se rapprocha d'elle pour ne pas que les autres entendent ce qu'il allait dire. « Ne croyez pas que cette conversation s'arrête là, vous ne pouvez pas me balancer une chose pareille et espérer de moi que je me taise. Il y a beaucoup de choses qui se bousculent en moi et il faut qu'on parle. Vous êtes à quel hôtel ?
- Je vais plutôt dans une auberge, c'est plus naturel pour moi. »
Il lui tendit une carte de visite tout en lui disant : « Tenez,

s'il vous plaît, appelez-moi, on pourrait se retrouver quelque part et continuer à discuter. Vous avez piqué ma curiosité et je veux en savoir plus. Et puis c'est de votre faute !
- Parce que j'ai été obéissante ? Je ne suis que le messager vous savez.
- C'est justement parce que vous êtes le messager que je suis sûr que vous avez beaucoup de choses à dire. Alors s'il vous plaît, appelez-moi !
- Je ne peux rien vous promettre, mais ayez la foi, qui sait ? Par contre je dois y aller, quelqu'un m'attend. Au revoir Matthias, n'hésitez pas à parler à Dieu. Il n'attend que ça !
- Celui que vous venez retrouver a de la chance. Au revoir Annabella. »

Elle se dirigea rapidement vers la sortie, soucieuse de ne pas trouver son chauffeur. C'est alors qu'elle aperçut une pancarte portant l'inscription « Miss Botha Luiggi ». Un jeune homme tenait la pancarte dans ses mains en cherchant du regard qui pouvait bien être la fameuse Miss Botha Luiggi. Elle s'approcha de lui et se présenta. Très aimablement, il se présenta à son tour, confirmant qu'il était Mikael le fils de la propriétaire de l'auberge. C'était un beau jeune homme, aux yeux bleus, cheveux mi-longs et une carrure athlétique, à vue d'œil, il faisait 1m75. Il devait être encore dans la vingtaine. Il prit sa valise et lui emboîta le pas jusqu'à la voiture. En même temps, il se mit à lui raconter l'histoire de sa famille car il voulait qu'Annabella comprenne pourquoi un jeune homme tel que lui avait décidé de travailler avec sa mère au lieu de partir à la conquête du monde. Sur la voiture était dessiné le logo de l'entreprise familiale qui ressemblait à l'auberge qu'elle avait vu sur leur site internet. Mikael lui parla du logo et de leur site avec fierté, ayant remarqué qu'elle avait observé la voiture. Il se vantait du fait qu'il était un vrai autodidacte et qu'il n'avait pas eu besoin d'aller à l'école pour créer tout ça. Il était l'homme à tout faire de la maison et du quartier en plus d'être guide des mers. Il lui donna le planning du séjour durant le trajet et lui assura qu'elle pouvait lui faire confiance. Elle avait juste besoin de faire ce pour quoi elle était venue, se ressourcer.

Annabella ne put en placer une, Mikael était bien plus excité qu'elle et occupé à jouer le guide touristique. Entre-temps, elle essaya d'être très attentive, histoire de capter s'il y avait une tentative de fraude ou pas. Mais elle fut submergée par une vague de paix qui lui fit pousser un soupir qui brisa le mur de crainte qui avait tenté de se construire autour de son cœur. Elle ne savait pas où elle mettait les pieds alors elle préférait être prudente. Puis elle se mit à regarder partout où il pointait du doigt, les montagnes étaient recouvertes d'un vert qui ravivait l'espoir dans son fort intérieur. Ils passèrent par un des endroits préférés du jeune homme, il voulait qu'elle apprécie ce beau spectacle, ils s'arrêtèrent donc sur un point de vue. Celui-ci l'invita à sortir de la voiture pour voir de quoi il parlait. Annabella descendit et s'approcha. Elle regarda l'océan au loin et son immensité. Les oiseaux volaient en harmonie dans une chorégraphie parfaite. Elle ouvrit ses bras comme pour se laisser envahir par cette atmosphère pure et ne faire qu'un avec la nature. À cet instant, elle inspira profondément et laissa échapper en anglais : « *Holy Spirit I want to be aware of your love. Come, increase your presence everywhere I go. Let's love each other, your Kingdom Come, your will be done in this land as it is in heaven.** »
Instantanément, elle se mit à rire et à pleurer en même temps, tournant sur elle-même plusieurs fois avant de se mettre à danser au rythme d'un son qui venait de son cœur, dans une chorégraphie que seul Dieu comprenait. Juste après avoir en-

**Saint-Esprit je veux être consciente de ton amour. Viens, augmente ta présence partout où je vais. Aimons-nous, que ton règne vienne, ta volonté soit faite sur cette terre comme au ciel,* en anglais

chaîné quelques mouvements, elle se mit à pousser un son qui sortait directement de ses entrailles. C'était comme celui d'une trompette annonçant quelque chose. Il fallait que ça sorte. Puis, elle se mit à danser avec des bases de classique tout en chantant « For your glory », une chanson de Tasha Cobbs. Puis elle s'arrêta brutalement, se souvenant qu'elle n'était pas seule. Elle ouvrit d'abord les yeux pour voir où elle se trouvait exactement, a priori toujours sur le point de vue, par contre plus du tout au même endroit. Elle avait quitté le milieu pour se retrouver complètement sur la droite, encore quelques pas et elle se retrouverait sur la route. Elle baissa ensuite les bras et tourna légèrement la tête sur la gauche pour voir si elle apercevait Mikael et surtout voir la tête qu'il faisait. *« Oh Seigneur ! Je comprendrais qu'il me prenne pour une demeurée. Si j'étais lui, je serais sûrement parti, pensa-t-elle. »* Elle jeta un rapide coup d'oeil puis se décida à réellement affronter ce qui l'attendait et se retourna complètement en retenant son souffle et lâcha avec surprise : « Oh eh bien il n'est pas parti ! Et punaise il n'est pas tout seul, qu'est-ce que je dois faire ou dire ? Tu sais vraiment t'afficher Anna, et là c'est en beauté ! »

Et oui, entre-temps une autre voiture s'était arrêtée sur ce même point de vue. Ariel, les jumelles et Matthias ainsi que le chauffeur avaient assisté au spectacle. Mikael et la famille Ellison se mirent à applaudir en scandant son prénom : « Anna ! Anna ! Anna !... »
Les petites filles coururent vers elle et se mirent à tournoyer sur elles-mêmes en lui disant : « Tu nous apprends ? Dis, tu veux bien nous apprendre ?! C'était trop bien. Mais pourquoi tu t'es arrêté ? Allez réponds-nous s'il te plaît Anna ! »
Au même moment, leur père les interpella en islandais en haussant le ton. Immédiatement, elles repartirent vers lui,

déçues de ne pas pouvoir rester avec celle qui était devenue leur centre d'attention.

Mikael, qui s'était adossé à la voiture, vint vers elle en tapant des mains comme pour l'encourager. « Il ne fallait pas vous arrêter, c'était magnifique. Vous n'êtes pas là que pour écrire, vous êtes aussi danseuse et chanteuse. Ça me plaît tout ça, vraiment ! Au fait, connaissez-vous cette famille ? »
Annabella ne l'écoutait pas, car en réalité son attention était fixée sur Matthias qui la regardait de loin et n'avait pas bougé d'un pouce. Il fit une légère révérence de la tête comme pour la féliciter et lui fit un au revoir de la main, car déjà ils devaient repartir dans une grande Jeep noire.

Chapitre 3

L'auberge était vraiment comme sur les photos, le paysagiste avait vraiment fait un travail incroyable. Il y avait des compositions florales un peu partout avec des parterres de fleurs. Il y avait aussi de très belles plantes, et quelques fontaines, elles aussi décorées de fleurs. Cela donnait une idée du cœur de la propriétaire des lieux.

À l'arrière de la maison s'étendait un vaste jardin, un potager et un étang avec des poissons et quelques canards. De la verdure partout et un temps merveilleux avec de l'air pur, de quoi faire rêver. Il semblait que tout était fait pour qu'Annabella passe un séjour mémorable. Elle s'imprégna de cette douce atmosphère et s'assit sur un des bancs en bois qui était près de l'étang pour observer la création dans le silence complet. *« Tu peux arrêter le temps maintenant Seigneur, je veux rester là éternellement, juste toi et moi à parler d'amour, je suis sûre que je pourrais vivre sainement ici » dit-elle en riant soudainement.*

«Anna ! Anna ! Vous permettez que je vous appelle Anna ?» Annabella sursauta et se tourna en direction de la voix. C'était Eleena, la mère de Mikael et la propriétaire de l'auberge qui s'approchait d'un pas rapide. «Désolée mon enfant, je ne voulais pas vous faire peur, c'est juste que vous êtes arrivée et êtes partie directement vous balader toute seule sans prévenir. Je n'ai pas eu le temps de confirmer votre séjour et de vous faire visiter mais je vois que vous avez pris les devants. »

Eleena était une femme ravissante. C'était une sexagénaire en pleine forme. Elle avait les cheveux grisonnants, bouclés et longs, soyeux et forts ainsi que des yeux bleus.

« Désolée Eleena, je me suis sentie appelée par la splendeur de votre jardin avec toutes ces couleurs. Je me sens tellement bien ici, mais bon allons-y, je vous suis. Au passage, je vous félicite c'est très beau !
- Je vous remercie, ça me va droit au cœur, c'est un travail quotidien fait avec amour. Vous savez, cette auberge c'est comme la petite sœur de Mikael, nous n'avons pas toujours habité ici. Mon fils venait d'avoir 10 ans quand Hector et moi avons acheté ce qui était d'abord une maison de quatre chambres. Nous avions un rêve pour elle et aujourd'hui c'est une réalité. »
Eleena prit Annabella par le bras et elles marchèrent ensemble vers la maison. Elle lui raconta comment de 4 chambres ils étaient passés à 10 chambres. En même temps, elle lui fit visiter l'auberge avec fierté. Il y avait deux étages avec 5 chambres au premier, 4 au deuxième et une au rez-de chaussée. La chambre d'Annabella se trouvait au deuxième. Eleena l'avait mise dans la plus spacieuse qui se trouvait au bout du couloir parce que non seulement elle avait été la première à faire une réservation cette année pour les vacances, mais aussi parce qu'Eleena s'était dit qu'elle aurait besoin d'espace et de calme. Et puis elle préférait mettre les familles au premier. Sa chambre avait un lit *queen size* avec

une coiffeuse, un coin bureau, une salle de bain, dans un style moderne et un petit frigo. Le lit à baldaquin apportait une touche rétro.
Annabella était très satisfaite de sa chambre, elle s'assit sur le lit dès qu'Eleena prit congé d'elle. Elle finit par s'allonger et s'endormi profondément.

*

*« Anna mio cuore... Anna svegliati !**
- J'arrive papa, je suis fatiguée... » dit-elle en réponse à la voix de son père qui l'appelait dans son rêve.
Au même instant, son portable sonna, elle sursauta car le vibreur était activé. Il était dans la poche arrière de son jean. Elle eut à peine le temps de lire le nom qui s'affichait et décrocha de justesse.
«Allo, allo, Annabella bonsoir, c'est Jessica de l'agence intérim. Je suis désolée de vous appeler comme ça, je sais que vous m'aviez dit que vous ne seriez pas disponible du fait de votre voyage qui était prévu depuis longtemps, je n'ai jamais fais ce que je m'apprête à faire mais s'il vous plaît, serait-il possible d'écourter votre séjour de quelques jours ? J'ai besoin d'agents pour une nouvelle compagnie d'assistance avec laquelle nous venons de signer un partenariat. Vous avez à votre actif plusieurs langues, et même si vous n'avez pas beaucoup d'expérience en tant qu'agent d'escale, je n'ai pas entendu de retour négatif depuis votre arrivée chez nous. Je sais que nous sommes une agence d'intérim, ce qui fait votre statut, mais avec cette nouvelle compagnie, je peux vous proposer un contrat à durée indéterminée avec eux. Ça veut dire qu'on vous fait confiance, surtout que vous correspondez au profil qu'ils recherchent.

**Anna mon cœur... Anna réveille-toi !*
en italien

- Pardonnez-moi Jessica, je suis sûr qu'il vous faut une réponse au plus vite mais…
- Oui, vraiment, et ce serait génial si vous pouviez prendre un petit temps de réflexion avant de répondre. Je peux vous laisser deux jours mais pas plus Annabella.
- Oh mais je peux vous répondre tout de suite Jessica, je ne peux pas faire ça. J'ai dit « non » à d'autres personnes tout aussi importantes parce que j'ai besoin de ce *break*. Je n'arrête pas de courir dans tous les sens, mais là j'aimerais jouir de ces 2 semaines sans qu'on me les touche. Je suis désolée, mais je vais devoir décliner votre offre. Merci pour vos éloges, mais je ne vais pas abréger mes vacances. Surtout qu'on en a parlé plusieurs fois, vous et moi, et qu'on était d'accord même si la période n'est pas la meilleure pour partir en vacances. Actuellement, je me trouve en Islande alors il est trop tard pour faire machine arrière ou changer mes plans. Je suis désolée Jessica.
- Je vois que je m'y suis prise un peu trop tard mais... »
Bip bip bip... plus rien, la communication se coupa brutalement au grand bonheur d'Annabella. Elle regarda la montre et vit qu'il était 18h30. *« Ok seigneur, je vais croire que c'est toi qui a fait ça, alors je ne vais pas perdre mon temps à rappeler. J'ai dit ce qu'il y avait à dire. Non mais je rêve, écourter mon séjour alors qu'elle sait parfaitement... Tu sais quoi ? Tant pis ! Même si elle me blacklist je m'en fiche. C'est parti pour de belles aventures, je suis prête à être éblouie et à apprécier mon séjour. On prend une douche, on s'habille et on va voir ailleurs si on y est ! »*
Aussitôt dit, aussitôt fait…

*

« Sincèrement Mikael, vous n'aviez pas besoin de faire le chauffeur, j'aurais pu prendre un taxi, j'ai même vu des bus quand on est arrivé. Il y a un arrêt pas loin.
- Ça ne me dérange pas je vous assure, je vais retrouver des amis pour dîner et comme je vous l'ai dit vous êtes la bienvenue parmi nous.
- Non je ne vais pas en plus m'incruster !
- Alors je vous dépose au centre-ville, vous faites ce que vous avez à faire et vous m'appelez quand vous voulez rentrer.
- Mais il n'y a pas de taxi dans cette ville ? Je ne vais pas non plus vous embêter alors que vous vous amusez. Non, je prendrai un taxi, point final !
- Ok mais gardez mon numéro en cas de besoin.
- Ok ça me va, mais vraiment juste au cas où. »

Il la déposa au centre-ville, près du cinéma et lui donna quelques recommandations sur des restaurants et des rues piétonnes intéressantes en soirée. Annabella emprunta la rue qu'il lui avait montré et commença sa promenade. Elle se mit à observer un peu tout, suffisamment pour satisfaire sa curiosité et rêver à un monde qui n'existait que dans son cœur. L'architecture était juste splendide.
En arrivant au bout de la rue Vallholtsvegur, elle tomba sur une grande place et en plein milieu se trouvait une fontaine. Elle était très grande avec un design moderne, c'était une cascade de fleurs sur un mur avec un jeu de lumière qui l'illuminait du bas vers le haut. Tout à coup elle se rendit compte qu'elle se trouvait dans la cour arrière de l'hôtel Fosshotel Husavik.
Elle traversa la cour, le jardin de plantes en ligne droite et arriva sur une terrasse, il y avait un bar ouvert avec des lumières tamisées et de la musique *lounge*. Il y avait des tables avec des menus mais il n'y avait encore personne assis. Elle

se décida à se mettre à une table pour apprécier la vue sur le port et se détendre.
« Salut, je vous avais dit qu'on se retrouverait ! »
Annabella sursauta et fit face à son interlocuteur d'un air choqué. « Mais ça ne va pas, vous êtes un envoyé ou quoi ? Soyez content que je ne vous dise pas tout ce qui me passe par la tête en ce moment. Non mais je rêve ! Même à des kilomètres de chez moi je n'ai pas d'intimité ou du moins mon temps est très court, il y a toujours un volontaire pour envahir mon espace, dit-elle agacée. Quoi, vous allez peut-être me dire le contraire ? »
Cette fois, Matthias rit de bon cœur, ce qui dura quelques instants, suffisamment pour qu'elle se sente vexée. Annabella, effarée, le regardait les mains sur les hanches et la bouche ouverte prête à enchaîner quand il dit : « Je suis désolé de vous avoir fait sursauter comme ça. En tout cas le français est une belle langue, je le confirme, bien que je n'ai pas compris tout ce que vous venez de dire. J'espère juste ne pas avoir été trop insulté. J'ai adoré vous voir sursauter comme ça, vous n'êtes pas du genre à aimer les surprises hein !? C'est bon à savoir ça !
- Oui bah je ne suis ni Islandaise, ni Anglaise ou Américaine mais bien Française, alors je vais forcément m'exprimer dans ma langue natale quand on me fait un coup de ce genre monsieur. Voilà que j'ai oublié votre prénom euh...
- Ok ça je l'ai mérité, désolé de vous avoir fait peur Annabella... Quoi que je ne le sois pas en fait. Le but était de vous surprendre et de voir votre réaction. Je peux être fier de moi puisque j'ai réussi. Et mon prénom est Matthias.
- Je le sais déjà ça, dit-elle spontanément, je voulais dire votre nom. Bref, monsieur Ellison...
- Matthias s'il vous plaît, pas de barrière entre nous.
- Ok Matthias, sachez juste que je ne vous ai pas trop insulté

même si ce n'est pas l'envie qui manque, dit-elle lâchant un soupir.
- J'ai gagné ! dit-il le poing levé.
- Oui bon ça va, heureusement qu'il n'y a personne d'autre sur cette terrasse, dit-elle regardant aux alentours pour s'assurer qu'on ne les avait pas vus. Et puis depuis quand vous et moi on est devenu intimes ? Je tiens juste à dire que... On n'est pas assez intime pour… On ne se connait pas encore assez pour se faire des blagues vous ne croyez pas ?
- Oh lala vous êtes dure et prenez les choses un peu trop au sérieux vous ne croyez pas ?
- Dure et trop sérieuse ? Ce n'est pas parce qu'on a échangé deux ou trois mots qu'on est amis. Mais bon bref, vous résidez dans cet hôtel ?
- Ça vous intéresse ?
- Et bien vu qu'on est proche, j'ai le droit de poser la question, non ?
- Ok changement de sujet alors !
- Alors, vous êtes dans cet hôtel ?
- En fait non, c'est trop facile, j'avais gagné et j'étais ravi de t'avoir énervé. Je n'ai pas envie de changer de sujet, j'aime vraiment te voir dans cet état là !
- Donc je suis condamnée...
- Wow, ce mot n'est pas approprié, je trouve qu'il est lourd de sens. Accepte simplement la situation c'est tout. Et puis une minute, que je sache, tu me dois quelque chose non ? Mais d'abord remettons les choses en place. Je me sentirais mieux si tu arrêtais de me vouvoyer, je serais plus à l'aise en te parlant, je n'ai pas envie de marcher sur des œufs. Tu es d'accord avec moi ?
- Je peux savoir ce que je vous dois ?
- Te… Annabella… te !
- Oui, te... qu'est-ce que je te dois ?

- Une longue, très longue conversation, après la bombe que tu m'as balancée à l'aéroport. Je n'ai qu'une seule envie depuis cet instant. Je veux plus, il faut m'en dire beaucoup plus. Tu ne peux pas me laisser comme ça s'il te plaît, Anna.
- Ah, je vois, j'avais oublié ce moment-là.
- Moi pas. Mais je pense que ce ne sera pas pour ce soir. Au fait, pourquoi es-tu seule, tu n'étais pas censée rejoindre ton fiancé et filer le parfait amour ? Qu'est-ce qui se passe ? Ça va, pas de soucis j'espère !? Si je peux t'aider n'hésite pas !
- Tu m'appelles par mon diminutif et tu es intrusif, on doit être vraiment intime alors. Bref, merci mais tout va bien Matthias. Ce n'est pas ce que tu crois, je t'assure qu'il n'y a pas de quoi s'inquiéter ! »
Annabella se détourna de Matthias et se mit à rire doucement en voyant l'inquiétude grandir sur le visage de Matthias. Mais à quoi pouvait-il bien penser surtout depuis le moment où ils s'étaient croisés au Mirador ? Elle se dit alors qu'elle le laisserait mariner encore un peu avant de rétablir la vérité.
« En fait j'avais juste envie de faire un tour, et puis tu sais il n'est jamais bien loin de moi alors tout va bien. Merci de t'en inquiéter Matthias.
- Je ne vais pas juger ta relation, mais il a tort de te laisser toute seule. C'est tout ce que j'ai à dire. Sinon, oui nous sommes dans cet hôtel. Ariel s'occupe des filles, alors j'en ai profité pour... »

Au même moment, les jumelles arrivèrent et crièrent en voyant leur oncle discuter avec Annabella. Elles se mirent à l'accaparer lui décrivant comment était leur chambre et ensuite en revenant sur le sujet de la danse car elles avaient eu la révélation qu'elles aussi voulaient devenir danseuses. Annabella jeta un regard à Matthias, l'appelant à l'aide, mais celui-ci s'était positionné comme s'il observait un spectacle amusant tout en faisant « non » de la tête. Tout à coup, leur père arriva sur la terrasse avec un air mécontent. « Je vous ai déjà dit de ne pas partir comme ça et je vous avais demandé d'attendre à la réception. Il aurait pu vous arriver quelque chose, je ne suis pas content. » La petite Anabela répondit à son père : « On voulait retrouver tonton Matthias et la réceptionniste nous a dit qu'il était ici alors on l'a suivi. Mais je lui ai dit de te dire...

- Mademoiselle Anabela Ellison je ne veux pas de désobéissance et arrête de prendre des initiatives, c'est tout à fait toi, ça !

- Pardon papa, dirent-elles à l'unisson.

- Bon, il est hors de question que vous me fassiez vos 400 coups ici, alors pour la peine pas de sortie après le restaurant ce soir, ça vous fera réfléchir. La promenade nocturne ce sera pour un autre soir.

- Mais papa on a dit pardon ! s'exclama Axelia qui s'était rapprochée de son père doucement.

- C'est juste pour vous enlever l'envie de me rendre fou cette semaine. Pas de discussion, en avant, on va être en retard au restaurant ! »

Ariel se tourna vers Annabella avec une idée derrière la tête. « Excusez-nous pour tout ça Annabella, ça vous dit de dîner avec nous ? C'est chouette que vous soyez dans le même hôtel que nous !

- Ce n'est pas le cas Ariel, elle passait juste par là, répondit Matthias à sa place.

- Et comme par enchantement vous vous êtes croisés ! dit Ariel avec un ton légèrement moqueur. Annabella, vous êtes la bienvenue, il faut y aller maintenant, la voiture nous attend.

- Ce serait avec plaisir mais...

- Mais elle ne peut pas parce qu'elle va rejoindre son fiancé qui n'est pas loin, termina Matthias un peu provocateur.

- Non, j'allais justement vous demander de me laisser passer un coup de fil rapidement pour que je prévienne la personne concernée.
- Eh bien c'est génial, dit Ariel content, vous pourrez le faire dans la voiture ! »

Annabella emboîta le pas à Matthias qui la regardait avec incompréhension tout en étant amusé par la situation. En chemin, Annabella appela l'auberge pour signaler le changement de programme à Eleena, demandant à celle-ci d'avertir Mikael.

Durant le dîner, Annabella se sentait observée par Matthias qui devait certainement se demander à quoi elle jouait. Elle avait décidé de le laisser dans ses pensées ce qui l'amusait car lorsqu'Ariel lui posait des questions sur son séjour elle sentait l'attention particulière de Matthias sur chaque phrase qui sortait de sa bouche. Elle resta très vague, parfois évasive, se forçant à ne pas donner plus d'informations sur sa vie sentimentale. C'est alors qu'Axelia se pencha vers son oncle et lui chuchota quelque chose à l'oreille. Matthias ouvrit grand les yeux comme s'il venait d'entendre une bonne nouvelle. Il bu une gorgée de vin, s'éclaircit la gorge puis prit la parole subitement. « Excusez-moi d'intervenir de la sorte mais, Axelia, ma nièce que j'aime tant, vient de faire une remarque qui mérite une réponse. Comment s'appelle votre fiancé déjà ? C'est tellement dommage qu'il ne soit pas avec nous. Et puis il n'est vraiment pas jaloux parce que pas une seule fois il ne vous a envoyé de texto ni appelé. C'est bien le jeune homme qui était adossé à la voiture en train d'observer votre art avec tant de passion n'est-ce pas ? »

Chapitre 4

Annabella avait été sauvée par le gong, la veille, lorsque Matthias lui avait posé toutes ces questions et fait certaines remarques à propos de sa vie personnelle. Alors qu'elle se sentait prise au piège face à ces missiles, Anabela, une des jumelles, renversa le verre de vin rouge de son père sur sa robe en tentant de prendre la bouteille de jus qui était posée juste derrière son verre de vin. Du coup, la nappe de table et la robe de la petite fille avaient changé de couleur. Deux serveurs étaient arrivés fissa en tentant de détendre l'atmosphère pendant qu'Ariel, serviette à la main, tentait de minimiser les dégâts sur la robe de sa fille avec un peu d'eau. La petite fille s'était mise à pleurer parce que sa robe préférée était fichue. Son père tenta tant bien que mal de la calmer. Instinctivement, Matthias avait pris Axelia sur ses genoux comme pour la rassurer le temps que leur père gère la situation. Résultat, dîner écourté !

Annabella dû appeler un taxi pour rentrer à l'auberge alors que toute la famille Ellison partit de son côté. Ariel s'excusa pour la gêne occasionnée, Matthias la salua avec l'intention qu'elle comprenne que ce n'était que partie remise. Axelia lui fit un bisou avant de sauter dans leur taxi et la petite Anabela qui avait décidé de faire la tête monta dans la voiture sans un mot ni un regard. *« Merci seigneur, je n'aurais pas trouvé mieux pour me sortir de là », laissa-t-elle échapper en se remémorant le dîner avec la famille Ellison.*

*

Les jours passaient les uns après les autres. Annabella se sentait très productive, elle avait trouvé l'inspiration entre ce qu'elle vivait personnellement et les endroits qu'elle visitait avec Mikael, son guide attitré.

Cela faisait maintenant 5 jours qu'elle était arrivée dans cette superbe ville, elle trouvait que les gens d'ici étaient beaucoup plus détendus que ceux de la capitale. Elle avait sélectionné quelques excursions dans le programme que son guide lui avait concocté et ce qu'elle attendait le plus c'était de faire du *whale watching* le samedi. Elle était très excitée à l'idée de revivre un moment aussi intense qu'il y a quelques années. Mais aujourd'hui, jeudi, c'était la randonnée et comme par hasard il n'y avait que des couples. Pendant leur ascension elle tenta de connecter un maximum avec les femmes parce qu'elle ne voulait pas qu'il y ait de confusion dans les esprits. Elle ne se sentait pas à l'aise car elle était la seule célibataire parmi les 9 participants. Quand ils arrivèrent au point final de leur randonnée, ils tombèrent sur une chute d'eau spectaculaire. La flore était à couper le souffle. Mikael leur fit remarquer la source d'eau chaude qui se trouvait à gauche des chutes. Il y avait par endroits des bulles qui se formaient dans cette piscine naturelle et étrangement de l'autre côté de celle-ci, des poissons nageaient tranquillement. C'était époustouflant. Tout le monde s'est vite retrouvé en maillot de bain. Certains se jetaient dans la source d'eau chaude et d'autres plongeaient au pied de la chute d'eau. Tout le monde sauf Annabella.

Mikael qui avait remarqué qu'elle s'était assise sur un gros rocher en observant les autres d'un air rêveur, s'était rapproché d'elle sans perturber sa rêverie. Elle se tourna soudainement vers lui. Il leva les mains vers le ciel en signe d'innocence. « Ce n'est que moi Anna, désolé, je ne voulais pas vous faire sursauter. Par contre, il y a une question qui me brûle les lèvres et pas qu'à moi mais bon, pourquoi n'êtes-vous pas dans l'eau comme tout le monde ?

- Je préfère rester en dehors de ça, si vous voyez ce que je veux dire, en pointant du doigt les couples. Je suis la seule célibataire ce qui est bizarre je trouve, du coup les conversations sont courtes. Et puis je n'ai pas pris de maillot de bain, ça facilite les choses non ?

- Ceci explique cela en effet. Mais je suis curieux que vous n'ayez pas de...

- Non, jeune homme, je n'ai pas envie d'en parler.

- Croyez-vous que du haut de mes 27 ans je sois incapable de vous comprendre ou encore bien trop immature pour voir ce qui est en face de moi ?

- Pardon ? Que voulez-vous dire ?

- Je peux ? dit-il en désignant la place à côté d'elle et s'asseyant en même temps. Je vais faire plus simple. Je vous trouve géniale, votre simple présence change l'atmosphère. Depuis la fois où vous vous êtes mise à danser et à chanter comme si vous étiez envoûtée par une force invisible, je n'ai pas cessé de me demander qui vous étiez vraiment. Vous n'êtes pas du genre à compliquer la vie des autres mais à la simplifier, il y a un truc chez vous que je ne parviens pas à saisir. Votre émerveillement est touchant. Il faut de tout pour faire un monde et vous êtes très belle tel que vous êtes, vous faites du bien aux gens autour de vous. Vous êtes sûre que

vous n'êtes là que pour écrire et vous détendre ? Qui est celui que vous êtes venus retrouver ici ?
- Matthias sort de ce corps ! lâcha-t-elle sans se maîtriser. Vous êtes de la police ou quoi tous les deux ? Détectives privés ? *Même ici je n'ai pas d'intimité Seigneur ?* L'anonymat c'est trop demander, j'aurais dû m'en douter ! » s'exclama-t-elle d'un ton blasé.
Mikael éclata de rire devant tant d'émotions. « Je dis juste que vous n'avez pas le droit de vous cacher alors que des gens autour de vous veulent ce que vous avez. Vous êtes addicte à quelque chose qui intéresse plus d'une personne. »
Au même moment il se leva et rappela à tout le monde l'heure du départ, laissant Annabella stupéfaite face à cette réflexion qui ne pouvait venir que d'une personne.

*

Ils repartirent quelques temps après et arrivèrent à l'auberge en fin de journée. Descendant de la voiture, elle étira ses bras et déclara à haute et intelligible voix : *« Lord Jesus, look at that !* »*
Mikael arriva rapidement en l'entendant et vit qu'elle avait les yeux rivés sur le slogan de l'auberge écrit au-dessus du portail de fleurs à l'entrée : *Your hope - Your home.*
« Vous m'avez inquiété Anna, qu'est-ce qui vous intéresse dans ce slogan ?
- Ce n'est rien, c'est juste que je commence à comprendre que je vais aller de surprise en surprise. Je ferais mieux d'aller dans ma chambre et de me concentrer sur mon travail.
- Très bien, je m'occupe du reste. »

* *Seigneur Jésus, regarde ça !* en anglais

*

Le samedi matin, jour tant attendu, faisait une entrée fulgurante. Du soleil, les oiseaux qui chantaient, ça promettait d'être une belle journée. Annabella s'était levée tôt, prête à jouir de chaque moment que lui réserverait l'excursion. Elle ouvrit les volets, appréciant la brise sur son visage. Elle aperçut des voitures sur le parking et constata que de nouveaux clients étaient arrivés, ce qui expliquait le bruit qui provenait du rez-de-chaussée. Elle vit des enfants courir vers le jardin à l'arrière mais n'eut pas le temps de voir à quoi ils ressemblaient. Accoudée sur le bord de la fenêtre, elle repensa à sa surprise en découvrant le slogan de l'auberge. Depuis, des tas de questions se bousculaient dans sa tête, elle n'avait toujours pas obtenu de réponse satisfaisante. *« Ah ben oui, je n'ai toujours aucune réponse Jésus, je ne lâcherai pas le morceau. C'est ma façon à moi de te dire bonjour ce matin, j'ai juste besoin de savoir que je ne suis pas folle ! »*

On frappa à la porte de sa chambre. « Annabella, c'est Eleena, juste pour te dire que le petit-déjeuner sera prêt dans 20 minutes ma fille !
- Merci Eleena, je vais descendre. »

Elle se dépêcha d'aller prendre une douche sans oublier de mettre un maillot de bain cette fois-ci vu qu'elle partait observer les animaux marins et qu'elle serait certainement mouillée. Une fois prête, elle sortit de sa chambre chaussures à la main, elle aimait la douce sensation du tapis sous ses pieds et aussi la couleur rouge pourpre de celui-ci, tous les étages en étaient recouverts.
Dès qu'elle arriva au premier étage, elle s'arrêta par curio-

sité. Les voix qu'elle entendait depuis sa chambre se firent plus claires. Le plus drôle c'est que l'une d'entre elles lui était étonnamment familière. Elle décida d'être tout simplement contente que l'auberge reçoive plus de clients, c'était bon pour les affaires d'Eleena. Au moment où elle prit les escaliers menant au rez-de-chaussée, elle tomba nez à nez avec quatre paires d'yeux qui arrêtèrent leur progression vers les étages, s'étant cachés, prêts à surprendre le premier qui passerait par là. Elle pensa avoir une illusion d'optique quand deux d'entre eux se mirent à crier tout en franchissant les dernières marches qui les séparaient et sautèrent sur elle en la serrant fort. Annabella choquée et sans voix tomba à la renverse, heureusement que le sac à dos qu'elle portait amorti sa chute. Elle n'en croyait pas ses yeux, c'était les jumelles ! « Anna, c'est bien toi ! Tu nous as manqué ! » dirent-elles en même temps. Ses oreilles n'en revenaient pas non plus. Les filles se tournèrent vers leurs deux compagnons et oh quelle ironie ! De vrais jumeaux, s'aperçut-elle. Elles s'adressèrent aux garçons l'une après l'autre, en commençant par la petite Anabela. « Paul, Mateos, je vous présente Annabella, c'est notre amie !

- Comme c'est notre amie, on a le droit de l'appeler Anna, vous remarquerez qu'elle a le même prénom que ma sœur, ça veut tout dire, renchérit Axelia.

- Allez, présentez-vous, mais en anglais, elle est Française d'origine Italienne et Sud-Africaine », dit Anabela avec autorité.

Les garçons lui dirent bonjour et descendirent les escaliers en courant vers leurs parents, gênés par la rencontre avec l'étrangère.

« Tiens donc, mais qui vois-je là. Anna !? Décidément, c'est le destin. Je t'assure qu'on ne te pourchasse pas. Les filles, laissez lui un peu d'espace », leur demanda Matthias.

Il lui tendit la main pour l'aider à se relever et la prit dans ses bras. « Je suis tout de même très heureux de te revoir. »

*

« Les filles dépêchez-vous, une surprise vous attend. Cette journée promet d'être mémorable », dit Ariel aux jumelles.

Tous attablés pour prendre le petit-déjeuner dans le jardin, nos hôtes mangeaient ensemble car ils partiraient tous faire du *whale watching*. Secret gardé pour les jumelles et les jumeaux Paul et Mateos, ce qui était un bon moyen pour les encourager à aller au rythme des adultes pour pouvoir partir au plus vite. Quant à Annabella, elle restait silencieuse, observant la situation. Elle se retrouvait à devoir partager les lieux avec deux familles et l'attention d'Eleena, pour qui elle avait développé une affection particulière, mais en plus les activités liées au séjour. Pour une journée prometteuse, elle commençait de façon assez intéressante.

« Pardonnez-moi mais c'est plus fort que moi, il faut que je demande, vous vous connaissez ? » s'exprima Annabella soudainement sans vraiment s'adresser à une personne en particulier. La mère des jumeaux, Lydia, répondit avec étonnement : « Vous ne le saviez pas ? Mais j'ai cru que c'était évident vu que tout le monde, enfin, les enfants m'ont dit que vous étiez amis, alors je me suis dit… Excusez-nous, on croyait que... Oh et puis zut ! Lydia Pierson, mon mari Tony et nos garçons Paul et Mateos. Pour les différencier c'est simple, la coupe de cheveux ou encore la couleur des yeux, ceux de Paul sont verts et ceux de Mateos bleus. Tony est le meilleur ami d'Ariel, ils s'arrangent toujours pour pratique-

ment tout faire ensemble. Ils sont aussi associés. Je crois que c'est tout. »
Matthias renchérit aussitôt : « Lydia était la meilleure amie de Liana, ma défunte belle-sœur.
- Ah ! Ceci explique cela alors, on ne peut pas faire plus clair que ça. Mais vous n'étiez pas censés rentrer ce week-end ? demanda-t-elle à Matthias.
- Comme vous pouvez le voir, les plans ont changés, répondit Ariel.
- Est-ce qu'on est obligé de se vouvoyer, on est tous à peu près de la même génération et on s'aime bien non ? Enfin j'espère !? intervint Lydia.
- Merci Lydia, tout à fait d'accord, ça rend la conversation ennuyante sinon. Tu es d'accord Anna ? dit Matthias avec un sourire en coin.
- Oui, bien sûr ça ne me dérange pas, dit-elle un peu gênée.
- Lydia tu vas être contente, reprit Matthias, c'est la fameuse Anna qui est chrétienne !
- Mais non !?
- Ouais, c'est bien elle qui m'a dit que Dieu voulait que je sache qu'il m'aime et qu'il ne m'avait pas oublié.
- Alors c'est toi la fameuse femme qui a bouleversé Matthias à l'aéroport ? Je reconnais bien là les personnes dans ton genre, sache que je t'aime déjà beaucoup !
- Ah bon, comme ça ? s'étonna Annabella.
- Oui et d'ailleurs il faut qu'on parle. Au moment où Matthias m'a raconté tout ça, j'ai tout de suite eu la sensation que j'allais beaucoup t'aimer. J'avais émis le souhait de te rencontrer dans mon cœur.
- Ok d'accord. Je peux savoir de quoi on doit parler ? demanda Annabella curieuse.
- On a le temps ma belle, pour le moment, je vais aller m'occuper des petits. Venez tous les quatre, ordonna-t-elle aux enfants.

- Je peux vous donner un... Pardon, je peux te donner un coup de main avec eux ?
- Ils auraient quelques années de moins ça aurait été avec plaisir, mais là c'est juste de la supervision. Tu as dû remarquer qu'ils ont le même âge n'est-ce pas ? Ils ne sont pas amis pour rien ces deux-là, dit-elle en pointant du doigt Ariel et Tony.
- Lydia arrête, tu es obligée de m'embarrasser à chaque fois ? » intervint son mari.
Il se tourna vers Annabella et voulut s'excuser quand il vit que celle-ci avait la main sur la bouche et pouffait de rire. « Je voulais m'excuser mais à ce que je vois ça ne sert à rien, vous allez bien vous entendre !
- J'aime bien ta femme Tony, elle est sympa, déclara Annabella heureuse de constater que Lydia avait une personnalité qu'elle appréciait particulièrement.
- Bon ben je ferai mieux d'aller préparer la voiture.
- Je viens avec toi, je vais faire pareil avec la mienne », dit Ariel à son ami.

Matthias attendit que tous s'en aillent pour se retrouver enfin seul avec Annabella. Là, il se tourna vers elle. « Toi aussi tu as une voiture à préparer ou tu peux supporter ma présence ?
- Pourquoi tu dis ça, tout le monde te fuit ?
- Non, mais toi oui. Depuis le début, j'ai l'impression que tu n'as pas oublié la façon dont, je l'avoue un peu brusque, je me suis exprimé dans l'avion. C'est pour ça que tu refuses toute interaction avec moi. Tu es sèche et tu te fermes dès que je m'adresse à toi. Et pourtant je me suis excusé mais rien n'y fait. Je suis content de te revoir, ce qui me permet de renouveler mes excuses. Mes tentatives pour attirer ton attention t'ont fait fuir. On ne se connaît pas, c'est vrai, mais quand tu m'as dit ce que Dieu t'avait dit pour moi, com-

prends-moi, je ne pouvais pas te laisser partir et accepter juste ça. Mais bon, excuse-moi encore une fois, si c'est vraiment ça qui t'a dérangé. »

Juste à ce moment-là, Mikael arriva et interrompit la conversation ne se doutant de rien. « Voilà celle que je cherchais, ma mère m'a dit que je te trouverais ici. »

Annabella ne bougea pas d'un sourcil, elle était abasourdie par la confession de Matthias. Il semblait sincère et regretter d'avoir fait quelque chose de mal. Sauf que dans ses souvenirs, il n'avait rien fait de répréhensible. Il était juste taquin sur les bords mais c'est tout, s'il s'agissait de ce qui s'était passé dans l'avion, il s'était excusé et elle savait ce qui se passait en lui vu que Dieu lui avait déjà expliqué quel était le problème. Il n'était pas nécessaire d'en faire un plat selon elle. Mais alors qu'elle essayait de comprendre la situation et commençait à se remettre en question, Matthias l'interrompit dans ses pensées. « Anna ! Anna ! Hé ça va ? Ton fiancé est là, il va croire que je t'ai fait quelque chose. Tu pourrais lui répondre au moins !?

- Hein, fiancé, qui ? s'étonna-t-elle.

- Bon je vais vous laisser, je ne veux pas vous déranger, dit Matthias en se levant.

- Mais déranger qui et de quel fiancé tu parles ?...

- Salut ça va ? Je m'appelle Mikael, dit celui-ci tendant la main à Matthias. Bienvenue chez nous, j'espère que vous passerez un bon séjour. Ma mère m'a dit que vous étiez de la partie aujourd'hui.

- C'est tout à fait vrai, Matthias, enchanté. On a décidé de prendre part à votre programme, on a tous hâte ! Bon je vais vous laisser, je vais aller donner un coup de main à mon frère. À plus tard.

- Tu me cherchais Mikael ? reprit Annabella réalisant de qui Matthias parlait.

- Comment tu vas depuis deux jours ? Bien reposée ? Tu as avancé sur ton travail ?
- Oui ça va, je te remercie. Aujourd'hui, je suis prête à passer une bonne journée. Tu as intérêt à nous en mettre plein la vue hein !?
- Ne t'inquiète pas pour ça, vous allez être enchantés ! C'est pour ça d'ailleurs que je voulais te voir pour te demander si tu as déjà fait de la plongée ?
- Je pense que je resterai sur le bateau, je ne vais pas exagérer.
- Ok j'ai compris, ce sera un vrai baptême alors...
- Non merci sans façon je ne suis pas prête pour ça. »
Mikael éclata de rire en voyant Annabella faire de grands gestes qui accompagnaient son refus et aussi parce que sans se rendre compte elle s'était mise à lui parler en français.
« Ok, reprit-il, je le proposerai à quelqu'un d'autre. Bon, est-ce que tu pourrais m'aider avec mon matériel s'il te plaît ? Vu que les familles ont leur voiture tu viendras avec moi. On s'en va dans 30 minutes !
- Très bien, je peux t'aider avec le matériel, ce genre de chose, mais il est hors de question que je me mette en danger. Non mais je rêve, tu n'es pas bien toi, il faut te faire aider. Tu vois ce que tu me fais faire, à cause de toi je parle en français.
- Tout ça c'est parce que j'ai osé te proposer de plonger ? dit-il en riant... Peureuse ! Voilà c'est ça, l'inconnu te fait peur et les profondeurs aussi. Je vais bien m'amuser aujourd'hui. On s'en va dans moins de 30 minutes les amis, cria Mikael devant l'entrée de la maison. J'ai une surprise pour les petits et les grands. »
Annabella se remit à parler en français, cette fois-ci s'adressant à Dieu. *« Pourquoi est-ce que j'ai l'impression que tu as encore mis ton grain de sel dans mes affaires Seigneur ? Pourquoi ai-je dis oui à tout ça hein ? »*

Lydia et les enfants étaient encore à l'étage pendant que tous les autres s'affairaient en bas. Mikael alla retrouver les hommes afin de leur expliquer la répartition des tâches pendant l'activité du *whale watching*. Ils étaient contents d'être ses assistants. Tony raconta sa toute première expérience quand il était encore dans la marine mais les enfants arrivèrent en chahutant ce qui arrêta leur conversation. Axelia couru agripper les hanches de son oncle en cachant son visage en larmes. Elle lui demanda si elle pouvait monter dans la voiture d'Annabella en pointant le doigt en direction de celle-ci. Matthias fit des signes à Annabella qui par bonheur comprit. Il lui emmena la petite fille qui à son tour agrippa les hanches d'Annabella tout en restant silencieuse. Annabella ouvrit la portière arrière et la fit monter. Sentant ce qu'il allait dire, Annabella leva la main pour l'arrêter et lui dit : « Ne t'inquiète pas pour elle, je m'en occupe. En plus je suis sure qu'une fois calmée elle me racontera ce qui s'est passé entre eux.
- Merci, on se retrouve au port alors. »

Matthias tourna les talons et alla rejoindre le reste de la troupe. Ariel et Tony venaient de remettre de l'ordre parmi les enfants et les avaient séparés dans différents véhicules ce qui a déplu à nos petits aventuriers qui se sont mis à bouder. Ils prirent la route se suivant en convoi. Le trajet dura 30 minutes jusqu'à l'endroit secret qui allait raviver la joie et l'excitation des enfants. Etant donné que c'était une surprise, les parents avaient eu pour consigne de bander les yeux des enfants jusqu'au signal que leur donnerait Mikael à un certain point du trajet. Ils arrivèrent sur les lieux et s'arrêtèrent au parking de l'Aqua-Parc. Mikael regroupa les enfants et les emmena jusqu'à l'entrée du parc puis il prit la parole : « Les enfants, je vous avais dit qu'il y avait quelque chose de

spécial pour vous n'est-ce pas ?
- Pour les grands aussi tu avais dit ! » cria Axelia.
Tout le monde éclata de rire, face à cette remarque pertinente.
« Oui les grands aussi, mais, mais, dit-il pour calmer le jeu. Je me suis dit que si je commençais par vous, ce serait génial comme ça, ça vous laissera plus de temps encore pour apprécier votre surprise. À trois vous enlevez les bandeaux d'accord ?
- Oui ! crièrent-ils tous en même temps.
- Un... Deux... Trois ! »
Dès qu'ils enlevèrent les bandeaux, ils virent le parc d'attraction. Ils se mirent à sauter de joie. Les filles lui dirent qu'il était le meilleur des guides touristiques de tout l'univers. Il était devenu leur héro. Il savait comment parler au cœur des enfants apparemment.
Le programme était simple pour eux, passer une journée inoubliable organisée au parc aquatique. Deux personnes de l'organisation arrivèrent avec quatre sacs à dos de bienvenue. Ils présentèrent le programme de la journée aux familles et proposèrent à la fin de les déposer à domicile car ils avaient prévu ce genre de traitement pour faciliter la vie aux parents. Vu qu'il y avait entre quinze et vingt enfants dans ce groupe, c'était une option intéressante. Sinon, ils avaient jusqu'à 18h pour venir les chercher. En cas de problème, ils n'avaient qu'à les contacter afin de trouver une solution et ne pas laisser les enfants sans surveillance.
Une fois quelques recommandations données aux enfants par les adultes, nos aventuriers se dirigèrent vers le parc sans regarder derrière.

Les adultes reprirent le chemin vers le port. À leur tour de jouir de quelques heures sans les enfants. Ils arrivèrent au lieu-dit et entrèrent dans un magasin qui vendaient du matériel de plongée et d'autres accessoires. Mikael alla discuter avec celui qui semblait être le gérant. Les hommes, eux, se sentaient comme des poissons dans l'eau, ils prenaient des articles dont ils avaient apparemment besoin. Les femmes elles, se dirigèrent vers le seul endroit qui pouvait retenir leur attention vu que ni l'une, ni l'autre n'était experte en plongée sous-marine. Les maillots de bain et accessoires !

Lydia vit cela comme l'opportunité de mieux connecter avec Annabella et donc de discuter de certaines choses. Elle se sentait investie d'une mission. N'y tenant plus, elle se lança :
« Anna, je peux t'appeler Anna n'est-ce pas ? Au point où on en est... »
Anna tourna la tête surprise par cette question qui n'avait plus lieu d'être. Elle se rapprocha de Lydia qui s'était postée à côté des cabines d'essayage et qui semblait vouloir avoir une conversation privée loin des garçons. Elle s'avança en acquiesçant de la tête avec un air dubitatif.
« Bon ok, tu te rappelles que je t'avais dit plus tôt qu'il fallait qu'on ait une conversation. Je ne sais pas combien de temps on a dans ce magasin mais je suis contente d'avoir ce temps. Vu que nous n'avons qu'une semaine, je vais aller droit au but. Il est hors de question qu'on prenne 3 ans. Je sais qu'on va se comprendre vu que tu as dis à Matthias que Dieu lui avait dit qu'il l'aimait et qu'il ne l'avait pas oublié, ce qui veut dire beaucoup pour moi. Dis-moi, malgré le fait que mon cher beau-frère soit un peu dur concernant les chrétiens, tu n'as pas eu peur de lui parler !?
- J'avais un peu peur mais Dieu voulait vraiment que je le fasse et quand Dieu veut quelque chose de quelqu'un, il sait comment faire pour te convaincre.
- Et tu l'entends toi ? Je veux dire que tu communiques avec lui comme ça, aussi facilement !?

- Je t'avoue que je ne suis pas attentive tout le temps, je suis même plutôt tête en l'air. Je suis toujours en apprentissage. Très souvent quand je me trouve dans une situation inhabituelle, je me mets en mode alerte parce que j'ai besoin de sa sagesse. Il faut que ce soit clair parce qu'il s'agit de la vie de quelqu'un ou d'une situation ou une période que je traverse. On sait que Dieu est fou de ses enfants, il est présent à tout moment donc il parle à tout moment.
- Et quand tu as vu Matthias tu t'es mise en mode alerte ?
- La situation m'avait déjà mise en alerte.
- Ah oui ? Et lui, il n'a pas augmenté le niveau d'alerte ?
- Forcément oui, surtout pendant notre conversation, j'ai senti qu'il fallait que Dieu m'aide à lui parler parce que j'avais bien compris qu'il y avait un souci. Mais où est-ce-que tu veux en venir ?
- Ce n'est pas mauvais, c'est plutôt bon signe. Mais là n'est pas la question. Il se trouve que tu l'as scotché, surtout que ça vient d'une parfaite inconnue. Ce n'est pas la première fois que Dieu lui parle. La première fois que Dieu lui a dit qu'Il l'aimait c'était au travers de la fameuse grand-mère qui l'avait dégoûté de la chrétienté à une certaine époque. Elle a changé entre-temps, il y a prescription maintenant, mais il la voit toujours avec ce même regard d'enfant. Il s'en méfie encore un peu. La deuxième fois c'était quelques semaines après avoir quitté un groupe d'étude biblique, qui se réunissait deux fois par semaine dans un salon de thé quand il vivait au Canada. Ce jour-là, il sortait d'un rendez-vous avec le président d'une très grosse compagnie à Toronto. Il était en retard, il y avait un trafic monstre et en voulant prendre des raccourcis, il avait emprunté un tunnel. Son téléphone s'était mis à sonner, il avait oublié de mettre le kit main libre, du coup il avait essayé d'attraper le téléphone sur le siège côté passager mais il lui a glissé des mains et est tombé entre ses

jambes. Il y avait un contrôle de police, ils lui firent signe de se ranger sur le côté mais badaboum ! Il était sur le point de percuter un policier il a donc préféré l'éviter de justesse en se dirigeant vers la bande d'arrêt d'urgence, qui a des trucs verts tu sais, même que la nuit c'est fluorescent, bref il est rentré dedans. Il paraît que c'était comme dans les films. Mais bon, le point c'est que la voix qui l'a sortie du coma l'a réveillé en lui disant qu'il l'aimait et que ce n'était pas le moment encore pour lui de partir car il avait beaucoup de choses à vivre. Toi, tu arrives comme une fleur, et tu lui dis la même chose à quelques mots près, sans te douter de l'impact que tu allais causer…

- Eh les filles venez voir si ça vous intéresse s'il vous plaît ? Vite parce que mon collègue est déjà en mer et il nous attend, les interrompit Mikael de l'autre côté de la boutique.

- Zut ! Bon on continuera après, dit Lydia arrêtée par l'insistance de Mikael.

- Non c'est maintenant, tu me balances une bombe comme ça et on continue après ? *Elle est marrante ta fille Seigneur !* dit Annabella restée sur sa faim.

- Les filles, je vous assure que vous aurez du temps pour bavarder, faites juste une pause pour moi s'il vous plaît, reprit-il pressé par le temps.

- Viens, tu vois qu'on aura du temps. Allons voir les gros poissons », dit Lydia amusée.

Elles allèrent rejoindre Mikael et le gérant. Annabella était complètement ailleurs, tout naturellement elle se mit à observer Matthias, essayant d'être la plus discrète possible. Elle se perdait dans ses pensées et n'écoutait rien de ce qui se disait. Toute son attention était sur Matthias.

« Je ne savais pas tout ça seigneur, on dirait même pas qu'il a vécu un grave accident. Il est calme, attentionné

avec ses nièces, il joue le grand frère et le tonton gâteau. Je ne l'ai pas encore vu se fâcher, juste se braquer mais c'est tout. C'est quelqu'un de déterminé et ça se voit qu'il veut des réponses mais il n'avale pas tout et n'importe quoi. Maintenant je sais qu'il voulait juste en savoir plus et ne pas être un boulet. Voilà quelqu'un qui ne demande qu'à être aimé et qui veut la vérité, une vérité différente de ce qu'il a toujours vu et entendu et ça me rappelle étrangement quelqu'un... Attends un peu Saint-Esprit à quel moment tu t'es invité dans ma réflexion ? Cette analyse là ne peut venir que de toi. L'intimité ne va que dans ton sens à ce que je vois ?

- Quoi ? Je ne suis donc pas libre de te révéler les choses cachées qui t'intéressent ? Il est captivant n'est ce pas ? Tu n'as plus besoin de le repousser maintenant. Il veut juste ce que tu as. C'est-à-dire moi !

- Sérieusement !? s'écria-t-elle sortant de sa conversation interne et oubliant qu'il y avait du monde autour d'elle.

- Ok je sais que tu m'as déjà dit non, lui répondit Mikael pensant qu'elle lui parlait. Je voulais juste tenter une fois de plus. Mais c'est Lydia qui en profitera pleinement alors.

- Hein !? Ah oui ! Je savais que tu allais m'embêter avec ça. Je préfère rester dans le bateau et s'il te plaît, une fois dedans ne fait rien que tu ne puisses regretter. Je sens que tu as envie de faire une bêtise, et je préfère t'enlever l'envie de la faire.

- Tu es négative Anna. Mon but est de te faire passer une journée inoubliable et c'est comme ça que tu me remercies ? dit-il en riant.

- Je dis ça, je dis rien Mikael, tu m'as comprise. »

Annabella avait tant bien que mal détourné l'attention sur elle. Enfin presque. Lydia lui parla discrètement. « Tu n'es pas discrète. Arrête d'être aussi intense quand tu le regardes !

Tu demandes quoi à Dieu sur lui ?
- Je ne sais pas du tout de quoi tu parles. Mikael est un...
- Arrête on est entre nous beauté, tu sais très bien de qui je parle, dit Lydia avec un sourire en coin.
- À ce point-là ? » dit Annabella embarrassée.
Lydia éclata de rire et la tira par la main pour l'emmener à l'extérieur de la boutique. Et avant que tous les autres ne les rejoignent, elle décida d'être franche avec Annabella. « Je veux que tu ouvres les yeux et ton cœur sur l'amour et sur tout l'intérêt que Dieu te porte. Moi je vois une jeune femme qui a fait un grand saut dans l'inconnu, prête à tout pour Dieu quand finalement il s'avère que c'est pour son bonheur. Il a tout mis en place, comme une pièce de théâtre pour que son héroïne puisse vivre son *happy ending*.
- Ça te dirait d'être un peu plus précise ? J'en ai marre des énigmes ! dit Annabella, frustrée de ne rien comprendre.
- Je ne peux pas mieux faire. Fais travailler tes méninges. Attention tu n'as pas beaucoup de temps. Par contre, là où je veux bien être claire, c'est quand je te dis de te détendre ! Tu as trop de questions, suis juste le mouvement et apprécie l'aventure.
- Il va peut-être falloir que tu me dises qui tu es en réalité ou tu es comme Melchisédech, tu vas disparaître après avoir terminé ta mission ? »
Lydia se plia de rire en écoutant sa nouvelle amie surprise et frustrée à la fois. Elle avait l'air d'avoir le poil hérissé comme les personnages de dessin animé quand ils se font électrocuter. La situation était comique, en effet elle était « en mission ». Elle avait hâte de voir comment se réaliserait ce qu'elle avait vu dans un rêve il y a de cela quelques temps. Ce qu'Annabella ignorait, c'était que dès l'instant où Lydia avait entendu ce qu'une jeune femme avait dit à Matthias, elle avait tout fait pour venir à Husavik, car deux destinées

allaient être changées à jamais en très peu de temps. Personne, ni même son mari, Tony, ne savait ce qui allait se passer. Les seules instructions que Dieu lui avait donné c'était de ne rien dire, mais d'aider la fameuse jeune femme qui bouleverserait le monde de son beau-frère. Et tout ça, c'était 3 ans plus tôt, alors que Matthias était sur son lit d'hôpital, inconscient, ne sachant pas s'il se réveillerait. Trois jours durant lesquels tout le monde était dans le désarroi.

Venant d'une famille d'accueil, elle n'avait jamais eu de stabilité familiale. Lorsqu'elle avait rencontré Tony, elle avait décidé d'embrasser son univers et d'en faire le sien incluant toutes les personnes étant chères au cœur de son mari. Ils étaient sa famille sans l'ombre d'un doute.

Trois jours sans résultat étaient juste insupportables pour la jeune femme. Ce jour-là, elle sortit de la chambre d'hôpital où tout le monde s'était réuni. La mère de Matthias pleurait, appelant son fils sans relâche. Lydia était en larmes, troublée. « De tous les dieux que je connaisse, il n'y en a qu'un seul qui a été ressuscité et qui a ressuscité un homme et une petite fille aussi. J'ai oublié comment il s'appelle, se dit-elle soudainement. Jésus ! Oui c'est Jésus ! Voilà. Je vais le trouver, il suffit juste que j'entre dans une église, » s'écria-t-elle. Elle partit à la recherche d'une église. Elle s'arrêta sur le parvis de l'hôpital et pianota sur son *smartphone* « église croyant en la résurrection de Jésus et des hommes ». Elle était convaincue que dans une grande ville comme Toronto, elle trouverait bien quelque chose. Elle tomba sur une liste d'églises que le moteur de recherche lui proposa et attendit le coup de cœur. Ni une ni deux, « Truth and Life » s'illumina devant ses yeux, c'était à 5 kilomètre de là. Elle sauta dans le premier taxi qui attendait sur le parking de l'hôpital.

Quand elle arriva, elle entra et observa l'endroit. Il était 18h ce jeudi-là. Un monsieur d'un certain âge entra dans la salle juste après elle. Il se présenta à elle et lui dit qu'il n'y avait pas de service mais qu'une réunion de leader allait commencer. « Ça tombe bien, lui avait-elle répondu déterminé, vu qu'il n'y a que des leaders, vous allez certainement m'aider à rencontrer votre Jésus. Il paraît qu'il a non seulement été ressuscité mais qu'il a aussi ramené à la vie un homme et une petite fille. Mon beau-frère a eu un grave accident de circulation et c'est insupportable comme douleur. On ne sait pas s'il se réveillera. De tous les dieux que je connaisse, le vôtre restitue la vie. Je ne veux pas qu'il soit réincarné mais ressuscité. Alors, qu'est-ce-que je dois faire s'il vous plaît ? »

Ce soir-là, ce qui était censé être une réunion de leader s'était transformée en évangélisation, prédication et enseignement pour une personne. Il y avait une dizaine de personnes et c'était ce même monsieur d'un certain âge qui avait pris la parole. Il était très calme face à la situation. Ensuite, c'était au tour de Lydia de dire ce qui l'amenait en apportant la précision que cela faisait 5 jours qu'il était arrivé à l'hôpital, dont 3 jours dans le coma. Elle était venue demander à Jésus de le ressusciter parce qu'il est le seul qui fait ce genre de miracle. Ils se sont tous mis à prier avec elle, pour elle, sa famille et celui qui était dans le coma.
Sans que personne ne l'y poussa, elle s'était retrouvée à genoux à parler à Dieu, réalisant qu'il fallait juste avoir confiance et croire que parce qu'il nous a aimé, il a envoyé son fils unique qui s'est sacrifié pour nous donner la vie et qu'effectivement il avait besoin qu'elle croit en lui et qu'ainsi elle pourrait tout lui demander, quel que soit la chose en son nom, pour qu'il l'exauce.
Elle avait senti qu'elle pouvait être libre de s'adresser à un

Dieu invisible, mais étrangement, plus elle lui parlait, plus elle avait une forte conviction qui montait en elle. Elle décida subitement de s'arrêter de prier. Elle se redressa, regarda l'ancien du groupe et lui dit qu'elle allait attendre que Jésus fasse son travail, mais pas plus de trois jours, étant donné que pour lui ça avait pris ce temps-là.
Il était temps qu'elle reparte, car sa famille ne savait pas où elle se trouvait. Elle salua tout le monde en les remerciant pour leur temps. Le pasteur de cette église, lui donna ses coordonnées pour la soutenir, elle et sa famille, durant cette épreuve. Elle s'en alla rapidement vers l'hôpital et ne dit rien à personne, pas même à son mari.

Quand ils rentrèrent à l'hôtel, cette même nuit, elle eut le fameux rêve où elle voyait la vie de Matthias bouleversée par l'arrivée d'une femme, et dans ce même rêve, il y avait un homme qui lui donnait des instructions sur cette situation à venir avec beaucoup de détails. Il termina en la prenant dans ses bras lui souhaitant la bienvenue, la rassurant sur le fait que Matthias vivrait.

Chapitre 5

L'excursion du *whale watching* avait été vécue intensément, bien que différemment pour tout le monde. Les garçons avaient fait le grand plongeon, Lydia avait suivi son mari qui s'était laissé embarquer par l'appel du grand bleu. Ils n'avaient pas peur de s'approcher des baleines. Par contre Annabella avait souhaité juste entrer dans la cage sécurisée, immergée dans l'eau, pour observer les baleines. Lydia avait essayé à maintes reprises d'enchaîner les arguments pour convaincre Annabella de la suivre mais celle-ci refusa. Elle préféra rester en surface pour observer le monde du silence. Il y avait certaines choses qu'elle se devait de remettre en place dans sa tête. Elle était concentrée, car de grandes décisions étaient en train d'être prises au sommet. La toute première chose qu'elle se donnait pour objectif c'était de briser la glace et d'établir la communication avec Matthias. Il était hors de question qu'elle passe à côté de quoique ce soit, une bénédiction ou une opportunité. Ou encore mieux, les deux.
« Dès qu'on sera sur terre, pendant l'autre activité. Actuellement, je ne suis pas très confortable sur l'eau ! » s'exprima-t-elle à haute voix.

De retour sur le port, Mikael décida de concentrer ses efforts

sur Annabella qui n'avait pas participé à la plongée comme les autres. Il voulait qu'elle passe une journée inoubliable mais il semblait que c'était mal parti.
« Anna, est-ce que tu vas bien ? Je ne pensais pas que tu serais vraiment mal à l'aise en faisant cette activité. Tu n'as même pas voulu observer les baleines et les dauphins dans la cage, tu es restée à la surface. Tu veux qu'on en parle ?
- Je suis désolée Mikael, je sais que c'était limite, mais pendant que vous aviez la tête sous l'eau, j'ai utilisé le bruit des vagues pour me relaxer et prendre des décisions dans le calme. Ce n'était peut-être pas approprié mais ça s'est passé comme ça. Désolée !
- Qu'est-ce que je peux faire pour toi ? Si je peux t'aider bien entendu.
- Merci, mais il n'y a rien que tu puisses faire, c'est à moi d'agir.
- Tu m'as l'air déterminée, n'oublie pas que je suis là. Ok !?
- Ça marche Mikael ! C'est vraiment cool de ta part. »

Il alla rejoindre le reste du groupe et fit un débriefing en prenant le ressenti de tout le monde. Une fois l'échange terminé, Mikael proposa à tout le monde de se changer et de partir directement pour la seconde activité que seule Annabella connaissait, vu qu'elle y était allée avec le groupe de jeunes couples quelques jours plus tôt. Mais avant, ils passeraient par le centre-ville pour récupérer le pique-nique de tout le monde dans le restaurant de son oncle Oslo. Ils repartirent tous dans leurs véhicules respectifs et firent le parcours du port au centre-ville et du centre-ville vers la « Terre Promise ».

*

La petite randonnée qu'ils firent se termina par un spectacle à couper le souffle. Ce petit coin de paradis portait bien son nom, Eden, il y avait une cascade précédée d'une chute d'eau. À côté s'était formée naturellement une source d'eau chaude, le contraste était assez saisissant. Une végétation intense, des fleurs un peu partout, il y avait un bassin où les poissons vivaient tranquillement. « Ça vous plaît ? demanda Mikael en voyant leurs expressions émerveillées. Destination de rêve hein ? Nous avons un peu plus de deux heures à passer ici, il faudrait que l'on récupère les enfants à 18h alors profitez-en au maximum.
- Tu es sérieux Mikael ? Je te suggère d'appeler le parc maintenant et de changer d'option. Si je me souviens bien, il est possible de les faire raccompagner jusqu'au domicile respectif. Tu nous emmènes dans un endroit pareil et tu nous donne 2 heures ? Je paye le surplus du transport des enfants s'il le faut ! s'exclama Lydia sans ménagement.
- En général, je ne me manifeste pas trop, mais je suis d'accord avec Lydia, reprit Ariel. Pour une fois qu'on peut se faire du bien tout en ayant les enfants « sous contrôle » pourquoi ne pas faire comme ça ? Tout le monde sera content de cette manière ! »
Ils acquiescèrent tous par un mouvement de tête vif. Étant tous du même avis, Mikael s'exécuta.

Entre-temps, Tony et Ariel ne se firent pas attendre, ils se jetèrent sous les chutes de la cascade. Lydia s'était mise à s'occuper du coin pique-nique avec ce qu'ils étaient passés récupérer chez l'oncle de Mikael. Celui-ci s'était chargé du déjeuner de tout le monde. Matthias lui, décida de se faire une sorte de safari-photo avant d'aller dans l'eau. Annabella termina de donner un coup de main à Lydia pour gagner du temps et profiter un peu plus de l'endroit.

« Ok vite fait, bien fait. On va dans l'eau ? proposa Lydia à Annabella.
- Non pas tout de suite, j'ai plutôt envie de faire autre chose.
- Ah, ça m'intéresse !
- Je ne crois pas, mais vas-y dans l'eau toi, je vous rejoindrai après, je t'assure. Allez à tout à l'heure, j'y vais !
- Mais attends, dis-moi au moins... »

Annabella partit aussi vite qu'elle put et emprunta le petit chemin par lequel Matthias était passé. Elle avança sans trop savoir où elle se dirigeait. Le plus sûr était de suivre les indications sur les pancartes pour le safari-photo floral de 25 minutes. Elle espérait tomber sur lui pour pouvoir discuter ensemble. Les fleurs étaient toutes aussi magnifiques. Annabella ne put s'empêcher de s'arrêter pour prendre quelques photos. Elle s'arrêta particulièrement sur une variété de lys, *Lilium bulbiferum*, un lis orangé. Elle s'assit par terre et les observa. Elle en huma certaines. « Je ne sais pas pourquoi vous m'attirez autant mesdemoiselles ou mesdames mais je vais rester avec vous un petit moment. Vous sentez tellement bon que j'ai envie de chanter. Et non, je ne suis pas folle, mais inspirée, » leur murmura-t-elle. Elle se mit à fredonner un chant, puis ce fut de plus en plus fort, sentant la liberté couler en elle. Elle se leva et se mit à danser en imitant le vol d'un oiseau emporté par une mélodie que le vent s'était mis à chanter.

Matthias avait reconnu la voix d'Annabella, il avait rebroussé chemin dès les premières notes audibles. Quand il arriva vers elle, il se garda de faire du bruit. Il l'observa au début, ensuite il se mit à prendre une rafale de photos. Il la trouvait tellement inspirante, vivante et tellement... « Tellement belle ! Je ne veux pas la déranger, le spectacle est bien trop beau. Je vais juste attendre qu'elle finisse. *Dieu si tu es la cause de cette rencontre, merci !* » *dit-il tout bas.*

Plus il l'observait, plus il se sentait pris par l'envie de la garder près de lui. Il ne perdit aucune miette. Soudainement, il sentit une chaleur dans son ventre, puis dans son cœur et il se mit à pleurer et rire en même temps. Il était perturbé, mais il était heureux de se sentir vivant et au bon endroit. *« Dieu, si tu en es la cause comment puis-je savoir que c'est toi ? demanda-t-il dans un élan d'audace.*
- Je sais ce qui est bon pour toi. Et parce que je t'aime, je l'ai emmené vers toi. Et parce que je t'aime, je vais réécrire ton histoire et ils verront que je suis avec vous, crut-il entendre dans son cœur.
- Tu me parles vraiment là ? Pourquoi je ne te vois pas ? demanda-t-il choqué.
- Je suis devant toi et partout à la fois. Aies confiance en ce que je te montre.
- La seule personne devant moi c'est Anna et... Oh non il pleut, elle va se mouiller... Il y a du feu maintenant tout autour d'elle mais, qu'est-ce que... C'est toi là ? »
Cette fois-ci, c'en était trop pour lui, il pouvait apercevoir quelqu'un à côté d'Annabella. Il se leva et avança vers elle, qui était debout, lui tournant le dos. « Il faut qu'elle voit ça et qu'elle m'explique. Je ne suis pas fou, pensa-t-il. Anna ! Anna ! Anna ! C'est moi, Matthias. Je t'ai entendu chanter et je n'ai pas résisté à l'envie de venir par là. »
Elle s'essuya les yeux rapidement, pour cacher le fait qu'elle avait pleuré. Elle tourna la tête dans sa direction et sourit. « Je ne t'ai même pas entendu, je t'ai certainement dérangé. Un safari se passe dans le calme en général, lui répondit-elle désolée.
- Pas du tout, tu étais en harmonie avec la nature et tu étais

magnifique, mais j'ai besoin que tu m'éclaires sur un truc. Après tout, c'est toi qui en est la cause mais, qu'il pleuve dans un endroit et pas ailleurs alors qu'il y a un soleil impressionnant au-dessus de nos têtes, est-ce normal ? Ou alors qu'il y ait du feu mais que rien ne soit consumé ça aussi c'est normal !? Je ne sais plus trop quoi penser.
- Hein, j'ai déclenché une pluie et un feu ? Où, quand, et comment ?
- Elle doit croire que je suis fou, c'est trop compliqué, pensa-t-il. »
Matthias éclata de rire et tenta de détourner son attention : « Décidément, je ne sais plus quoi dire pour te parler, c'est ridicule ! Je crois que ce qui s'est passé restera en berne pour le moment. Oui, un secret. Après, je verrai si je le lui dis ou pas, pensa-t-il. Et pourtant, je continue de voir cette personne à côté d'elle. On dirait un film de science-fiction. Ah, tiens il n'est plus là ! Bon, je veux juste passer du temps avec elle. Allez Matthias concentre-toi juste sur Anna finit-il par s'encourager dans son fort intérieur.
- Tu veux tellement me parler que tu vois du feu et de la pluie en même temps, c'est à ce point ? lui demanda-t-elle amusée. Je vais rester avec toi pour le safari du coup, comme ça on pourra parler.
- Il faut croire que c'est quelque chose dans le genre et c'est un plaisir que tu restes avec moi et ce serait aussi avec plaisir que je te montrerai les photos que j'ai déjà prises, si tu veux. Je veux dire, plus tard quand j'aurai fait la sélection de celles que je souhaiterais garder, dit-il un peu gêné, car il se souvint qu'il l'avait prise en photo.
- Si tu veux... Enfin, t'es pas obligé... Mais pourquoi pas, dit-elle gênée de le sentir lui-même gêné.
- Bien sûr que je le veux. Bon aller on y va ? »

Il l'emmena là où il s'était arrêté et ils reprirent ensemble le safari-photo. Il lui montra les fleurs qui avaient attiré son attention, il faisait des recherches sur Google pour certaines afin de lui en donner la signification. Ce qu'Annabella ne savait pas, c'est qu'à chaque fois qu'il prenait son appareil, il l'a prenait elle, en photo. Il attendait juste qu'elle se mette en mode observation pour pouvoir la mitrailler. «Je veux en savoir un peu plus sur elle, je suis très intéressé, se dit-il. Je peux te poser une question ? lança-t-il.

- Attends, c'est moi qui ai quelque chose à te dire, je ne veux plus attendre, répondit-elle un peu sérieuse.

- Qu'est-ce qui se passe, tu es sérieuse tout à coup ? J'ai fait quelque chose de mal ? dit-il sur la défensive.

- Non ! Ne te mets pas sur la défensive, ce n'est pas toi, c'est moi. Non en fait, j'ai réfléchi et...

- Je t'écoute.

- Ne m'interromps pas, déjà que ce n'est pas facile, il faut que je trouve mes mots...

- Je ne t'interromps pas, j'ai juste dit que je t'écoutais.

- Mais si, là tu parles !

- Bah vas-y parle, je te regarde... Je veux dire t'écoute, je t'écoute et très attentivement.

- Bon voilà. En fait, comme je te disais, j'ai réfléchi et je crois que je dois m'excuser pour mon attitude de ces derniers jours... je veux dire depuis qu'on s'est rencontré.

- Tu crois ? Si tu n'es pas sure que tu doives t'excuser, alors cette conversation n'a pas lieu d'être ! dit-il perplexe.

- Si ! dit-elle fermement. Je veux que tu saches que je suis désolée de ne pas avoir été plus courtoise et ouverte à la conversation. Quand je ne connais pas quelqu'un, j'ai du mal à être à l'aise.

- On discutait bien dans l'avion, qu'est-ce qui s'est passé ? Pourquoi avoir fermé les portes ?

- Je rectifie, je vous écoutais parler et je répondais au plus simple.
- Mais si tu voulais que... Attends, tu me vouvoie maintenant ?
- Oh mais non, je suis stressée », répondit-elle embarrassée. Elle s'approcha de lui et le prit par l'avant-bras pour l'arrêter dans sa marche. Matthias se figea au contact de ses doigts sur sa peau. Il eut envie de la prendre dans ses bras, de sentir son corps contre le sien mais il serra les dents de toutes ses forces et détourna les yeux d'elle de peur qu'elle ne remarque son trouble. « Écoute-moi, reprit-elle, j'avais juste besoin d'être attentive à la conversation mais aussi à la voix du Saint-Esprit. D'ailleurs, c'est Lui qui me demandait d'écouter et de moins parler. Cela n'empêche que j'avais juste envie d'avoir mon casque et de ne penser qu'à mon séjour. J'ai aussi mauvais caractère, ma première réaction est de mettre des distances avec les personnes que je ne connais pas, surtout quand le sexe opposé entre dans mon territoire ou dans mon espace. Je suis en mode défense et je vais rejeter avant qu'on ne me jette etc.
- Ouais... Et ça n'a pas empêché Dieu de te parler de moi !?
- Il n'a pas le temps avec mes émotions bancales. S'il a un truc à dire ou à faire, crois-moi qu'il va agir. Il est au-dessus de ça. Il saura comment te conduire à accomplir sa volonté, et elle est toujours bonne, agréable et parfaite. La plupart du temps, on s'en rend compte après coup. Du moins moi. »
En disant ça, Matthias vit une lueur dans les yeux d'Annabella, il l'a senti intense et passionnée. Sans se rendre compte, sa voix devint plus grave. « Je voulais juste que tu me parles de ce Dieu que je connais très mal et qui apparemment a des choses à me dire mais que je n'entends pas ou du moins, c'est ce que je crois. Si c'est lui qui est la cause de ce micmac, je le remercie. Il est doué et ce qu'il fait me plaît énormément.
- Moi-même je n'ai pas fini d'apprendre à le connaître et à

écouter sa voix. C'est tous les jours et pour toute ma vie que je serai dans ce processus. Il est la meilleure chose qui me soit arrivée.»

Un silence s'installa entre les deux, ils s'observèrent sans bouger pendant quelques secondes. Matthias vit là l'opportunité de l'embrasser mais quelque chose l'arrêta, il senti que ce n'était pas le bon moment alors, il mit un terme à leur échange. «Si je te propose qu'on aille dans l'eau, tu viendrais avec moi ?
- Hum, okay !
- Allons-y, je suis sûr qu'ils doivent se demander ce qu'on fait. D'ailleurs c'est bizarre que...
- Hé vous deux ! les interrompis Mikael, je suis venu vous chercher, j'ai trouvé ça bizarre que vous ne reveniez pas alors je me suis inquiété. Mais je vois que tout va bien. Aller Anna on va dans l'eau, cette fois-ci tu as ton maillot, tu n'y échapperas pas ! Toutefois j'ai une bonne nouvelle. Je te la pique Matthias, ça ne te dérange pas j'espère ? dit-il en joignant le geste à la parole.
- Comme si j'avais le choix, dit Matthias, frustré d'être laissé pour compte.»

Mikael avait surgi de nulle part et les avait surpris alors qu'ils étaient dans un moment important. Il s'était rendu compte qu'il y avait de l'électricité entre eux mais cela ne l'empêcha pas d'entraîner Annabella avec lui. Matthias les regarda partir, il aurait voulu s'imposer mais il avait de gros doutes sur une possible relation entre eux. Mikael devait être plus intéressant que lui vu comment Annabella semblait captivée par ce qu'il lui racontait. «J'aurais dû lui demander si c'était lui celui qu'elle était venu rencontrer ici. J'aurais su si je perdais mon temps ou pas !» se dit-il frustré.

Par la suite, ils rejoignirent tout le monde aux chutes d'eau. Matthias se changea et attendit qu'Annabella termine sa conversation. Voyant que ça s'éternisait, il décida d'aller dans l'eau sans plus attendre.
De son côté Mikael savait pertinemment ce qu'il faisait. La dernière chose qu'il voulait était qu'Annabella soit intéressée par Matthias. Il avait bien vu qu'ils mettaient trop de temps pour un safari de 25 minutes. Quand il les trouva, l'intensité et l'attraction qu'il y avait entre eux l'avait poussé à les séparer et à arracher Annabella des bras de Matthias. Il s'était donné comme objectif de la séduire et de la faire rester à ses côtés. Lui aussi ne souhaitait qu'une chose finalement : Annabella.

*

Lydia ne perdit pas une miette de ce qui s'était passé, mise à part l'étape du safari-photo. Elle connaissait bien son beau-frère. Alors qu'elle observait la situation, elle remarqua surtout vers qui l'attention de Matthias se tournait. Elle vit qu'Annabella était au milieu d'une bataille sans s'en rendre compte. Elle sortit alors de la source d'eau chaude et rejoignit Matthias aux chutes d'eau. « Alors ce safari, productif ou pas ?
- Assez surprenant et oui, productif, répondit-il alors qu'il regardait Annabella et Mikael.
- Hum, dit-elle en suivant son regard.
- Tu crois qu'il y a un truc entre les deux ? lui demanda-t-il. Je veux dire qu'il a vraiment de la chance ce Mikael !
- D'accord, je vois », dit Lydia, prenant ça pour un signe.

Sans plus attendre, Lydia sortit de l'eau et se dirigea vers Annabella et Mikael. Malgré les multiples appels de Matthias,

Lydia fit la sourde oreille et apparemment elle avait choisi de défendre la possible histoire d'amour entre Annabella et Matthias. «Anna, on t'attend, nous aussi on veut passer du temps avec toi ! Déjà qu'on en a pas beaucoup. Mikael tu as pu arranger le problème des enfants ?
- Oui, oui ! C'est fait.
- Mais tu es génial ma parole ! Hé les gars, dit-elle en entraînant Annabella avec elle, on a plus de temps, problème d'enfants résolu ! On applaudit Mikael s'il vous plaît ! »
Tous se mirent à scander le nom de Mikael et l'applaudirent.

«Dis Lydia, tu te rends compte que tu as littéralement coupé Mikael qui me parlait d'un de ses projets super important ?
- Dis-moi merci de t'avoir sortie de là plutôt que de m'engueuler. Tu trouves ça normal que nous soyons en train d'apprécier une aprèm ensemble et que toi tu sois en train de discuter, comme si tu étais dans un bar, avec le guide ? Tu me remercieras, crois-moi. Enlève tout ça et vient dans l'eau !
- Oh lala j'avais oublié Matthias. Il est où ? s'écria Annabella.
- Hein ? Matthias, pourquoi ?
- Je lui avais dit oui... Zut ! »
Elle enleva son short et son t-shirt et enfila son paréo. « Il faut croire que je dois déjà te dire merci Lydia.
- Ah bon, déjà ? Si j'avais su... »

Trop tard, Annabella faisait déjà signe à Matthias. Elle partit le rejoindre au plus vite et s'excusa d'avoir perdu la notion du temps. Ils passèrent l'après-midi ensemble à discuter et à se détendre dans un cadre paradisiaque. Quoi de mieux pour apprendre à mieux se connaître ? Quant à Lydia, qui eut le plaisir de les observer ensemble, elle eut le net pressentiment qu'un *happy ending* était possible.

Chapitre 6

Quand ils rentrèrent à la maison, ils trouvèrent les enfants assis avec Eleena dans le grand salon, avec des chocolats chauds et des petits gâteaux. Nos petits aventuriers regardaient un film de Disney en silence, mais quand ils virent leurs parents ils oublièrent ce qu'ils faisaient et sautèrent dans leurs bras.
Eleena raconta aux parents le retour à la maison de leurs enfants. Les filles s'étaient douchées et changées mais les garçons avaient préféré attendre leurs parents. Eleena les avertit qu'ils avaient plein de choses à raconter, entre les aventures et les plaintes ils allaient être servis. Mais pour l'heure, place aux retrouvailles et aux câlins.
La fatigue se lisait sur les visages bien que les enfants tenaient absolument à raconter tout ce qui leur était arrivé au parc. Les parents remercièrent Eleena pour sa patience avec les enfants. Lydia remercia Eleena personnellement en lui donnant un cadeau qu'elle lui avait acheté un peu plus tôt quand ils étaient passés par le centre-ville.

Tony prit les garçons et les emmena dans leur chambre pour qu'ils puissent prendre une douche et leur proposa de lui raconter leur journée, de cette façon il en profiterait pour les

mettre au lit. Quant aux filles, elles allèrent dans les bras de leur papa et de leur tonton à tour de rôle pour leur dire bonne nuit car elles tombaient de sommeil, vaincues par la fatigue. Quand se fut au tour d'Axelia d'embrasser son oncle, elle lui dit quelque chose qui surprit Annabella, qui sans le vouloir entendit leur conversation en allant dans la cuisine. « Tu sais tonton, j'aurais vraiment aimé vivre cette journée avec Alex, c'est mon cousin et il me manque beaucoup. Je sais que toi aussi tu aurais aimé qu'il soit avec nous et j'espère vraiment de tout mon cœur qu'il vive avec nous très bientôt comme ça on sera une vraie famille.
- Je sais ma chérie, je pense tous les jours à lui et j'espère que très prochainement Dieu nous fera le cadeau de l'avoir avec nous. Il faut qu'on garde la foi. »
Puis les jumelles montèrent dans leur chambre pour aller se coucher.

Annabella ne comprenait pas ce qui venait de se passer, à aucun moment lors de leur discussion un peu plus tôt dans la journée Lydia n'avait mentionné ce prénom. Elle n'en croyait pas ses oreilles, personne ne lui avait dit que Matthias avait un enfant. C'était peut-être un secret qu'il gardait jalousement, dont il ne parlait qu'en famille. Néanmoins Annabella se sentait un peu troublée. « Donc il est papa, ce qui explique mieux son comportement avec ses nièces et les enfants de Tony et Lydia. Ça doit être dur pour lui de ne pas avoir son fils avec lui. Ça ne doit pas être facile », se dit-elle tout bas.

Un peu plus tard, c'était au tour des adultes de se détendre autour d'un thé et d'un café et pour Annabella un chocolat chaud. Lydia souleva la question des prochaines vacances en famille, ce qui engendra des suggestions et des débats.

Annabella ne tenant plus, souhaita une bonne nuit à tout le monde et se dirigea vers l'étage. Il faut dire qu'elle ne se sentait pas forcément concernée vu que sa famille à elle se trouvait loin pour en parler et qu'en plus ce n'était pas quelque chose qu'elle avait l'habitude de planifier en famille. Alors elle décida de prendre congé et de se concentrer sur les finitions de son livre : Nouvelle saison pour Bianca.
Mikael, qui vit là une opportunité, se leva sans demander son reste et parti à la suite d'Annabella bien décidé à l'avoir pour lui tout seul. Il ne restait plus que les frères Ellison et leurs amis. « Matthias, tu as jeté un coup d'œil sur les photos que tu as prises lors de votre safari, comment sont-elles ? lui demanda Lydia d'un ton mystérieux.
- J'ai à peine commencé, pourquoi ?
- Tu ne crois pas que tu devrais vraiment le faire ? Ça ferait un bon moment à partager tous ensemble demain non ?
- Dans ce cas, je le ferai demain dans la matinée et on se fera ça en fin de journée.
- Pourquoi tu veux remettre ça à demain, si tu peux déjà éliminer une partie du travail ce soir ?
- Tu veux dire là maintenant ?
- Oui ! Mais bon sang Matthias, lève-toi et va la sortir des griffes de Mikael ! criait-elle dans son cœur.
- De toute façon j'allais moi aussi prendre congé, ça a été une journée riche en émotions. Je ne te promets rien cette nuit Lydia mais pour demain, oui. Allez, je vous quitte, bonne nuit à tous. »
Ils lui répondirent à l'unisson. Soudainement, Ariel se leva pour faire pareil, mais Lydia l'arrêta avec force.
« Eh Lydia arrête, qu'est-ce que tu fais ? Il est fatigué lui aussi, lui reprocha son mari. Qu'est-ce qui se passe concrètement depuis cet après-midi ?
- C'est seulement depuis cet après-midi que tu as remarqué

tout le mal que je me donne pour aider votre frère et ami qui est apparemment sous le charme d'Anna ?

- Mais non ! s'étonna Ariel. J'étais loin de m'imaginer ça. Je vois, je vois, c'est vraiment ça alors. Ouah, depuis l'accident et son retour à la maison, je ne l'ai pas vu accepter un seul rencard, il s'est très peu ouvert aux femmes sauf à mes filles, à maman et à toi aussi Lydia. Vous vous rappelez l'époque où il s'y intéressait disant qu'il cherchait sa partenaire idéal ? Un vrai tombeur.

- Ça fait un peu plus de trois ans que ton frère regarde les passants par la fenêtre, mais je suis sûre que cette fois il est très intéressé par Anna. J'avoue qu'ils iraient super bien ensemble, mais nous avons un problème. Mikael.

- Hein, lui aussi !? s'exprimèrent-ils en même temps.

- Eh oui, c'est pourquoi j'ai envoyé Matthias « regarder les photos » dit-elle mêlant le geste à la parole. Comme ça, il arrêtera leur conversation et lui dérobera Annabella. Je suis une éternelle romantique, désolée les gars !

- Tu es mienne, ne change rien, amour de ma vie ! dit Tony en lui donnant un baiser. Ariel, et si on attendait un peu histoire de les laisser se débrouiller comme des grands, ensuite on y va parce que je vous assure que j'ai bien envie de retrouver mon lit et d'avoir ma femme avec moi.

- Oui tu as raison, laissons-leur un peu de temps.

- Merci les garçons, c'est pour la bonne cause... »

*

Matthias entendit des voix alors qu'il montait dans sa chambre. Ils riaient et chuchotaient dans le couloir du deuxième étage. Il monta jusqu'à leur niveau et vit Annabella accompagnée de Mikael, ce qui l'agaça au plus haut point.

« Ça fait combien de temps qu'ils sont là comme ça, comme des ados ? » se demanda-t-il. Il se décida à les interrompre. «Anna, je me disais bien que c'était toi. Tu es bien accompagnée à ce que je vois. Je croyais que vous étiez fatigués ?
- Oh désolée, j'avais oublié les enfants ! On fait du bruit c'est ça ?
- Non, non, c'est juste que je vous ai entendu et ça a piqué ma curiosité.
- Bon eh bien je vais te laisser Anna, réfléchis à ce que je t'ai dit et donne-moi ta réponse ok ? Fais de beaux rêves, lança Mikael sur un ton provocateur.
- Bonne nuit Mikael et merci », répondit-elle sans rentrer dans son jeu.
Celui-ci prit congé et s'en alla tandis que Matthias faisait tous les efforts du monde pour ne pas qu'elle voit sa frustration. «Tu vas dormir tout de suite ? Mon dieu c'est tout ce que tu trouves à dire Matthias ? se reprocha t-il.
- Non, en fait j'ai envie de peaufiner mon livre, attaquer les finitions, car je souhaiterais qu'il soit accessible aussi sous forme numérique après. Et toi ?
- Moi ? Quoi moi ?
- Tu vas dormir tout de suite ?
- Non... Non, je vais travailler sur les photos, du moins une partie et terminer demain dans la matinée, comme ça demain soir on pourra les regarder tous ensemble. Sympa je trouve, tu ne penses pas ?
- Excellente idée. Ça te dit qu'on se soutienne mutuellement cette nuit vu que tu as des choses à faire et moi aussi ?
- Tu veux dire... que toi et moi... Mais carrément, où ? Pas dans ta chambre et encore moins dans la mienne...
- Matthias regarde ce que j'ai dans la main.
- Des clés !
- Oui, de cette pièce en face de ma chambre. Eleena m'a don-

né les clés dès que je suis arrivée pour que je puisse « exprimer mon talent » m'a-t-elle dit. J'estime que tu as un talent à exprimer alors je t'invite à me rejoindre si ça te dit !?
- Donne-moi cinq minutes. Il nous faudra des trucs à manger et à boire non ?
- Il y a tout ce qu'il faut là-dedans, crois-moi, je suis assez bien installée.
- Quelle femme !
- Hahaha... Je sais, je suis géniale ! »

Matthias entra dans la pièce quelque temps après Annabella et découvrit les lieux avec étonnement. Alors qu'elle lui faisait signe d'entrer, elle alluma la machine à café. « Machine à thé, café et chocolat chaud » lui avait-elle dit. Il y avait une multiprise, un éclairage parfait, des snacks rangés dans une grande boîte fermée hermétiquement, de l'eau minérale et du jus. Au sol, elle avait mis un tapis à poil long couleur beige avec trois grands coussins XXL, deux plaids et deux grandes bougies odorantes pour créer une ambiance chaleureuse. « Ça vous convient monsieur Ellison ?
- Je suis très touché par votre accueil dans votre lieu secret madame Elli... Je veux dire que c'est un honneur de partager un tel moment en votre compagnie.
- Je t'en prie, mets-toi à l'aise », dit-elle contente de l'effet causé sur Matthias.
Elle avait entendu le lapsus mais décida de passer outre, l'objectif étant de passer une bonne soirée et d'apprendre à se connaître. Il la laissa s'installer en premier et s'assit ensuite en face d'elle pour ne rien perdre de ce qu'elle faisait.
« Très bien, éléments en place, ordinateur ouvert et un peu de musique. Tout ça fait partie de mon rituel et maintenant place à la créativité.
- Ça me va parfaitement, allez on y va ! »

*

Il était 2h du matin quand Annabella leva enfin les yeux de son ordinateur. Elle n'avait pas cligné des yeux une seule fois, plongée dans son univers. Elle était restée imperturbable, concentrée. Elle regarda la montre puis Matthias, il était complètement affalé sur un des grands coussins, les jambes sur le tapis, les mains jointes sur le ventre, les yeux fermés, dormant paisiblement... «Alors tu as terminé ?

- Seigneur, mais ça ne va pas ! Tu m'as fait peur. J'ai vraiment cru que tu dormais !
- Désolé, je ne t'entendais plus faire de commentaire en français et je me suis senti observé. J'en ai conclu que tu avais terminé, du moins pour l'instant, dit-il en riant.
- Ouais, je suis contente. Demain il faudra juste que je fasse le synopsis qui sera sur la page de garde arrière et je pourrais passer à l'étape suivante, la reliure et voir comment je peux faire pour la forme numérique. Il me faudra un peu d'aide. Je suis tout de même fière de moi. *I am amazing !** dit-elle en levant les bras.
- Impressionnant, j'ai un écrivain en face de moi, je peux bomber le torse ou pas ?
- Ah, attends que j'ai du succès et tu pourras !
- Mais non c'est maintenant que ça commence, habitue-toi hein ! J'espère pouvoir lire cette histoire qui t'a tant passionnée.
- Il va falloir que tu attendes la traduction en anglais pour ça.
- Hum peut-être... mais viens voir, je veux te montrer certaines photos que j'ai sélectionné. Je veux que tu me dises ce que tu en penses d'accord ? Sois sincère.
- Okay, avant ça, je veux un chocolat chaud, tu veux quelque chose ?

**Je suis géniale* en anglais

- Oui mais laisse-moi faire, ça ne doit pas être compliqué. Entre-temps, tu peux commencer à regarder.
- Okay. »

Il installa son ordinateur sur ses jambes, ouvrit un dossier dont le nom était en islandais, il cliqua sur le mode diapositive et les images commencèrent à défiler. « Il y en a juste 25, ce ne sera pas long. Je compte sélectionner les vidéos demain matin et les ajouter pour en faire une bonne compilation.
- Juste 25, il n'y en a pas plus ?
- Si mais j'aimerais juste que tu jettes un coup d'œil sur celles-là. »
Pendant qu'il leur préparait deux chocolats chauds, Annabella fut surprise par ce qu'elle voyait. « Attends une seconde, pourquoi je suis là moi ? Oh, en plus, je ne suis pas forcément à mon avantage avec ce maillot de bain.
- C'est ton point de vue, pas le mien.
- Je ne comprends pas ton regard sur le monde mais moi ce que je vois là n'est pas particulièrement top. »
Matthias manqua de s'étouffer à cette réflexion alors qu'il buvait sa boisson chaude. Il toussa abondamment avant de lui demander de sélectionner la photo qui l'avait poussé à dire ça. « Eh bien écoute, on n'a pas la même vision des choses, c'est sûr. Je ne vois pas ce que tu te reproches là.
- Je ne me reproche rien, c'est à toi que je fais la réflexion, d'ailleurs pourquoi tu m'as prise en photo et à quel moment est-ce que tu as prise celle-ci ?
- Je te rappelle que demain on va se faire une soirée tous ensemble, en famille, où nous allons voir les photos et vidéos de ce week-end. Tu savais qu'ils avaient filmé les enfants au parc aquatique ? Ariel m'a envoyé le lien, comme ça je pourrais faire une compilation avec les nôtres.
- C'est chouette, je suis très contente mais ne change pas de

conversation s'il te plaît. Je n'aime pas cette photo en particulier, pourrais-tu l'enlever s'il te plaît ? »
À ce moment-là, Matthias compris qu'elle n'était pas du tout à l'aise à l'idée de se voir. Elle avait une mauvaise perception d'elle-même. « Qu'est-ce qu'il y a, tu es fâchée ? lui demanda-t-il, curieux de sa réponse.
- Je n'aime juste pas qu'on me prenne en photo de cette façon-là. Je veux dire comme ça... surtout dans cette tenue là et à mon insu. C'est juste que je n'ai pas envie qu'on me voit comme ça.
- Qu'est-ce que tu veux dire comme ça ? Je ne vois pas où est le problème, tu es magnifique.
- Y-a-t-il un message que tu essaies de me faire passer ? »
À cette question et au ton de sa voix, Matthias compris que non seulement elle était frustrée et elle n'était pas du tout contente. « Oui et je vois que ça ne marche pas. Tu n'es pas à l'aise avec ton corps, c'est indéniable.
- Très mal à l'aise, et je n'aime pas ça. Et je pense que tu pourrais juste respecter ma demande, ce n'est pas grand-chose, il suffit juste que tu effaces ces deux ou trois photos que je n'aime pas de moi.
- Tu veux qu'on en parle ?
- Pas à presque 3h du matin, non merci.
- Ok donc tu es vraiment fâchée et ça plombe l'atmosphère là.
- Je suis juste mal à l'aise comme je te l'ai déjà dit.
- Oui j'ai bien saisi que tu était mal à l'aise avec ton corps. Tu fais quoi, un 42 ? Lève-toi s'il te plaît. »
Matthias savait que ce qu'il allait faire était quitte ou double mais il se lança quand même. Il lui tendit la main pour l'aider à se lever puis il la fit tourner sur elle-même lentement. Il lui prit l'autre main et refit la même chose dans l'autre sens. « Ce que moi je vois n'est évidemment pas ce que toi tu vois, ou encore, ta perception de toi-même est erronée. La femme

qui est devant moi est tout simplement spectaculaire. Tu es désirable, et agréable à regarder, tu as tout ce qu'il faut, là où il faut. Je ne cherche pas à te forcer la main, je te dis juste ce que moi, Matthias, qui ne te connais que depuis peu, vois. Tes courbes sont parfaites à mes yeux Anna. »
Il fit un pas de plus vers elle, désormais plus rien ne les séparait. « Mais qu'est-ce-que tu es en train de faire ? Tu veux être mon psychanalyste ?
- Ne sois pas méchante, je n'ai rien dit ou fait de mal. Regarde-moi s'il te plaît et dis-moi ce que tu ressens et ce que tu vois quand tu me regardes ? S'il te plaît, sois objective. Je souhaite tout simplement que tu ouvres les yeux et que tu vois à quel point tu es tout aussi belle à l'extérieur qu'à l'intérieur. Du moins de ce que j'ai pu attester jusqu'ici.
- À quoi tu joues là ? Je ne suis pas intéressée par un flirt en vacances. Il serait préférable de garder une certaine distance entre toi et moi. Je vais faire comme si rien ne s'était passé. »

Elle mit suffisamment de distance entre eux pour échapper à ce qui pouvait être une catastrophe. Annabella se sentit comme prise au piège, cela faisait longtemps qu'un homme ne l'avait pas déstabilisée de la sorte. Il y avait un certain mal-être caché au plus profond d'elle, qu'elle avait protégé et en un instant il avait tout fait ressortir. Elle se sentait nerveuse et ne voulait certainement pas que Matthias le remarque de peur que la situation dégénère. Il fallait qu'elle sorte de la pièce.
« Attends Anna, je ne voulais pas te vexer, je vois bien que c'est un terrain glissant. Excuse-moi s'il te plaît, loin de moi l'idée de te blesser. Je voulais juste que tu te vois au travers de mes yeux, saches que moi je ne te demanderai jamais d'être quelqu'un d'autre. Ne fais pas l'erreur de te comparer à qui que ce soit.

- Très bien, excuses acceptées ! » dit-elle pour se débarrasser de lui.
Elle voulut partir mais se rendit compte que leurs mains étaient entrelacées, elle ne comprenait pas comment ils en étaient arrivés là, mais le mieux était de mettre plus de distance entre eux. « Tu es perturbée et voilà que tu t'enfuis...
- À quel moment on en est arrivé là !? Il faut que je parte, je ne suis pas prête à affronter ça ce soir. Bonne nuit Matthias ! »
Elle retira ses mains des siennes et sortit de la pièce sans se retourner. Il entendit juste le bruit de la serrure de la porte de sa chambre qui se fermait à double tour.

Matthias était désolé d'avoir causé ce malaise entre eux mais il se sentait étrangement satisfait d'avoir pu entrevoir le trouble en elle et de l'avoir eu très près de lui. Il ne regrettait pas non plus le fait d'avoir crevé l'abcès, il était important qu'elle sache que sa perception était mauvaise. *« Bon eh bien ça aurait pu être pire... Tu es sûre que c'est elle seigneur !? dit-il tout haut s'adressant à Dieu. »*

Chapitre 7

La journée du dimanche passa très vite, tout le monde était excité pour la fameuse soirée barbecue qu'Eleena avait annoncé lors du petit-déjeuner. Les photos et les vidéos seraient projetées sur le mur extérieur, idée d'Eleena qui avait proposé de profiter du jardin à cause du beau temps, en plus le soleil se couchait tard. Quant à Annabella, elle faisait de son mieux pour éviter tout contact visuel avec Matthias. Celui-ci avait pris le temps, la veille, de lui glisser un mot sous sa porte pour se faire pardonner, cependant tout ce qu'ils échangeaient c'était le sel, le pain, et l'eau, en étant très formels l'un avec l'autre devant tout le monde. Mikael, ayant remarqué cette légère tension et distance entre eux, s'était jeté sur l'occasion pour accaparer toute l'attention d'Annabella. Matthias s'éclipsa prétextant la préparation du powerpoint car il ne supportait pas de la voir sourire autant avec un autre et de rire à ses soi-disant blagues. Il sentait qu'on lui volait sa place alors il resta invisible durant toute l'après-midi.
Quand ce fut l'heure du dîner, dans le feu de l'action, Lydia demanda à Annabella de prévenir Matthias pensant que tout allait bien entre eux. Mais celle-ci demanda à son tour aux jumelles d'aller chercher leur oncle. Elles coururent, fières d'accomplir leur mission.

« Ça va ma belle ? s'enquit Lydia.
- Oui pourquoi ? C'est à toi que je devrais le demander, c'est du lourd ce que tu nous as concocté là. Un gâteau à la rhubarbe et un sacré plat. C'est un mélange de plusieurs aliments, comment dit-on déjà, « Porrotur » c'est ça ?
- « Porramatur » on dit, et là encore ce n'est pas l'original, mais c'est bien ça l'idée. Là, il y a du poisson séché, de l'agneau fumé, de la saucisse de foie et du fromage de tête. Donc je te demandais si tu allais bien ?
- Mais oui, j'ai terminé le livre, le synopsis est fait aussi. Je suis super contente, j'ai hâte pour la suite !
- Lydia, le barbecue est prêt, tu peux envoyer ma chérie. Oh désolé de vous avoir interrompu, dit Tony.
- Y'a pas de mal, tu ne pouvais pas savoir qu'on discutait. Tu peux prendre le « Porramatur » s'il te plaît, je vais enfourner le troisième gâteau.
- Moi je vais vérifier qu'il ne manque rien sur la table que les enfants ont dressée, se proposa Annabella.
- Ok, je vois que tu ne veux pas en parler. Ça marche, je te laisse tranquille. »

Vingt minutes plus tard, tout le monde s'était retrouvé dans le jardin. Mikael avait déjà branché le vidéo-projecteur, il suffisait simplement de lancer la séquence. Un couple d'amis qu'il avait invité était arrivé juste à temps. Eleena donna le coup d'envoi et dès les premières photos tout le monde se mit à rire de bon cœur. Matthias avait eu la bonne idée de commencer par les enfants. Viandes et poissons étaient sur le grill, différents accompagnements étaient sur la table, c'était un festin. Ariel et Tony étaient commis au barbecue.
Ils passèrent une soirée très agréable ensemble, les enfants n'avaient pas perdu une opportunité pour raconter leurs aventures à chaque photo et vidéo qui défilaient. Des rires et

des discussions inondaient l'auberge, il y avait une très belle ambiance. Mais très vite le temps était arrivé pour les enfants d'aller se coucher et de laisser les adultes entre eux.
Mikael et ses amis proposèrent de débarrasser la table, Annabella et Eleena étaient à la cuisine. Lydia fit un tour dans le salon, de là elle pouvait entendre si les enfants ne chahutaient pas dans leur chambre, elle resta donc attentive pendant un moment. C'est alors qu'elle vit passer Mikael et ses amis qu'il raccompagnait. Curieuse de nature, elle s'avança doucement et se cacha derrière la porte du salon qu'elle ouvrit légèrement pour mieux entendre ce qu'ils disaient. C'est Mikael qui parlait, elle entendit clairement ce qu'il disait : «Tu vois qu'elle ne lui adresse même pas la parole, c'est froid entre eux, je crois qu'il a dû tenter quelque chose et qu'il s'est fait jeter. Tu as vu comment elle était avec moi toute la soirée, je ne suis pas fou rassurez moi ?
- C'est vrai qu'elle était proche de toi, répondit son ami David, mais moi je ne me fierai pas trop à ça. Elle t'a dit quelque chose de concret, il s'est passé quelque chose entre vous ? N'oublie pas qu'elle est plus âgée que toi et que vous n'avez éventuellement pas la même vision des choses. Je dis ça, je ne dis rien !
- Moi, je pense qu'elle t'apprécie et rien de plus, tu te fais des idées, ajouta Rita, la fiancée de David.
- Il ne s'est rien passé de concret, argumenta Mikael, mais ça se pourrait, et puis l'âge ce n'est qu'un chiffre. Moi je la veux, il suffit juste que je continue ma stratégie et l'autre ne sera plus du tout une menace.
- De quoi tu parles ? demanda David curieux.
- Il ne sait pas comment faire pour l'avoir, du coup, elle le fuit.
- Attention mon frère, tu viens d'avouer que « l'autre », comme tu l'appelles, est une menace. Autre chose, elle s'en va samedi prochain, tu veux obtenir quoi d'elle ?

- Tu sais que je suis compétitif…
- Et un cœur brisé, renchérit David.
- Et que je réussi tout ce que j'entreprends, reprit Mikael. Depuis que je l'ai vu à l'aéroport, je n'ai qu'un objectif : l'avoir. Elle est magnifique et tu sais aussi que j'ai un faible pour les femmes plus âgées et surtout pour les métisses. Un parfait mélange. Le simple fait qu'il y ait un facteur étranger, pimente simplement la chose. Bon, il faut y aller on continuera au bar, on va être en retard sinon !
- Ah tu viens ? Tu ne la surveilles pas ?
- Mais non, tout est sous contrôle là, il s'est tiré une balle dans le pied sans moi. Plus besoin de rester, les dés sont jetés. »

Lydia n'avait perdu aucune miette de ce qui s'était dit. Mikael était donc en mission et avait compris qu'il y avait potentiellement quelque chose entre Matthias et Annabella. Elle attendit que la porte d'entrée se ferme. Elle ouvrit complètement la porte du salon et sortit lentement.
« Alors comme ça on épie les conversations des autres, dit Matthias.
- Oh mon dieu, Matthias ! Tu m'as fait peur ! Et toi alors qu'est-ce que tu faisais là ?
- Lydia s'il te plaît, je te le demande. Ne t'en mêle pas !
- Qui moi ? J'étais juste là au bon moment, c'est tout, ma bouche est fermée !
- Si seulement je pouvais te croire ! Non, mais sérieusement, reste à l'écart !
- Ok j'ai compris.
- Dis à mon frère et à ton mari qu'il ne faut pas traîner ce soir, j'ai reçu les emails de confirmation de P.H. et F.S. s'il te plaît, ils comprendront. Je vais me coucher, bonne nuit !
- Bonne nuit Matthias. Je sais qu'au fond de toi tu es choqué et en colère mais tu ne sais pas que moi aussi je suis

en mission. Tu me diras merci plus tard », murmura-t-elle.

Lydia alla chercher son mari qui se trouvait avec Ariel et leur passa le message. Elle partit aider Eleena et Annabella à terminer de nettoyer et ranger la cuisine. Quand elle vit qu'il n'y avait pratiquement plus rien à faire, elle proposa à Eleena d'aller se coucher tandis qu'elle terminerait avec Annabella. Celle-ci l'encouragea en ce même sens. Eleena ne se fit pas prier davantage et s'en alla. Une fois seules, Lydia ne savait pas comment gérer la conversation, mais décida de se lancer et de voir où cela les mènerait. Trop tard, le téléphone d'Annabella sonna. « Coucou Mélanie, ça va ? répondit celle-ci à son interlocutrice.
- Donc toi, Annabella Botha Luiggi, tu as décidé de nous rendre tous malheureux.
- Qu'est-ce que j'ai encore fais, je suis loin, je n'ai tué ni volé personne, je m'entends à peu près bien avec tout le monde...
- Tu sais bien de quoi je parle ! L'éternel t'a envoyé pour que rien ne se passe là-bas ? Et là je ne parle pas que de ton livre, laisse-moi te dire que j'en suis fière et que tu ferais mieux de commencer à en écrire un autre.
- Je crois que s'il y avait eu un vrai truc je t'en aurais parlé.
- Aaah, le faux truc c'est qui ? demanda Mélanie curieuse.
- Tout ce que je peux te dire c'est que je ne suis pas la fille d'un soir.
- Oh, c'est déjà arrivé si loin ? Non, non, non, toi tu es allée dans un pub ou quoi ? Tu n'es pas avec les bonnes personnes, c'est pour cela que tu n'as pas trouvé le bon !
- Mais non, tu te rappelles de celui que j'avais rencontré dans l'avion ?
- Tu veux dire ton sauveur, beau, intelligent, qui a un souci avec les chrétiennes mais ayant un appel sur sa vie ?
- Lui-même !

- Oh, Il t'a proposé de passer une nuit avec lui. Mais pourquoi est-il rapide comme ça ? Tu m'étonnes qu'il ait des problèmes avec les filles !
- Non ce n'est pas ça, c'est juste que je n'ai pas le temps pour une relation à distance, encore moins les amourettes d'été. Moi je rentre chez moi samedi prochain. Si c'est pour se demander ce qu'il fait et avec qui, je passe mon tour.
- Hum vous vous êtes revus combien de fois pour avoir tiré cette conclusion ?
- Ah pardon, je ne t'ai pas dit qu'ils ont tous débarqué avant-hier en fin de journée, lui son frère et ses filles, le meilleur ami de son frère et toute sa famille. Du coup, j'ai pensé que c'était un coup monté mais on ne s'était échangé aucune coordonnée alors c'était une pure coïncidence...
- Annabella Luiggi, si je pouvais te gifler et faire sortir l'esprit de stupidité que tu as avalé je le ferai crois-moi ! Je te connais, le gars ne t'a rien fait, il t'a certainement montré qu'il n'avait pas peur de tes bêtises. Tu as pris peur, tu l'as rejeté vite fait et là tu me racontes des conneries. Je suis sûr qu'il est vraiment bel homme, qu'il a absolument tout pour lui et ça c'est trop n'est-ce pas ? J'ai bien fait d'écouter l'Éternel quand il m'a dit « appelle-la maintenant ». Je vais raccrocher parce que j'entends du bruit à côté de toi et je suppose que tu n'es pas seule. Sache que ma tension est montée à cause de toi. Tu as décidé d'être malheureuse toute ta vie parce que tu as peur ? Bon, je te laisse, bonne nuit à tout le monde là-bas, on se parle plus tard, réfléchis bien à tout ça.
- Je te rappelle demain, comme ça on continuera de parler.
- Non pas demain ma belle, je vais aller me prendre une bouteille de vin et commander japonais histoire de digérer la nouvelle.
- Quelle nouvelle, tu n'exagères pas là quand même ?
- Pardon Anna, après-demain si tu veux, tu ne veux pas notre

bonheur, il faut bien que je m'y fasse. Bon en fait demain, je vais chez mes parents et ils ont invité du monde. Hé mais tu parles français mais pas la personne à côté de toi, ça ne se fait pas. Allez, on se rappelle okay ? Bisous.
- Okay bisous alors. »
Annabella sentit une douche froide tomber sur elle. Il était clair que cet appel n'avait rien d'anodin. Pour ne pas montrer le trouble qui l'accablait, elle feignit un mal de tête et demanda à Lydia si ça ne la dérangeait pas de terminer toute seule pour qu'elle aille se coucher.
Lydia la laissa partir, sans dire bonne nuit, directement dans sa chambre. Voyant cela, Lydia se dit que le coup de fil qu'elle venait de recevoir ne devait pas être positif. Elle sentit Annabella se fermer et décida que demain serait un jour meilleur pour sa mission. Elle termina de vider le lave-vaisselle, de vérifier qu'il ne restait plus rien à l'extérieur, éteignit toutes les lumières, ne laissant que celles du premier étage pour les enfants en cas de besoin et partie se coucher en élaborant des stratégies pour le parfait *happy ending*.

*

« Anna, c'est moi Mikael, juste pour te dire qu'on s'en va dans 30 minutes, on prendra le petit-déj' au port.
- Ok, je fais au plus vite Mikael ! »
Annabella avait passé une nuit horrible, le peu de sommeil qu'elle avait eu n'avait pas été reposant car elle avait fait un cauchemar. Résultat, elle commençait la journée avec un mal de tête et ses émotions dans tous les sens. Pendant une bonne partie de la nuit, elle n'arrêtait pas de repenser à ce que son amie lui avait dit. Elle pensa aussi à ce qui s'était passé avec Matthias et à la vérité derrière tout ça. Il était facile de se

mentir à soi-même au point de créer une carapace et de rejeter le sexe opposé pour se protéger. À l'intérieur d'elle-même c'était le chaos, il y avait clairement un problème. Il ne lui avait suffit que d'un seul moment, une seule situation et Matthias avait su voir clair dans son jeu. Elle avait perdu pied et avait senti des remparts tomber. Elle n'avait pas aimé la facilité avec laquelle il l'avait démasquée. « C'est un étranger, en quoi est-ce que je l'intéresserais ? J'ai 36 ans, lui c'est un homme plus âgé, ayant déjà une carrière, un vécu, une vie bien tracée, sachant où il va, je n'ai rien à lui donner. À part flirter avec moi, je ne vois pas ce qui l'intéresserait. Même si je sais que ce n'est pas forcément la vérité », pensa-t-elle à haute voix pendant qu'elle se changeait.
On frappa à la porte. « Oui ?
- C'est nous Anabela et Axelia, on voulait juste te dire bonjour.
- Entrez les filles !
- Eleena a dit que tu ne prendras pas le petit-déjeuner avec nous alors on s'est dit qu'on viendrait te faire un bisou, dit Axelia.
- Vous êtes mignonnes toutes les deux ! »
Les jumelles s'assirent chacune sur une cuisse d'Annabella et lui firent un câlin chacune à leur tour. Celle-ci avait décidé de lisser ses cheveux ce matin-là, ce qui éveilla la curiosité des filles. « Tes cheveux sont plus longs comme ça, commenta Axelia.
- Et ils sont doux et soyeux, tu as de la chance ! rajouta Anabela.
- En quoi est-ce que j'ai de la chance ma chérie ?
- Qu'ils soient frisés ou lissés, ils sont beaux et puis on dirait que tu es différente comme ça. Tu peux faire ce que tu veux, alors je trouve que tu as de la chance.
- Tu es belle peu importe ce que tu fais, conclut Axelia.
- Merci les filles, je suis très touchée.

- Mikael a dit qu'il t'attendait pour partir, vous allez où ? demanda Anabela.
- Pas d'inquiétude, je dois rencontrer quelqu'un qui est censé m'aider pour un projet et je reviens. Je serai là avant le déjeuner je crois.
- Qu'est-ce qu'un projet ? Et pourquoi tu pars tout le temps avec lui ? demanda Anabela curieuse.
- C'est un travail que je veux réaliser et je ne pars pas tout le temps avec lui, c'est juste que je ne sais pas conduire et aussi parce qu'il m'a proposé son aide pour ce travail, il est sympa n'est-ce pas ?
- Ouais, mais tu sais que tonton Matthias peux t'aider lui aussi si tu as besoin, il est tout seul en général et il sait conduire. Bon là les vacances sont bientôt terminées donc il va être de plus en plus occupé, mais tu peux quand même lui demander !
- Toi aussi tu as l'air très occupée, tu fais quoi comme travail là-bas en France ? renchérit Axelia.
- Chacune son tour les filles. Alors effectivement Anabela, je peux éventuellement lui demander son aide. Et pour tout te dire Axelia, je travaille en tant qu'agent d'escale en intérim et je fais d'autres petites choses en plus, donc oui, j'ai été très occupée ces derniers temps.
- C'est quoi le projet et c'est quoi travailler en tant qu'agent d'escale ? demanda Axelia curieuse.
- Un livre que j'ai terminé d'écrire depuis peu et un agent d'escale c'est celui qui vous donne votre billet d'avion une fois qu'il a fait partir les bagages dans l'avion. Bon, trêve de bavardage, il faut que j'y aille. Vous m'accompagnez à la voiture ? »

Axelia prit le sac à main d'Annabella et sortit, les homonymes sortirent de la chambre main dans la main. Une fois en bas, Annabella s'aperçut que les portes du salon étaient

fermées et qu'il y avait des gens qui parlaient. On les entendait distinctement, en tout cas ça avait l'air sérieux, d'où l'aspect privé.
« Bonjour ma belle, bien dormi ?
- Bonjour Eleena ! Vous m'avez surprise. Pas assez, mais ça va merci, et vous ?
- Bien, c'est gentil de demander. Les hommes travaillent dans le salon, les affaires ont repris un peu plus tôt on dirait. Dis-moi, tu seras bien là pour le déjeuner ?
- Je serai de retour un petit peu avant même. »
Tout à coup, les portes du salon s'ouvrirent. Ariel sortit et la salua puis s'adressa aux jumelles. « Re-bonjour mes filles, je venais justement vérifier pourquoi il n'y avait pas de bruit. Vous n'êtes pas avec les garçons ?
- Non, répondit Axelia. On a préféré accompagner Annabella vu qu'elle ne revient que pour le déjeuner, on veut profiter d'elle au maximum.
- Mais on ira jouer avec les garçons après le petit-déj', comme ça tu nous entendras ne t'inquiète pas, dit la petite Anabela avec fierté.
- Ça marche, qu'est-ce-qu'elles sont attentionnées mes filles !
- On se voit plus tard alors Ericka ?
- Elle s'appelle Annabella papa, dit la petite fille à son père. Tu te rappelles qu'on a le même prénom quand même !?
- Oui mais vous êtes toutes les deux ensembles, il faut bien vous différencier, alors je me suis dit que j'allais l'appeler Ericka lorsque vous êtes ensemble. Elle m'a donné l'autorisation de le faire, ce qui est une bonne idée et je trouve que c'est plus simple pour moi... »

Mais pendant que père et filles discutaient, toute l'attention d'Annabella était sur Matthias. Elle se sentait pousser des ailes, tandis qu'elle le fixait. Il était habillé comme ceux qui

travaillent à Wall Street. Il portait un costume trois-pièces gris avec une chemise bleue-ciel, taillée sur mesure. C'était un autre homme. Son attitude était différente de ce qu'elle avait vu depuis qu'ils s'étaient rencontrés. Là, elle voyait un chef, un directeur, il dégageait quelque chose de fort, de grand...
« Anna ! Anna ! l'appela Ariel.
- Le fils de Dieu est beau ! lâcha-t-elle en soupirant en français.
- Pardon ? Anna, qu'est-ce que tu as dit ?
- Comment ça qu'est-ce que j'ai dit ? Tu me parlais ? sursauta Annabella.
- Tu as dit quelque chose en français, ce n'était pas de l'anglais ni de l'islandais hahaha. Tu dois être vraiment troublée !
- Je suis désolée Ariel, il faut que j'arrête de faire ça. En fait, je me parlais, mais quand c'est comme ça, j'ai l'impression que c'est dans ma tête.
- Ce n'est rien, on se voit plus tard alors, j'y retourne.
- Oui à plus tard Ariel. »
Il referma les portes et Matthias disparu de son champ de vision. Elle entendit en même temps les coups de klaxon que Mikael donnait. Elle fit un câlin collectif aux filles et parti en courant vers la voiture.

Matthias avait vu toute la scène. Annabella était restée fixée sur lui pendant qu'il échangeait avec ses interlocuteurs. Elle était plus belle que jamais dans sa robe blanche avec des motifs en forme de roses rouges dessinés dessus. Il avait remarqué qu'elle n'avait pas mis son long gilet noir pour cacher ses formes, elle était parfaite à ses yeux. Mais cette robe la dessinait un peu trop à son goût. Il avait aussi remarqué qu'elle avait lissé ses cheveux, elle était très belle, on aurait dit quelqu'un d'autre, mais il la préférait avec son frisé naturel. Pour l'instant, il fallait se concentrer sur le travail.

Chapitre 8

Annabella était contente du rendez-vous qu'elle venait d'avoir avec M. Pol, une vraie connexion divine. Elle avait eu la bonne idée de demander à Mikael s'il ne connaissait pas à tout hasard un libraire, car elle avait besoin de conseils pour son livre qu'elle venait de terminer. Celui-ci lui avait recommandé Astus Pol chez qui sa mère allait souvent prendre des livres, il se trouve qu'elle avait bien fait car Astus était un Allemand venu s'installer en Islande. À une époque, il travaillait en tant qu'associé dans une grande maison d'édition en Allemagne. Un jour, il décida de partir et de mener une vie moins stressante, ce qui lui permettrait de prendre soin de lui. Sa femme, Anika, était islandaise, ancienne directrice de bibliothèque. Les livres étaient leur passion. Leur entretien dura 2 heures pendant lesquelles Paul lui posait des questions comme dans une interview alors qu'elle n'était venu prendre que de simples conseils. Sans qu'elle s'y attende, il lui proposa un partenariat car il n'était pas qu'un libraire mais aussi un éditeur indépendant avec des relations. Son livre serait édité en islandais, en anglais et en allemand, en plus du français, sa langue d'origine. Le seul bémol, c'est qu'il n'avait encore jamais travaillé avec des Français. Mais il semblait que pour lui ce n'était pas un obstacle, juste un autre challenge à relever car il n'avait jamais travaillé directement avec une auteure française. Il avait tout de même les contacts qu'il fallait pour mener à bien ce projet. Il lui donna alors un rendez-vous dans deux jours car il ne voulait rien faire sans l'accord de sa femme.

Pendant qu'elle rentrait à l'auberge, Annabella se demandait si tout ce qui venait de se passer était une blague, peut-être même qu'elle allait être victime d'une arnaque. Elle ne savait pas si elle devait pleurer, crier, sauter, se rouler par terre... bref, le sentiment de joie était compliqué à manifester pour la première fois de sa vie. Elle tenta plusieurs fois d'appeler Mikael qui l'avait déposé à son rendez-vous, mais sans succès. Il fallait absolument qu'elle parle à quelqu'un, sinon elle sentait que ce trop-plein de joie la rendrait folle.
Elle avait trouvé le fameux bus qui passait toutes les 20 minutes et qui la déposerait non loin de l'auberge. Le trajet dura 20 minutes pendant lesquelles, soit elle tenait sa tête entre ses mains, soit elle collait son front contre la fenêtre. Il n'y avait pas de position idéale pour gérer ses émotions. Ils arrivèrent au terminus, elle descendit et marcha jusqu'à l'auberge les yeux mouillés par l'émotion, la tête dans les nuages.
« Bonjour Anna, les filles m'ont dit que tu avais un rendez-vous en ville et que tu avais dû partir avec Mikael. Tu as passé une bonne matinée ? l'interrompit Matthias.
- Matthias ! Comme par hasard il se trouve sur mon chemin, je n'y crois pas, pensa-t-elle. Mais qu'est-ce qu'il fait là devant le portail ? Il est au bon endroit, au bon moment. Matthias... Matthias.
- Anna ! Anna ! Tu vas bien ? Qu'est-ce-qui se passe ? Il y a un problème, pourquoi est-ce-que tu pleures ? Si cet imbécile t'a fait du mal il va le regretter !
- Personne ne m'a fait de mal Matthias et je ne pleure pas.

- Ah non ? C'est bizarre ce sont bien des larmes qui coulent sur tes joues, à moins que…
- Matthias, s'il te plaît !
- Quoi ? »
Elle s'avança vers lui, réduisant la distance entre eux.
« Matthias...
- Parle-moi, je vois bien qu'il y a quelque chose, lui dit-il doucement.
- Prends-moi juste dans tes bras s'il te plaît. »
Plus vite que son ombre, il l'a pris dans ses bras et la serra contre sa poitrine, désirant que ce moment ne s'arrête jamais. Il était inquiet pour elle et ses sentiments aussi grandissaient au fur et à mesure qu'ils se côtoyaient, alors il essayait de se maîtriser. Là, maintenant, ce qui comptait c'était elle. Elle était à sa place dans ses bras, son Anna et celle de personne d'autre. Elle pouvait se cacher là toutes les fois où elle le voudrait et à chaque fois qu'elle en aurait besoin. Matthias sentit des murs tomber, bien qu'il ne savait pas ce qu'il se passait exactement. Il décida de répondre présent et de ne pas manipuler la situation.
Quant à Annabella, elle avait éclaté en sanglots dans les bras de Matthias, elle s'était agrippée à lui ne se rendant pas compte de la force qu'elle y mettait. Cet homme lui procurait paix et sécurité à cet instant même et être dans ses bras semblait être l'antidote pour son équilibre intérieur actuel. Elle se sentait légère, apaisée, rassurée. Tout irait bien maintenant. Le moment était parfait. Elle sentit qu'il s'était mis à lui caresser le dos l'incitant à communiquer avec lui, elle leva la tête pour le regarder dans les yeux quelques secondes et elle reposa la tête sur sa poitrine.
« Je t'écoute Anna, raconte-moi maintenant, lui demanda-t-il calmement.
- Je viens de faire une rencontre qui m'a bouleversée, je ne

sais pas trop comment réagir, du coup je pleure. Oh, mais j'ai sali ta chemise, je suis désolée.
- Ce n'est rien, j'en ai d'autres. C'était quoi cette rencontre, ou c'était qui ?
- Un homme, Astus Pol.
- Hein ? Comment ça un homme ?
- Écoute-moi d'abord Matthias. C'est un libraire et un éditeur indépendant.
- D'accord. Et ?
- Au début je voulais juste savoir s'il pouvait me donner deux trois conseils sur l'édition d'un livre. Rien d'extraordinaire quoi. Ça s'est transformé en entretien d'embauche. Il m'a posé pleins de questions sur mes motivations, mes inspirations, mes croyances, mes objectifs. On en a eu pour 2 heures. Je ne comprenais pas comment on en était arrivé là et surtout ce qu'il me voulait avec toutes ces questions. À la fin, il me dit d'un ton paternel « Mon enfant il y a des opportunités qui ne se présentent qu'une fois et il faut les saisir ». Là, j'étais encore plus dans le flou, je ne savais pas de quoi il parlait. C'est alors qu'il me raconta qu'il n'était pas que libraire mais aussi un éditeur indépendant et qu'il souhaitait que l'on travaille ensemble. Alors là imagine ! Heureusement que j'étais assise. Plus il parlait, plus ma bouche s'ouvrait, il a dû me trouver ridicule, je croyais que c'était un canular, mais non ! Enfin je crois. Puis il m'a dit qu'il ne faisait rien sans sa femme, raison pour laquelle il m'a donné rendez-vous mercredi matin à la même heure. Mais tu sais là où je me dis que c'est n'importe quoi ?
- N'importe quoi dans le bon sens ou dans le mauvais sens ?
- Dans le bon sens, mais attends !
- Ok vas-y.
- Mon livre sera édité en islandais et aussi en allemand alors que le français, l'anglais et l'espagnol étaient mes seuls objec-

tifs. C'était impensable, je n'avais jamais rien demandé de tel !
- Hum donc en fait tu pleures de joie parce que Dieu est génial. Tu n'arrives pas à saisir pourquoi tu es autant aimée et l'ampleur de la situation te perturbe à ce que je vois.
- Oui et maintenant j'ai honte parce qu'en plus je trouve le moyen d'être dans les bras de quelqu'un que je connais que depuis quelques jours. Oh lala il ne me manquait plus que ça ! »
Matthias éclata de rire tout en la serrant dans ses bras. « Mais tu viens de quelle planète Anna ? dit-il en riant. Je n'en peux plus. Regarde-moi puisque tout va bien.
- Non tu vas te moquer de moi parce que je suis moche avec le maquillage qui dégouline sur mon visage.
- Je m'en fiche éperdument, regarde-moi. »
Il prit son visage entre ses mains, l'attira à lui et l'embrassa d'abord doucement, puis il y mit plus d'ardeur quand il l'a senti répondre à son baiser. Il l'enlaça et resserra l'étreinte pour mieux la sentir contre lui. Quand il vit qu'elle se laissait aller, il crut que son cœur allait exploser de bonheur. Annabella mit les mains autour du cou de Matthias comme pour l'encourager à continuer à prendre le contrôle des choses. Elle se sentait envahie par des vagues d'émotions puis, elle comprit qu'elle avait bel et bien des sentiments envers Matthias, ils étaient juste cachés dans son cœur. Ils ne demandaient qu'à voir le jour. Soudainement, elle prit peur et l'arrêta en le repoussant légèrement. « Arrêtons... il faut qu'on arrête là.
- Anna...
- Je suis désolée, Matthias, je n'aurais pas dû t'encourager.
- Eh bien je ne suis pas désolé et je ne regrette pas de tenir dans mes bras une femme qui vient de je ne sais quelle planète et qui me plaît de plus en plus. »
Il inspira profondément et expira histoire de faire retomber la pression et de calmer ses nerfs. « En tout cas c'est officiel, il

y a quelque chose entre toi et moi. Essaie de dire le contraire.
- On dirait. Peut-être bien, répondit-elle faisant face à la vérité.
- Très bien, tu as faim ? Parce que moi oui.
- Ouais, tout ça m'a creusée.
- On t'attendait pour manger. J'étais venu voir si tu arrivais et au moment où je repars vers la maison je te vois. Dis-moi, tu es dispo après le dîner de ce soir ? J'aimerais qu'on discute un peu s'il te plaît...
- Euh oui, c'est bon pour moi.
- Parfait, allez on va manger maintenant. »
Il lui emboîta le pas et prit les devants pour lui ouvrir la porte de la maison afin qu'elle puisse passer en premier. « Au fait, félicitations !
- Merci Matthias, dit-elle un peu surprise par la douceur de sa voix.
- Mais de rien, tu le mérites. »
Leurs regards se croisèrent et Annabella senti qu'elle pourrait bien s'y perdre si elle ne faisait pas attention. Elle détourna le regard et partit rejoindre les autres dans le jardin.

*

« Ils ont enfin terminé, ils ont 30 minutes de retard et les enfants s'impatientent, marmonna Lydia.
- C'est plutôt toi qui as faim Lydia, ne mets pas les enfants dedans, la taquina Annabella.
- J'ai faim, ça fait une heure que mon ventre me fait mal. Ils abusent, ils sont censés avoir fini. Mais au fait qu'est-ce-que tu fais demain ?
- Rien de prévu pourquoi ?
- On va aller en ville. Tu peux venir avec nous, enfin si tu en as envie.

- Bah ouais pourquoi pas, quand tu dis « nous » ce sont les enfants et toi n'est-ce pas ?
- Oui, le « nous » ce sont eux. On va laisser les hommes travailler à la maison. »
À ce moment-là, la porte du deuxième salon transformé en bureau s'ouvrit et Matthias sortit en premier. « Salut mesdames, dit-il en entrant dans la grande salle à manger. On ne mange pas dehors ce soir ?
- Non monsieur, il fait frais ce soir, je veux éviter les coups de froid.
- Okay madame. Ça va toi ? dit-il en s'adressant à Annabella avec tendresse. Ce qui n'échappa pas au regard observateur de Lydia.
- Oui et toi, répondit-elle timidement. Ça a été le travail ?
- Très bien merci. »
Il s'approcha d'elle et lui fit un bisou sur la joue. Lydia n'en crut pas ses yeux. A cet instant Mikael arriva inquiet. « Anna ! Anna ! Où es-tu ? Ah tu es là ! Quand j'ai vu tous tes appels en absence j'ai pensé au pire. Et puis maman m'a dit que tu étais rentrée. Mais qu'est-ce qui s'est passé, il est arrivé quelque chose ? »
Mikael était arrivé en courant dans la salle à manger. Il interrompit tout le monde, leur communiquant son inquiétude. « Tout va bien Mikael, je te le dirai en même temps que tout le monde. Tu n'avais qu'à décrocher ton téléphone cher ami.
- Ah zut, j'aurais dû le garder avec moi.
- Peut-être, mais maintenant tu devras attendre avec tout le monde. »

Mikael était rentré à l'auberge aussi vite que possible après avoir terminé sa journée. Il avait perdu son téléphone lors de l'excursion en mer dans la matinée. Un client le lui rapporta à la boutique dans l'après-midi croyant que c'était le sien. Il s'était donc retrouvé avec deux téléphones et décida de rapporter celui en trop à la boutique, pensant que ça devait appartenir à un des participants de l'excursion. C'était un soulagement pour lui de constater qu'il appartenait à Mikael, celui-ci était désespéré de ne plus retrouver son portable. C'est à ce moment-là qu'il avait vu tous les appels en absence d'Annabella. Il avait tenté de la rappeler sans succès, il appela directement sa mère qui lui confirma qu'elle était bien rentrée à l'auberge.

*

Annabella décida de garder le meilleur pour la fin, alors que chacun racontait sa journée les uns à la suite des autres. Quand le moment du dessert arriva, elle se décida à prendre la parole pour raconter sa matinée miraculeuse. « Comme on dit toujours, gardons le meilleur pour la fin. Alors je me permets de prendre la parole pour vous raconter ma matinée miraculeuse. Je me lève parce que c'est un moment très important que je souhaite partager avec vous tous. Alors voilà ce qui s'est passé... »

*

« Maintenant que vous savez tout, je souhaite remercier Mikael qui a été une vraie bénédiction depuis mon arrivée... »
Sans s'en rendre compte, elle se sentit soulevée de terre et tournoyée dans les airs. Tout le monde se mit à rire et c'est alors qu'elle constata que c'était Mikael. Il la reposa par terre et la prit dans ses bras. « Anna, je suis tellement heureux et fier de toi. Je savais que tu n'étais pas arrivée ici par hasard, c'est le destin ma belle !

- Ouah merci Mikael, mais vraiment. Est-ce que je peux terminer de dire ce qu'il me reste à dire ? dit-elle en tapotant sur son épaule.
- Oh, oui bien sûr, désolé, trop de joie ! »

Matthias attrapait les rebords de sa chaise pour ne pas exploser à la vue de Mikael qui enlaçait Annabella et elle qui ne semblait pas plus gênée que ça. Il sentait le feu en lui et cherchait un moyen de se calmer.

C'est alors que celle-ci reprit la parole. « Désolée les amis, on a été coupé ». Les enfants se mirent à rire de bon cœur. Puis elle continua. « Je n'ai pas terminé de parler comme vous l'avez remarqué. Je tenais à remercier quelqu'un à cette table qui a été un supporter silencieux mais bien présent. Nos débuts ont été houleux, avec maladresse et malentendu mais, sans s'en rendre compte, il m'a encouragé dans ce projet. Il a été la première personne à partager ma joie et je rends gloire à Dieu de l'avoir aussi mis sur mon chemin. À Matthias ! Merci de ne pas avoir joué à mon jeu et d'avoir su quoi faire au bon moment. Dieu a été bon envers moi aujourd'hui. »
Elle leva son verre et tous firent de même, il la félicitèrent et la remercièrent d'avoir eu à cœur de partager son miracle. Axelia se leva et alla embrasser Annabella. « Tu sais, moi aussi je deviendrai écrivain comme toi. Tu m'inspires alors moi aussi je veux faire la même chose. Ah oui, je chanterai aussi. J'espère que tu chanteras avec moi.
- Je ne sais pas quoi te dire Axelia. Merci beaucoup princesse, avec ce que tu viens de me dire je me sens pousser des ailes. N'oublie jamais ce que tu viens de me dire, vas jusqu'au bout de tes rêves car tu es la seule à pouvoir les réaliser. J'accepterai avec grand plaisir de chanter avec toi, le hasard n'existe vraiment pas tu sais ! »

Annabella fit un bisou à Axelia qui partit en courant tandis que les autres enfants faisaient la queue pour la féliciter, certainement de la même façon que la petite fille.

La jeune femme comprit que sa présence dans cette auberge et les rencontres qu'elle avait faite avaient un but qui n'était pas encore très clair bien que les choses semblaient se mettre en place. Après tout, elle avait gagné de nouveaux amis et une famille.

Chapitre 9

Il était 21h30 quand le dîner se termina. Les enfants étaient montés se coucher dans leurs chambres respectives tandis que les adultes donnaient un coup de main à Eleena en débarrassant, rangeant et en nettoyant la cuisine. Matthias était étrangement actif ce soir-là, il avait réparti les tâches de tout le monde sans leur demander leur avis. À Tony, Ariel et Lydia de débarrasser et de ranger la salle à manger. Eleena, Annabella et lui dans la cuisine. Il demanda à Mikael d'aller vérifier que les enfants avaient fait ce qui leur avait été demandé avant de se coucher. Puis, il se dirigea vers la cuisine et invita Eleena et Annabella à le suivre. Personne ne trouva à redire à son initiative et tout le monde s'exécuta. Une fois terminé dans la salle à manger, Lydia rejoignit l'équipe de la cuisine pour donner un dernier coup de main. Eleena leur racontait ce qu'elle savait du couple Astus et ne tarissait pas d'éloges à leur sujet. Elle leur raconta même qu'Anika et elle avait tenté de rapprocher Mikael avec la nièce cadette de Pol et que ça s'était soldé par un échec parce que celle-ci avait déjà quelqu'un dans son cœur. Mikael par contre avait eu un vrai coup de cœur pour elle. Elle était plus âgée et il a toujours eu un faible pour les femmes plus âgées.

En 30 minutes, ils avaient nettoyé et rangé la grande cuisine, Eleena était plus qu'heureuse de cette aide et du partage, elle félicita Matthias pour son initiative.
Alors que tout le monde se dirigeait vers les chambres, Eleena interpella Annabella : « Dis moi Anna, c'est bien mercredi matin que tu retournes voir Astus Pol ?
- Oui c'est bien ça, pourquoi ?
- Ça ne te dérange pas que j'en profite pour venir avec toi, je veux aller à la recherche de trésor et je sais qu'ils ont eu un arrivage de livres.
- Ça ne me dérange pas du tout Eleena, au moins je ne serai pas seule.
- Eh bien mesdames, intervint Matthias, permettez-moi de vous servir de chauffeur. J'ai très envie de vous accompagner.
- Oh ne te dérange pas Matthias nous irons ensemble c'est très gentil de ta part, lui dit Eleena gênée.
- Oui Matthias, renchérit Annabella, elle a raison, tu as déjà assez de travail comme ça, merci quand même de te proposer.
- Et puis Anna a le permis tu sais, elle conduira si ça t'inquiète.
- Euh... pardon Eleena, je ne sais pas conduire je suis désolée. Mais le bus est un très bon moyen de transport !
- Raison de plus pour ne pas m'empêcher de venir avec vous. Pour ma défense, je tiens aussi à rajouter le fait que mercredi ce sera au tour de Tony et celui de mon frère de faire des miracles pour ma société alors c'est avec grand plaisir que je me joindrai à vous Mesdames. J'insiste !
- Qu'est-ce que tu en penses Anna parce que moi ça me va, lui dit Eleena toute souriante.
- Plus on est de fous, plus on rit ! répondit Annabella.
- C'est parfait alors, dit Matthias vainqueur.
- Bah maman, c'est mon rôle ça de vous emmener là où vous voulez non ? » intervint Mikael qui s'était empressé de terminer sa tâche. Il voulait justement proposer à Annabella de l'y

emmener mais il arrivait trop tard. Il tenta quand même de s'interposer. « Ne t'inquiète pas Matthias, reprit-il le tapotant sur l'épaule, ça va aller. Je m'en charge.
- Mais non Mikael, c'est déjà décidé, nous on va quelque part ensemble et toi tu iras travailler au port comme d'habitude. Matthias nous emmènera, il y a plusieurs voitures, ce qui est génial comme ça chacun est libre. Par contre, on partira en même temps que toi mon fils, c'est-à-dire juste après le petit-déjeuner, parce qu'il faudra que je revienne suffisamment à temps pour faire le déjeuner. C'est mieux ainsi tu ne crois pas ?
- Oui m'dame, c'est mieux ainsi, répondit Mikael résigné. Tu es toujours très perspicace. Ah au fait maman, je serai avec vous pour le déjeuner, je n'ai pas de sortie en mer ce mercredi. Du coup ce sera à moi de tenir la boutique.
- Voilà qui est réglé. Bon allez bonne nuit les enfants !
- Bonne nuit maman.
- Bonne nuit Eleena ! dirent Annabella et Matthias à l'unisson.
- Bon et bien, vu que tout le monde monte se coucher, j'y vais aussi, dit Mikael résigné. Bonne nuit Matthias et bonne nuit à toi héroïne du jour.
- Bonne nuit Mikael, à demain et merci encore », répondit Annabella.
Elle monta les escaliers pour aller dans sa chambre quand Matthias lui rappela de ne pas oublier leur tête à tête. « Oh non t'inquiète je n'ai pas oublié, on fait comme la dernière fois non ?
- Pas tout à fait, cette fois-ci on ira dans le salon.
- Pas de souci, à tout de suite Matthias. »

Vingt minutes plus tard, Matthias toqua à la porte d'Annabella, qui ne se fit pas attendre. Elle lui demanda de la devancer tandis qu'elle refermait la porte de sa chambre à clef. Une fois en bas, ils s'installèrent dans le salon qui était converti en bureau pendant la journée.

Matthias attendait ce moment avec impatience, il sentait qu'ils pouvaient avancer dans leur relation en apprenant enfin à mieux se connaître. Ils avaient peu de temps, alors il chérirait chaque instant.

«Alors Matthias, commença Annabella, tu voulais qu'on se voit seuls. C'est parfait on est tranquille, personne ne nous embêtera. Je t'écoute !
- Il ne nous reste pas beaucoup de temps Anna, samedi nos chemins se sépareront alors j'ai vraiment besoin d'en savoir plus sur le fait que Dieu m'aime. Tu te rappelles, c'est ce que tu m'as dit lorsqu'on récupérerait les bagages ? Je tiens à dire que j'avais la certitude que l'on se reverrait mais pas toi. Et voilà que nous séjournons au même endroit. Je suis super content parce que le vent a changé de direction, il souffle en notre faveur. Est-ce que je peux dire que nous sommes plus que des amis maintenant !?
- Tu me poses la question ?
- Oui.
- Être plus que des amis est une décision qui comporte la responsabilité de...
- Anna, t'es sérieuse ?
- Quoi ? Tu m'as posé une question et je fais de mon mieux pour te répondre. Une amitié se construit et je ne prends pas ça à la légère si tu veux savoir la vérité.
- Mais moi non plus crois-moi. Surtout avec ce qui s'est passé ce midi entre nous. Je n'ai plus de temps à perdre, même si tu crois que je cherche une amourette d'été. Il y a quelque chose de vrai entre nous alors autant sauter le pas et vivre une belle histoire avec tout ce qu'elle amènera avec elle, non ?
- Ouah. Comment on a fait pour se retrouver dans cette situation ? Je n'ai rien vu venir et tout ceci en quelques jours !
- Moi je voudrais savoir comment est-ce que tu en es arrivée

là ? Pourquoi Dieu t'a dit de me dire qu'Il m'aime ? Ce que je veux dire c'est que si tu as une telle relation avec Dieu, est-ce que tu savais qu'on serait là toi et moi en si peu de temps ? Je sais que Dieu n'est pas mort et que la base c'est d'entretenir une certaine relation avec Lui, je suis curieux de savoir comment est-ce que tu communiques avec Lui ? Comment est-ce que tu fais pour faire ce qu'Il te demande aussi simplement ?
- Ouah, tu en as des questions. Je ne m'attendais pas à cette avalanche. Bon replaçons les choses dans leur contexte. Je ne suis pas un ange descendu du ciel, je suis une femme née en avril 1986 et qui a une histoire qui lui est propre. J'ai cru pendant longtemps que je m'en sortirai seule et que le mieux était de ne laisser personne entrer dans mon espace. La vie m'a surpris avec des déceptions et des désillusions qui m'ont rongé de l'intérieur, pas besoin de te dire que j'étais pleine de reproches et de culpabilité donc forcément je me condamnais pour la moindre chose. Pire encore avec ceux qui étaient mes proches. Pour moi la vie c'était noir ou blanc il n'y avait pas de gris, je n'aimais pas cette couleur qui était le mélange de deux autres couleurs. Je n'aimais pas le mélange que je représentais par ricochet. Un vrai mal-être. Petit à petit, chaque coup que je me prenais enlevait de la saveur à la vie, c'était de plus en plus nul de vivre sur terre.
- C'était à quelle période de ta vie, si je peux savoir ? demanda Matthias intéressé.
- Oh et bien, après le lycée. C'était une période très dure pour moi. Je ne vivais pas avec mes parents, mais chez un oncle et sa femme qui avaient acceptés de nous prendre mon frère et moi chez eux. Il était cool mais il n'était que mon oncle alors que j'avais besoin de mes parents. Eux ils vivaient en Afrique du Sud, ma mère avait décidé de suivre mon père. Elle voulait sauver ce qui restait de leur mariage mais ça n'a pas marché comme elle l'avait souhaité. Ils se

sont séparés mais juste physiquement. Je me rappelle que ma mère voulait que je prenne parti pour elle alors qu'elle savait que mon père était tout pour moi. J'étais tellement déchirée, j'avais l'impression d'avoir été hypothéquée, mes repères avaient disparu et j'ai commencé à boire avec mes copines et à détester foncièrement mes parents car je ne savais plus qui j'étais, plus rien n'avait de sens. Je vivais ce que la plupart des jeunes de mon âge vivaient et j'avais commencé à avoir très peur du lendemain. La crise identitaire m'avait foudroyé ce qui avait créé une instabilité émotionnelle très forte mais je le cachais très bien, personne ne se rendait compte de mon chaos interne. Il faut dire que je ne savais pas communiquer ce genre de choses parce qu'on ne me l'avait pas appris, je suis toujours en processus. Dans tout ça il y avait une personne que j'aimais beaucoup et avec qui j'avais un lien très fort depuis petite, on s'encourageait toujours et on se soutenait dès qu'il y avait besoin, c'était mon frère Miguel.

- Tu parles de lui au passé, il est mort ?
- Non, non, j'utilise juste le passé pour raconter mon histoire.
- Ah ok, c'est toujours le cas aujourd'hui ?
- Bien sûr ! On ne change pas une équipe qui gagne, lui dit-elle le point levé vers le plafond.
- Je suis content qu'il soit toujours dans ta vie. En général au fil du temps les choses changent mais pas pour vous. Avec un lien pareil tu ne trouvais pas la force pour t'exprimer par rapport à ce que tu vivais intérieurement ?
- Eh bien non, j'étais tellement en colère que tout ce que je pouvais exprimer c'était mon dégoût. Qu'est-ce-qu'il pouvait bien faire le pauvre ? Il vivait lui aussi dans cette situation mais nous n'avions pas la même façon d'appréhender les choses.
- Je peux comprendre ça, continue ton histoire.
- Ok. Je me suis donc retrouvée à être très fatiguée menta-

lement et physiquement. Plus je tentais de me débattre toute seule et plus l'étau se resserrait. Alors à l'aube de mes 23 ans, je décidais de mettre un terme au désordre qui n'avait aucune solution selon moi. J'avais pris mon sachet de médicaments pour faire un mélange avec tout ce qu'il y avait à l'intérieur. J'avais pris des draps pour fabriquer un lit dans la baignoire et j'avais pris le soin de m'enfermer dans la salle de bain pour me suicider pendant que certains jouaient dans la chambre et d'autres étaient dans le salon à regarder des films…
- Wow attends un peu, et tu en parles aussi tranquillement ?
- Oui, c'est du passé, je suis guérie et libre maintenant.
- Eh bien, quelle femme !
- Je peux continuer ?
- Je t'en prie.
- Alors que j'avais ingéré tous ces médicaments et que j'attendais la mort patiemment, une certaine voix intervint, se mêlant de mes affaires. Ce fut la toute première fois que j'entendis sa voix. Aujourd'hui, je sais que c'était Dieu, j'ai cherché d'où ça pouvait venir mais il n'y avait personne autour de moi. Il me demanda pourquoi est-ce-que j'agissais de la sorte, j'étais la seule à pouvoir vivre cette vie, je devais me battre. Moi je Lui demandais de me laisser tranquille car c'était bien trop dur et que de toute façon cette vie là je n'en voulais plus. Alors, Il me proposa de prendre cette vie qui ne m'intéressait plus afin que Lui en fasse quelque chose de bien. Ce qui signifiait que je devais continuer à respirer, à vivre sur cette terre. Cette idée m'était insupportable mais en même temps je commençais à avoir peur de mon geste et du fait que Dieu n'aimait pas ça, de plus, je voulais me débarrasser de cette vie, alors je la Lui ai vite donnée. Au même moment, j'ai commencé à avoir peur de mourir, je voulais vivre à nouveau mais je ne voulais pas que qui que ce soit sache ce qui venait de se passer. Il me donna de

simples instructions pour sortir de l'état dans lequel je me trouvais dû aux comprimés et me promit que j'allais être sur pied en 3 jours. Ce fut le cas. À partir de là, j'ai commencé à voyager tout en étant dans une énorme phase de rébellion, je restais quand même en colère par rapport à ma situation, mais en même temps je découvrais que j'aimais aller à la rencontre de cultures différentes de la mienne. J'étais blessée mais qu'est-ce-que c'était bon d'être ailleurs. J'ai eu des copains et des flirts mais ça ne m'a pas amusé bien longtemps tout ça. Beaucoup trop de promesses en l'air. Il était nécessaire que je voyage car non seulement j'aimais ça, mais c'était le moyen pour Dieu de me montrer l'infinité de Son talent et de Son amour pour moi. Un jour, de retour à la maison, j'avais décidé de prendre le taureau par les cornes et de recommencer à zéro en faisant ce que j'aimais, c'est-à-dire travailler en tant qu' hôtesse de l'air. J'ai suivi une formation et par la suite il m'avait été conseillé de faire une autre formation en tant qu'agent d'escale au cas où j'en aurais assez d'être dans les airs, ce que j'ai fait. Malheureusement je suis tombée malade, j'ai eu une anémie sévère qui me faisait dormir et me causait bien d'autres problèmes. C'est alors que j'ai décidé de travailler en intérim en tant qu'agent d'escale comme ça je pouvais avoir l'emploi du temps que je voulais et puis c'était sympa de jongler d'un travail à un autre. Bien entendu le poste d'hôtesse de l'air n'était plus ma priorité. Entre-temps, j'avais pour habitude de raconter des histoires en mode « telenovelas » mais très romantique. Mon amie Mélanie, m'a tanné pendant des mois pour que j'écrive selon elle « des histoires qui sont en attente d'être lues par un public spécial ». J'ai eu du mal à croire que j'en étais capable et que c'était un talent que Dieu m'avait mis entre les mains. J'écrivais déjà des chansons, mais écrire un livre c'était inimaginable pour moi. Je n'avais aucune confiance ni en moi, ni en ce talent et encore moins en ce projet surréaliste. Ça tournait dans ma tête, je me demandais de quoi est-ce que je pourrais parler et surtout quel en serait le but. Et puis un jour, je me suis souvenu d'un moment passé dans l'intimité avec Dieu où j'attendais qu'Il réponde à une question. Il m'avait dit ce soir-là : «Écris ton histoire». Puis en cherchant une manière qui me serait propre de raconter mon histoire, il m'est venu à l'idée d'écrire des histoires avec un peu de moi, tout en m'inspirant de celles des autres, et aussi d'écrire un livre avec des anecdotes qui m'étaient arrivées avec la façon dont je m'en étais sorti et l'impact qu'ont eu chacunes d'elles dans ma vie, en étant la plus précise possible. Petit à petit, comme un puzzle, les idées se sont mises en place et tout a commencé à prendre forme. L'année dernière j'ai regardé un documentaire chez un de mes frères et c'était sur l'Islande. L'architecture, la faune et la flore. C'était juste magnifique, j'ai eu un coup de cœur. Le plus génial c'était quand j'ai su que l'Islande n'était pas loin de la France... Eh ben quoi ? dit-elle voyant que Matthias se retenait de ne pas éclater de rire. Ce n'est pas drôle Matthias ! Je t'assure que je pensais que ça se trouvait à l'autre bout du monde.

- Ah bon et où ? lui demanda-t-il amusé.
- Je ne sais pas moi mais pas en Europe en tout cas.
- Hahaha tu n'étais pas très forte en géographie hein ?
- J'étais forte en histoire c'est pourquoi j'en écris. Tu sais où se trouve le Népal toi peut-être ?
- Oui, si tu veux je peux même...
- Non c'est bon, c'est bon, tu n'as même pas honte de te moquer de moi.
- Pas du tout, tu es incroyable. Tu as aussi le sens de l'auto-dérision de ce que je peux voir.
- Je trouverai quelque chose d'important que tu ne connaîtras pas et je rigolerais moi aussi.

- Ah, tu cherches déjà à te venger?
- Non monsieur, c'est juste pour que tu comprennes...
- Ok, dit-il en levant les mains en signe d'abandon. Ça me plait tout ça. Tu es authentique. Bon j'ai une question sérieuse, quand tu as commencé ton périple, tu as tout de suite fais ta vie en fonction de Dieu après Lui avoir inconsciemment donné ta vie?
- Il s'est passé 3 ans avant que je ne réalise que Jésus était le chef d'orchestre de ma vie et puis ma mère a été un instrument incroyable entre Ses mains. Elle n'avait pas peur de me parler de son Dieu et me proposait de Le tester et de voir à quel point Il était bon et ce, toutes les fois où je me trouvais dans une galère, mais pas que dans des situations compliquées. Pour les choses de la vie aussi. Même avec mon premier vrai petit ami, j'avais eu un rêve qui m'avait assez bouleversé, le plus étrange était qu'il avait eu le même au même moment. L'atmosphère était lourde dans la pièce que nous partagions. Là encore, maman m'avait poussé à me tourner vers Jésus en me donnant des conseils. Le résultat a été incroyable, en moins de 24 heures, non seulement dans nos cœurs mais aussi dans notre chambre, la paix s'était installée. Un calme incroyable régnait. Ce n'est qu'un exemple parmi tant d'autres.
- Alors quand est-ce que tout a réellement basculé pour toi? Je veux dire, quand est-ce que Jésus est devenu une affaire personnelle?
- Je crois que c'était en septembre 2011, j'étais revenue chez ma mère. Finie l'aventure, j'avais accompagné ma mère et une de ses amies dans un meeting chrétien pour les femmes. J'étais assise devant pour ne rien rater. Lors du passage de la femme d'un pasteur connu à cette époque, celle-ci avait quelque chose que les autres n'avaient pas, j'étais littéralement scotchée lorsqu'elle parlait. J'avais toujours de la co-

lère en moi qui englobait tellement de choses mais j'étais attirée par quelque chose qu'elle avait. Elle a donné son témoignage et a raconté plein d'anecdotes où Dieu l'avait utilisé et d'autres où elle avait été spectatrice. Soudainement, je voulais son Jésus, je voulais qu'Il vienne me trouver et qu'Il m'aide à respirer, à me libérer, parce que j'étais à bout. Pour la première fois consciemment, je décidais de parler à Dieu sans détour dans mon cœur et sans avoir peur. Je voulais qu'Il regarde l'état de mon cœur et qu'Il fasse quelque chose. En moins de 5 minutes j'étais à genoux, moi la rebelle, je pleurais toutes les larmes de mon corps, pendant que cette même voix que j'avais déjà entendu auparavant s'adressait à moi très clairement. Plus rien n'existait autour, j'étais dans une bulle et la présence de Dieu était lourde, palpable. Il parlait plus fort que moi, Il me disait qu'à partir de cet instant Il me montrerait la différence entre Lui et moi. Qu'Il m'avait laissé faire pour un petit temps et que c'était à Son tour maintenant.
- Tu t'es faite baptiser après ça ?
- Pas tout de suite. Quelques années après, le 7 juin 2014.
- Ah bon ? Mais c'est le jour où on s'est rencontré dans l'avion ! Je veux dire le 7 Juin pas l'année !
- C'est bien ça.
- C'est à lui que tu te référais tout ce temps alors. Je me suis vraiment trompé. Je pensais que tu parlais de Mikael !
- Mikael !? Mais non, il ne m'intéresse pas de cette façon. Je l'aime bien, on s'entend bien c'est tout.
- Oh mon dieu, tu m'as eu. J'ai vraiment cru que c'était un garçon chanceux au début. Il est quand même chanceux de t'avoir comme amie... Bref, une autre question, pourquoi 2014 ? C'est loin quand même après une telle rencontre ?
- J'étais persuadée que quand ma mère m'avait limite obligé à me faire baptiser en 2009, c'était largement suffisant. Eh non ! Jésus voulait que ça vienne de moi. Alors un jour,

en Mai 2014, pendant ma pause déjeuner, lorsque j'étais au travail, je regardais la vidéo d'une femme très influente dans la sphère chrétienne. La même présence était là, mais différente. Pendant que la prédicatrice parlait, nous conduisant dans la prière, je sentis que la chose à faire à ce moment-là était de recommencer encore une fois à zéro. Donner ma vie, mon cœur à Jésus et ensuite de me faire baptiser le plus vite possible. Le mois qui suivait, j'étais dans l'eau.
- Ok je vois... Donc Jésus s'est converti en l'homme de ta vie depuis ?
- Ouais et ça va crescendo. Il n'est jamais le même, il y a plein de facettes à découvrir de Lui et je suis bien loin de toutes les connaître. Du coup je ne m'ennuie jamais.
- Tu L'aimes ? Quelle question, tes yeux brillent et le ton de ta voix a changé. Je suis sûr que tu as encore plein de choses à raconter...
- Ce qui attendra parce que maintenant c'est à ton tour, je veux écouter ton histoire.
- Mon histoire ?
- Oui, tu as une histoire toi aussi, je veux la connaître.
- J'ai envie de te raconter ce que j'ai vécu, un peu dans le même style que toi mais regarde, il va être minuit et je travaille demain.
- Un peu dans le même style que moi ? Mais tu ne peux pas me faire ça Matthias !
- On a beaucoup à apprendre l'un de l'autre mais prenons notre temps. Il se fait tard là. Tu fais quoi demain ?
- Tu es en train de me dire que j'ai parlé tout ce temps ?! Oh lala le temps est vite passé. Demain je serai avec Lydia et les enfants, on ira en ville.
- Tu fais quoi en soirée ?
- Rien de bien spécial !
- Ok demain soir ce sera mon tour. Rendez-vous même heure,

même endroit.
- D'accord, tu veux qu'on te prenne quelque chose en ville ?
- Ce que tu voudras. »
Annabella s'arrêta net alors qu'elle se levait et se rassit. Elle le regarda perplexe. « Mais je ne sais pas ce que tu aimes ou ce dont tu as besoin ! »
Il lui sourit. « J'ai tout ce dont j'ai besoin pour le moment. Si tu trouves quelque chose qui pourrait me plaire ça me va, s'il n'y a rien et bien il n'y aura rien. Allez viens on va dormir.
- Ok, faudra pas être déçu hein !
- Peu importe, je t'accueillerai de la même façon que tu me prennes quelque chose ou pas, beauté. »

Il se leva et l'aida à faire de même. Ils se dirigèrent vers les chambres main dans la main. Matthias s'arrêta aux escaliers qui menaient à l'étage où se trouvait la chambre d'Annabella.
« Je vais m'arrêter là Anna, je vais te souhaiter une bonne nuit.
- Ok, bonne nuit à toi aussi. »
Elle lui fit un au revoir timide de la main.
« À demain princesse... Je veux dire Annabella. »

Elle s'arrêta et le regarda surprise et contente à la fois. Puis, sans dire un mot, elle se dirigea vers son étage. Matthias rentra dans sa chambre, il se doucha en repensant à leur conversation. Avant de fermer les yeux, une fois sur son lit, il laissa échapper un soupir : *« Je suis atteint, c'est vraiment elle... Merci mon Dieu. »*

Chapitre 10

Il était 8h du matin quand le réveil d'Annabella sonna. Elle se leva immédiatement pour se préparer, cette fois pas besoin de prendre beaucoup de temps pour ses cheveux, le naturel était à l'ordre du jour, ainsi, elle ne serait pas en retard. Décollage à 9h.

Trente minutes plus tard, elle sortit de sa chambre, fière de son timing. « Bizarre, c'est calme ce matin... Ils doivent être en train de prendre le petit-déj' et ces messieurs doivent déjà être en train de Bosser », lança-t-elle.
Elle descendit et se dirigea dans la cuisine pensant voir Eleena mais elle n'y trouva personne et c'était toujours aussi silencieux. Elle alla dans le jardin et rien non plus, la table n'était pas dressée, tout était rangé. « Humm, j'ai l'impression que je suis la seule debout », dit-elle tout bas.
Elle ouvrit la porte du grand salon, converti en bureau pour ces messieurs. Là aussi il n'y avait personne, tout était à sa place. « On était censé partir à 9h si je ne me trompe pas. Ils me jouent un tour, ou alors ils sont encore endormis, dit-elle. Je vais aller voir si je dois réveiller Lydia et Tony. »

Elle se rendit au premier étage vers la chambre du couple.

Elle frappa à la porte une première fois mais sans succès. Elle insista encore en appelant Lydia et Tony quand tout à coup, elle sentit une petite main tapoter son bras. Elle sursauta se retournant immédiatement : Paul un des jumeaux était là à se moquer d'elle. Il était encore en pyjama. Son frère avait sorti sa tête de l'embrasure de leur chambre, il les observait certainement depuis le début car il pouffait de rire lui aussi.
« Bonjour Anna, tu vas réveiller les parents si tu continues, dit-il dans la foulée. Ils dorment encore. Viens avec nous dans notre chambre. On va t'expliquer notre plan.
- D'accord je te suis », répondit-elle, surprise par cette déclaration.

Grande fut sa surprise quand elle s'aperçut que les filles n'étaient pas là, elle pensait les trouver aux commandes.
« Je vous écoute tous les deux, leur dit-elle impatiente d'entendre ce qu'ils avaient à dire.
- Nous avons prié pour ne pas aller en balade et ça a marché tu sais, s'exprima Paul en premier.
- On veut aller à la plage, la météo est bonne aujourd'hui ! ajouta Mateos excité.
- Ah, ça ne vous plaît pas l'idée d'une journée balade, découverte et shopping ? demanda Annabella curieuse.
- Carrément pas, on est en vacances, on devrait aller à la plage ! insista Mateos. Depuis qu'on est arrivé, on y est allé qu'une seule fois, c'est pas cool.
- Hier soir avant de dormir, nous avons décidé de demander au Boss d'être de notre côté, parce qu'on trouve que nos parents nous ont oubliés, renchérit son frère.
- Bonjour Anna ! »
Anna ne put retenir sa surprise lorsque deux voix étrangères à leur conversation les interrompirent.
« Oh mon Dieu ! Mais vous vous êtes donné le mot ou quoi ?!

Mon cœur est sensible vous savez !? » s'exclama Annabella surprise.
Elle reconnut la petite Anabela par son air autoritaire et protecteur qui tenait la main de sa sœur légèrement derrière elle.
« Bonjour les filles, vous avez bien dormi ?
- Oui merci. Je tiens à dire que cette fois-ci, le Boss est d'accord avec nous, répondit celle-ci entraînant Axelia sur le lit d'un des jumeaux.
- Okay, donc hier soir vous avez prié tous les quatre et je peux savoir qui est le Boss, si c'est possible bien sûr. Sauf si c'est un secret !?
- Vu que les garçons ont commencé, autant aller jusqu'au bout. Toutes les fois où nous voulons vraiment quelque chose, nous parlons au Boss, plus connu sous le nom de Jésus, bien que je préfère Emmanuel, j'ai un faible pour ce prénom. Nous lui exposons notre problème, quand les adultes ne nous écoutent pas parce qu'ils sont trop occupés ou lorsqu'ils ne nous comprennent pas ou encore lorsque l'on souhaite quelque chose profondément. C'est ce que nous avons fait hier soir. Aujourd'hui nous voulons aller à la plage ! »
Pendant qu'elle parlait, Mateos entraîna Annabella vers son lit. Il la fit asseoir sur son lit pour ne pas qu'elle reste debout.
« Bon, je vois que c'est très important pour vous...
- Il y a autre chose que nous ne t'avons pas dit avant de commencer. Tu comprendras que tout ceci est confidentiel n'est-ce pas ? demanda Mateos.
- Ah ! Eh bien je crois que oui mais...
- Attends Anna. Tu es la seule adulte qui est au courant de ce secret. Est-ce que tu vas nous dénoncer à nos parents ? Non s'il te plaît ! demanda encore celui-ci.
- Est-ce qu'on peut te faire confiance ? ajouta la petite Anabela. Nous savons que Jésus n'est pas un inconnu pour toi. Il nous suffisait de t'observer et de lui demander de nous confirmer

ce que nous pensions et il l'a fait. Il le fait tout le temps, enfin presque tout le temps.

- Wow une minute jeune fille ! » l'interrompit la jeune femme. Annabella ne put se retenir et éclata de rire en voyant leur air sérieux et l'inquiétude dans leurs yeux. Il fallait changer cette atmosphère. « Vos parents ne savent pas qu'ils ont la CIA et le FBI chez eux ? Donc vous avez demandé au Boss des renseignements sur moi. Vous êtes une sacrée équipe les enfants. Oubliez mes réflexions à haute voix, tous les enfants de Dieu sont normalement censés communiquer avec leur père comme ça, prendre des informations à la source hein !?

- Tu vois, reprit Mateos, tu fais ça toi aussi !

- Moi, je sais que les parents ne vont pas tarder à se réveiller, les grasses matinées c'est 9h30 grand max, informa Paul.

- Il faut que je me pince pour savoir si je ne suis pas en train de rêver, mes rêves ont l'habitude d'être si intenses souvent, dit Annabella surprise. Quel âge avez-vous déjà ?

- À mon tour ! 9 ans, intervint Axelia. Pour ma part, je suis très contente que tu fasses partie de la famille. Tu sais, grâce à toi il y a quelque chose qui s'est réveillé chez tonton Matthias, il y a de l'espoir. Il t'a déjà dit « oui ». Il a une crainte et il n' y a qu'à toi qu'il va le dire parce que vous êtes très proches. Est-ce-que tu peux lui dire « oui » toi aussi ?

- Axelia tu lui en dis trop, arrête ! lui reprocha sa sœur.

- Eh bien avec cet indice, on l'aide avec tonton Matthias ! répondit sa sœur toute fière d'aider Annabella.

- Ah la la les filles ! Bon, on te fait confiance Anna, d'accord ? lui affirma Paul.

- Je suis dans un film de science-fiction. Eh bien si j'avais su que mes vacances se seraient passées comme ça ! Je n'oublierai pas de souhaiter à vos parents du le courage car ils en auront besoin ! Je n'y crois pas, pourquoi je ne suis pas sûre que ce soit la réalité ? Ça m'a tout l'air d'une blague ! »

Annabella n'en croyait pas ses oreilles. Les parents de ces quatre agents secrets ne savaient pas qu'ils avaient des sentinelles avec eux. Elle ne savait pas trop comment réagir. Tout ce qu'elle pouvait faire était de gagner la confiance des enfants et de gérer la situation pour le moment. « Ok, c'est d'accord. Vous pouvez me faire confiance. Je vais aller me préparer en conséquence alors. Je veux dire pour la plage, dit Annabella.

- Mais non, dit Mateos, sinon tu vas nous griller. Oh chut ! On frappe à la porte.

- Les enfants, vous êtes là ? La porte de la chambre des filles est ouverte et il n'y a personne. Par contre, je peux entendre des voix par ici. »

C'était Matthias. Les enfants se crispèrent à l'idée d'être découvert.

« Restez naturel et laissez-moi faire, dit Annabella en mêlant le geste à la parole.

- Qu'est-ce que j'avais dit, dit Axelia fière. Elle sait comment lui parler.

- Ouvre la porte Mateos ! » ordonna Annabella.

Il s'exécuta et ouvrit la porte. « Bonjour tonton Matthias.

- Bonjour mon pote, tu as bien dormi ?

- Oui.

- Hé salut tout le monde... wow salut toi ! » s'exclama-t-il surpris de voir Annabella assise sur un des lits.

Elle lui fit son plus beau sourire et déjà il oublia ce qu'il voulait dire. « Bonjour Matthias, toi aussi tu avais besoin de dormir apparemment. Viens avec nous, on discutait de tout et de rien. »

Elle lui fit signe de s'asseoir à côté d'elle, ce qu'il fit promptement. « J'aime votre chambre les garçons, je ne sais pas pourquoi mais je m'y sens bien. Alors, de quoi vous discutiez ? demanda Matthias.

- Eh bien étant donné que pratiquement tout le monde, dont les adultes, excepté bibi, s'est réveillé plus tard que prévu il a été suggéré...
- Que nous passions le reste de la journée à la plage, termina la petite Anabela tout sourire.
- La plage !? Mais j'ai cru que la dernière fois vous n'aviez pas apprécié, c'est pour ça qu'on ne vous a plus proposé d'y aller.
- Tonton, la dernière fois que nous y sommes allés c'était juste pour 2 heures ! Comment veux-tu qu'on apprécie un endroit de ce genre juste 2 heures ?! s'exprima Paul.
- En plus aujourd'hui il fait beau, on peut regarder les baleines en premier et ensuite continuer en faisant un pique-nique sur la plage, ajouta Mateos.
- Plaide notre cause tonton s'il te plaît, ce sont les derniers jours ici, bougonna Axelia alors qu'elle s'asseyait sur les cuisses de son oncle.
- D'accord, d'accord, moi je suis content de passer du temps avec tout le monde, répondit Matthias.
- Mais qu'est-ce qui se passe ici ? »
Personne n'avait entendu Lydia arriver, ils sursautèrent tous.
« Bonjour Maman », dirent les garçons à l'unisson.
Les filles firent de même et saluèrent leur tante. Lydia leur répondit, mais curieusement elle resta figée en voyant Matthias et Annabella assis tous les deux sur le lit de Mateos.
« Lydia ça va ? demanda Matthias, tu m'as l'air très...
- Non, non j'observe ce qu'il y a devant moi c'est tout, dit-elle avec un sourire en coin. Bref, je ne sais pas ce qui s'est passé mais je vous assure que j'ai super bien dormi. J'ai récupéré sur la fatigue accumulée. Vous savez quoi et si on se détendait tous ensemble aujourd'hui, genre plage ou aquarium quoi, je ne sais pas ? »

Les enfants se mirent tous à crier et sauter de joie, au point

où les adultes n'avaient pas d'autre choix que de boucher leurs oreilles tout en riant. Lydia était amusée par la réaction de tous.
Matthias lui expliqua d'où venait cette excitation. Les enfants avaient émis le désir de passer une journée à la plage et ils voyaient leur rêve s'accomplir. Quand Lydia accepta l'idée du *whale watching* et ensuite d'aller à la plage, ils crièrent de plus bel en sautant dans les bras les uns des autres. Matthias profita de la situation pour faire un tendre bisou sur la joue d'Annabella qui lui répondit de la même façon.
«Allez tout le monde, on s'active», dit Lydia en jetant un coussin à Matthias et Annabella pour interrompre leur intimité. «Les filles, allez réveiller votre père. Moi je vais bouger Tony, il flemmarde encore. Les garçons faites votre toilette et habillez-vous en conséquence.»
Tout le monde se leva promptement avec pour objectif : une journée à la plage.

*

Les enfants étaient heureux de la session de *whale watching*. Chacun racontait la façon dont ils avaient vécu l'expérience. Ils étaient plus bavards que jamais.
Toute la troupe s'était installée par la suite sur un coin de plage qu'ils avaient découvert. La beauté de ce coin était qu'il y avait une montagne de rochers créés naturellement. Lydia et Annabella installèrent le pique-nique tandis que les hommes et les enfants faisaient les équipes pour jouer au volley. Annabella voyait bien que Lydia voulait lui poser des questions, elle lui jetait des regards furtifs et ensuite elle

regardait Matthias puis elle soupirait. Elle se mit à faire la moue et à marmonner toute seule. N'y tenant plus Annabella décida d'aider Lydia dans ce qui la tracassait. « Oui Lydia tu m'as appelé ?
- Non, non, ce n'était pas moi, ils ont certainement prononcé ton prénom. Mais dis-moi, pendant que je te tiens, je ne vous aurais pas interrompu que vous vous seriez peut-être embrassés Matthias et toi ce matin dans la chambre des enfants dans l'euphorie du moment.
- Quoi ? T'es sérieuse, pas devant les enfants ! Mais qui sont ces mal élevés ? » répondit Annabella se moquant d'eux-mêmes.
Elles éclatèrent de rire en même temps. « Ça me fait plaisir de t'entendre rire comme ça. Il se passe bien quelque chose alors, raconte-moi s'il te plaît, demanda Lydia curieuse.
- Bon d'accord, il me plaît ! J'ai beaucoup de réserves mais il me plaît. Je ne m'étais pas préparé à ça, ce n'était pas prévu qu'il y ait quelqu'un qui se mette sur mon chemin durant mon séjour. J'ai le sentiment que tout est aligné, je me sens au bon endroit. C'est comme si mon cœur me disait que je pouvais respirer à nouveau. Tout ça... c'est un peu rapide tu ne penses pas ? Quand je réfléchis un peu, rien qu'à la distance... je ne sais pas. J'y mets des réserves.
- Des réserves hein !? répéta Lydia en riant. Si je peux t'aider, n'hésite pas.
- D'accord merci, je n'oublierai pas mais pour le moment ce sera entre lui et moi.
- Voyez-vous donc ça, excusez-moi madame ! dit-elle en riant. Souviens-toi que la distance n'est qu'un détail qui n'existe que pour être raccourci. C'est tout ce que je dirais si tu le permets.
- Un gros détail, mais bon, merci pour l'encouragement.
- Je suis fière de toi, il semblerait que tu aies enfin compris

dans quelle direction regarder et que même si c'est l'inconnu, tu ouvres ton cœur aux possibles bénédictions...
- Oh lala merci Lydia pour ce prêche !
- C'est bon, c'est bon, je voulais juste t'encourager, c'est plus fort que moi, dit-elle en levant les mains vers le ciel se rendant à l'évidence.
- T'abuses, dit Annabella se moquant d'elle. Allez on a fini, on peut passer à table maintenant. »

Elles se levèrent pour appeler toute la troupe pour qu'ils viennent manger. Les discussions allaient bon train pendant qu'ils mangeaient. Annabella se plaisait à observer les réactions de Matthias selon les sujets de conversation. Ce dont elle ne se rendait pas compte c'était que Matthias aussi l'observait. En s'observant l'un et l'autre aussi discrètement que possible, ils tombèrent dans leur propre piège, leurs yeux se croisèrent et ils restèrent là à se fixer pendant un court instant. C'est alors que Matthias lui fit signe de la tête de se lever pour aller marcher. Mais Annabella ne comprenait pas, elle fronça les sourcils pour lui demander ce qu'il voulait dire tout en s'aidant de sa main. Alors il lui fit signe avec une de ses mains mimant la demande du mieux qu'il pouvait. « Toi et moi, on va marcher ensemble sur la plage, maintenant. » Elle comprit et répondit de la même façon. « Ok allons-y ! »

Elle se leva en premier et annonça que Matthias et elle allaient se promener sur la plage. Elle proposa aux enfants de se joindre à leur petite excursion. Ni une ni deux, les quatre agents secrets se levèrent d'un bond sans aucune hésitation et choisirent la direction à prendre. Ils voulaient aller du côté où se trouvaient les rochers et les chutes de la falaise. Ils partirent tous ensemble pour le plus grand bonheur de leurs parents restés derrière pour se détendre. Matthias prit les enfants à part pour leur donner des instructions concernant la marche à suivre. Quand il termina, il donna le top départ, et les enfants se mirent à courir devant eux en criant de joie pendant que Matthias et Annabella les suivaient en marchant tranquillement.

« Tu sais, j'aurais préféré qu'on soit seuls. Je suis avec eux tous les jours et il ne me reste plus que quelques jours seulement avec toi, j'ai juste envie d'en profiter sans être gêné, commenta Matthias en soupirant.
- Tu peux dire à tout le monde qu'on sort ensemble, ça ira plus vite, dit-elle gênée.
- Ah c'est pour brouiller les pistes que tu as fait ça ? Sache que tu viens de confirmer ce qu'ils pensent. Personnellement, je m'en fiche, ça me va !
- On n'est pas ensemble Matthias, on apprend à se connaître. Ne brûlons pas les étapes, dit-elle agacée.
- D'accord si tu le dis !
- Et puis c'est à ton tour de me parler. Dis-moi quelque chose sur toi.
- Tu as envie de me frapper ?
- Mais non, pourquoi tu dis ça ?
- Le ton que tu utilises et ton attitude, on dirait que tu es fâchée. Quelque chose ne va pas ?
- Non désolée je ne voulais pas paraître agressive. Je ne suis pas très à l'aise et je pense que je réfléchis trop.
- Alors laisse moi te tenir la main, j'en ai très envie. » dit-il, l'arrêtant par le bras.
Il la regarda dans les yeux et attendit qu'elle réponde. Annabella se mit à réfléchir sur les conséquences de cet acte si jamais elle disait « oui ». Elle se sentait exposée aux yeux du monde et se crispa. Puis elle se souvint de ce qu'Axelia lui avait dit. Mais elle n'était pas prête. « Je ne suis pas à l'aise

avec ça Matthias.
- Ok, on peut aussi marcher côte à côte. Ça me va aussi. »

Ils reprirent leur marche. Les enfants allaient et venaient, ce qui leur permettait de savoir ce qu'ils faisaient et où ils allaient.
« Je peux te poser une question ? demanda soudainement Matthias.
- Oui, laquelle ?
- Jusqu'à quel point Lydia t'a raconté ma vie et ne me mens pas s'il te plaît, je sais qu'elle l'a fait. »
Annabella n'en revenait pas. Elle ne s'attendait pas à une telle question. Elle se sentit gênée et ne savait quoi dire. Elle craignait qu'il ne se fâche mais en même temps, il voulait la vérité, alors elle se lança. « Eh bien... Les différentes tentatives de te rapprocher du monde chrétien et la déception de ne pas avoir trouvé satisfaction. Tu as aussi eu des relations avec certaines femmes chrétiennes et pareil, aucune satisfaction. D'ailleurs toi-même tu m'as expliqué dans l'avion à quel point tu les trouvais bizarres et compliquées non ? Ensuite, elle m'a parlé de l'accident que tu as eu. Elle m'a raconté la première expérience qu'elle a eue avec Dieu quand elle est allée dans une église ne se trouvant pas très loin de l'hôpital où tu étais. Elle était désespérée, son beau-frère était dans le coma, alors elle est allée demander un miracle à celui qu'on appelle Jésus. Le seul de tous les dieux qui avait ressuscité un homme et qui a été ressuscité Lui-même trois jours après qu'Il soit mort. Et c'est à ce moment-là que ce même Jésus t'a rendu visite dans ton sommeil etc. Tu as été rapatrié ici sous les soins de tes parents et petit à petit depuis 3 ans tu as repris le cours de ta vie. Tu es plus heureux que jamais, sauf qu'il te manque quelqu'un avec qui partager ta vie. En gros c'est ça, c'est tout !

- C'est tout? Tu ne trouves pas que c'est plus que ce qu'elle était censée te raconter sur moi? Sache que je ne lui ai rien demandé, dit-il irrité.
- Moi non plus, mais je crois qu'elle voulait t'aider. Elle en a trop dit à ce que je vois, pardonne-lui s'il te plaît.»
En disant cela, Annabella se sentit vexée que Matthias se plaigne du fait qu'elle en sache trop sur lui. Il semblait qu'il ne voulait pas qu'elle sache certaines choses. «Tu aurais dû lui dire de maîtriser sa langue, la connaissant. Si ça peut te rassurer, je ne connais personne d'autre qui serait intéressé par ton histoire. Je la garderai pour moi, reprit-elle.
- Ne le prends pas mal. Je réagis comme ça parce que j'aurais aimé te raconter tout ça moi-même. Mais bon, c'est fait! Je discuterai avec elle plus tard. Bref, à partir de là, je vais prendre le relais.
- Tout est vrai alors? demanda-t-elle plus enthousiaste.
- Ah oui, oui, c'est la stricte vérité.
- Oh ok. Bon et bien je t'écoute pour la suite alors.
- Je sais que tu ne connais pas mon âge, 39 ans. J'aurai 40 ans en Septembre, le 21 exactement. Je suis ingénieur en géothermie. Je travaille en collaboration avec des géologues et géophysiciens à la découverte de nouveaux sites de ressources naturelles énergétiques. J'ai travaillé dans ce domaine pendant 10 ans pour une grosse boîte au Canada. Aujourd'hui, je suis consultant à mon propre compte. D'ailleurs comme tu as pu le voir, mon petit frère, qui est ingénieur architecte, et son meilleur ami qui est géologue, m'aident pour un projet sur un site. J'aime ma famille, on est très proche et on se soutient. Je suis content d'être revenu à la maison pour reconnecter avec la chaleur familiale. J'ai voulu repartir mais j'ai fini par me rendre compte à la longue qu'il était temps que je construise ma vie pas trop loin de ma famille. Je me sens prêt à construire une famille, j'attends juste qu'elle, ma femme,

soit prête à faire le grand saut avec moi, où devrais-je dire avec nous.
- Oh, intéressant. Nous !?
- En fait, quand je dis nous, je parle de mon fils. J'attendais le bon moment pour le mentionner et je crois que c'est le cas. J'ai un fils qui s'appelle Alexandre. Anna, est-ce que ça te pose un problème le fait que je sois papa ?
- Tu es donc papa mais pourquoi n'est-il pas avec toi ? Il est avec sa mère ?
- Et non, il n'est pas avec sa mère. En fait, j'ai adopté ce petit garçon dont je suis tombé fou amoureux lors de ma convalescence. Il était placé dans un orphelinat, il est tombé gravement malade et nous avons partagé la même chambre d'hôpital pendant que je me soignais. Nous sommes d'abord devenus amis, il avait 3 ans et les étrangers c'était très peu pour lui mais on s'est entendu sans trop de problèmes. On avait mis nos lits côte à côte pour être près l'un de l'autre et on avait les mêmes horaires pour les soins, ce qui permettait qu'il se sente soutenu dans le processus. Au fur et à mesure, ce que je ressentais devenait de plus en plus fort, j'avais besoin de le protéger et de lui donner un foyer, une famille. C'était lui d'abord, le reste pouvait attendre. Et puis il m'a donné cette place naturellement. Je supportais de moins en moins l'idée de me séparer de lui une fois ma convalescence terminée. C'est alors que j'ai entrepris la démarche d'abord auprès de lui pour savoir ce qu'il en pensait, il n'attendait que ça ; puis j'ai lancé les démarches avec l'administration de l'orphelinat et l'État. Je t'avoue que j'ai eu peur de ce qu'aurait pu penser les gens et ma famille mais j'étais déjà accro, je ne le voyais que comme mon fils. J'en ai eu pour 2 ans de bataille puis j'ai reçu la bonne nouvelle il y a 2 jours, nous sommes officiellement père et fils. Je l'ai eu au téléphone et je le lui ai dit moi-même, je suis tellement heureux,

j'ai un fils. La plus belle récompense de cette bataille c'est quand il m'a appelé papa pour la première fois au téléphone. Aujourd'hui, il a 5 ans et nous avons toute la vie ensemble. Maintenant ce que je voudrais savoir c'est si cette partie de moi t'effraie. Accueillir un enfant qui n'est pas le sien dans sa vie n'est pas chose facile, mais si tu es intéressée par un jeune papa et bien sache que nous sommes prêts à faire un bout de chemin avec toi. Mais est-ce que je t'intéresse en tant qu'homme déjà ?
- Pardon ? dit-elle troublée par l'aveu soudain de Matthias et par sa demande.
- Tu as l'air choquée, dit Matthias.
- Eh bien oui, il se trouve qu'on apprend à se connaître et tu me lâches une bombe pareille. Je t'avoue qu'il me semblait avoir entendu quelque chose comme ça venant d'une conversation que tu avais justement avec une de tes nièces au retour de l'excursion. Mais je n'ai pas voulu mettre mon nez dans tes affaires. N'empêche que ce n'est pas comme si tu m'offrais une barbe à papa, il s'agit de ton fils. Laisse-moi assimiler tout ce que tu viens de me dire.
- Anna tu peux me dire la vérité tu sais, je sais que ce n'est pas forcément plaisant pour quelqu'un qui n'a pas ce genre de responsabilité...
- Matthias ! Matthias ! insista-t-elle pour le stopper dans son élan. Matthias Ellison, ça ne me dérange absolument pas que tu aies un enfant, qu'il soit adopté ou qu'il soit un fils naturel, c'est ton enfant. J'ai hâte de le rencontrer. Je suis contente de connaître d'abord l'homme, le père et le fils. Tu sais, je crois que tu vas faire un super travail en tant que père, il n'y a pas de guide pour ça et puis on a Dieu avec nous et c'est largement suffisant, dit-elle en souriant voyant Matthias inquiet.
- Tu es sure Anna, je ne te donne pas envie de fuir ?
- Mais non Matthias, c'est vrai que c'est surprenant et ça fait

peur quand même parce que c'est du lourd mais ça ne me dérange absolument pas que tu sois papa. Te fuir ? Pas du tout. Par contre, ça rajoute à ton charme.
- Comment ça ?
- Ça fait de toi un homme responsable et capable de porter le poids d'une famille. Je trouve que c'est sexy. »

Les enfants s'étaient arrêtés pour faire un château de sable à côté des rochers, pas trop loin d'eux, assez pour avoir de l'intimité. Matthias se plaça devant Annabella et croisa les bras, l'envie de la prendre dans ses bras était vraiment pressante. Mais il n'osa pas faire le pas, elle ne le laisserait certainement pas faire. Ils continuèrent à discuter.
« Dis-moi, vu que ça ne te dérange pas que je sois papa, tu te marierais avec moi ?
- Mais voyons Mattias, je ne te connais pas, qui me dit que tu n'es pas un loup-garou, un psychopathe ? dit-elle en riant.
- L'Éternel ne nous aurait pas rapprochés sinon. Me connaissant, Il sait que je ne m'amuserai jamais avec sa fille bien-aimée. Et puis je n'ai plus envie de jouer. Je suis sérieux là.
- L'Éternel ? De quoi tu parles exactement là ?
- Je crois tout simplement que Dieu y est pour beaucoup en ce qui concerne notre rencontre. Il n'y a pas de hasard.
- Attends, toi qui avait une dent dans l'avion contre Dieu à cause des chrétiens, en particulier les femmes, aujourd'hui tu me parles de l'Éternel, limite me disant qu'Il est extraordinairement bon ? Qu'est-ce que je ne sais pas ?
- Ça fait un petit moment que j'essaie de te le faire comprendre. Il m'a promis quelque chose il y a un peu plus de 3 ans, mais je ne voyais rien venir. J'ai cherché moi-même à créer cette promesse et j'ai fini frustré, accusant le coup. Bref, il y a quelques jours, Il est venu me trouver et m'a parlé clairement concernant une partie de cette promesse. Je

n'avais jamais entendu Sa voix de cette façon, Sa présence était tellement forte que je suis tombé à genoux. Je ne sais pas comment mais j'ai vu des anges, ils étaient vraiment beaux. Il y avait tellement d'amour et de paix qu'Il m'a convaincu, alors j'ai dit « oui » à ce qu'il me proposait. Voilà !
- C'est tout ? Voilà, aussi facilement ?
- Bah oui, il ne me reste plus qu'à suivre le chemin et tout ira bien.
- Non mais je suis épatée... ! Tu m'énerves Matthias. Est-ce que je peux au moins savoir de quoi tu parles ou ce qui s'est passé entre vous, ce qu'Il t'a dit, je ne sais pas moi... ?
- Chaque chose en son temps, tu sauras quand le moment sera venu, dit-il fièrement. Encore faut-il que tu veuilles de moi.
- Tu es chiant Matthias, dit-elle en le tapant sur l'épaule.
- Oui je sais, ça m'arrive parfois mais je n'ai rien fait pour mériter ce coup !
- Passer du coq à l'âne comme ça là, du jour au lendemain tout a changé ; maintenant tu aimes Dieu et les chrétiens !
- Hé mais ça ne t'es jamais arrivé de te fâcher un peu avec Dieu surtout quand tu es dans le flou, frustré ? J'ai des incompréhensions, des frustrations, bref des choses à régler. Toi aussi, ne sois pas hypocrite, dis la vérité. En tout cas, je suis bien content d'être imparfait, ma relation avec Dieu serait ennuyante sinon.
- Ah donc, du jour au lendemain tu me parles de relationnel... Comme ça ! Je suis fâchée parce que quand c'est moi, ça prend le temps que ça doit prendre et là, c'est du jour au lendemain ! Il m'a eu depuis le début.
- Oh la la, elle est jalouse de ma relation avec Dieu, c'est vraiment drôle. Tu sais on s'aime beaucoup Lui et moi, ce n'est pas de ma faute si on s'aime comme ça ! »
Annabella avait les mains sur les hanches en signe de protestation tandis que Matthias se moquait d'elle. « Il faut croire

qu'Il m'aime plus que toi, reprit-il en riant. Annabella frappa Mattias à l'épaule parce qu'il se tordait de rire.

- Tu exagères, arrête tes bêtises. Tu ne vois pas que je suis fâchée là? dit-elle en pouffant de rire. Je n'aurais pas dû te parler quand Il m'a demandé de le faire dans l'avion. »

En un clin d'œil, Matthias la souleva et la jeta sur son épaule. Il se mit à tourner sur lui-même alors qu'Annabella criait son nom pour l'arrêter. « Matthias arrête, je suis bien trop grosse pour que tu me portes comme ça. Repose-moi s'il te plaît. »

Il n'en fit rien. Il se mit même à courir avec elle. La situation était bien trop comique pour ne pas qu'elle éclate de rire, ce qui attira l'attention des enfants qui se précipitèrent pour jouer avec eux. Il l'emmena vers l'eau, menaçant de l'y jeter.

« Matthias, cria-t-elle, si tu fais ça, je te jure que c'est terminé entre nous.

- Donc il y a un nous? Je ne savais pas. On sort ensemble alors?

- Non mais là n'est pas la question, je ne tomberai pas dans ton piège.

- Mais tu tomberas dans l'eau. Allez hop!

- Matthias, c'est fini je te dis! »

Il s'enfonça un peu plus dans l'eau.

« Ce n'est pas une menace ça. C'est moi qui ai le pouvoir là. Alors, on est ensemble oui ou non?

- C'est bas, très bas même, ce que tu fais. Arrêtes je ne sais pas nager!

- Mais je suis là et tu ne m'as toujours pas répondu. »

Il fit signe aux enfants de s'éloigner et de repartir sur la plage car ils les suivaient dans l'eau. Une fois seuls il en profita pour continuer à avancer.

« L'eau m'arrive en haut des cuisses. Je vais te faire descendre là, à condition que tu me répondes sincèrement. Sinon, je vais plus loin et je te ferai descendre là où c'est plus profond.

- Oui Matthias, on est ensemble. Tout le monde s'en est rendu compte, on le sait toi et moi.
- Sauf Mikael, dit-il en la déposant. Il me semble qu'il n'est pas au courant que tu n'es vraiment pas intéressée par lui de cette façon.
- Je te l'ai déjà dit concernant Mikael il... »
Sans attendre la suite, il prit Annabella dans ses bras et la serra contre lui. Il sentit qu'elle se crispait. « Je sais qu'il y a les enfants, je ne vais pas aller plus loin ne t'inquiète pas.
- Okay.
- Tu sais, heureusement que tu m'as parlé dans l'avion. J'avais un peu perdu le nord ; il était important que je le retrouve pour ne pas manquer la bénédiction qui était devant moi. »

Elle se détendit et ils purent savourer leur accolade jusqu'à ce que les filles arrivent pour les interrompre, leur demandant s'ils pouvaient repartir vers leurs parents.

Cet après-midi là, Annabella compris qu'une nouvelle page était en train de s'écrire dans sa vie et que cette fois-ci, il semblerait que Matthias ait répondu « oui » au cri sourd de son cœur.

Chapitre 11

De retour à l'auberge, les enfants allèrent trouver Eleena pour lui donner des coquillages ramassés à la plage par leurs soins. Ils en profitèrent pour lui raconter tout ce qu'ils avaient fait. Étant donné qu'il allait bientôt être l'heure du dîner, ils aidèrent à mettre la table, après quoi ils se dépêchèrent d'aller prendre une bonne douche pour se débarrasser du poids de la journée. Lydia envoya les hommes faire la même chose et au moment où ils montèrent à l'étage, Mikael arriva. « Salut tout le monde. Hé, vous vous êtes bien amusé à la plage et sans moi en plus, je suis jaloux ! »
Matthias fit demi-tour, laissant Tony et Ariel partir devant. Il alla se poster devant la porte de la cuisine car il voulait voir ce qui se passerait quand Mikael s'adresserait à Annabella.
« Humm ça sent bon maman, comme d'habitude, dit Mikael. Mes respects chère madame, dit-il en s'adressant à Lydia lui faisant la révérence. Anna, magnifique comme toujours ! C'est dommage j'aurais vraiment aimé être avec vous cette après-midi, pourquoi tu ne m'as rien dit ?
- Parce que ce n'était pas planifié *lil bro**.
Cette réponse arrêta Mikael qui avait l'intention de la prendre dans ses bras. « Petit frère !? dit-il en fronçant les sourcils, c'est comme ça que tu me vois ?

**P'tit frère* en anglais

- Quoi tu n'aimes pas cette position privilégiée !? Au fait, demain ne t'embête pas pour m'emmener voir l'éditeur.
- Alors ça maintenant. Pourquoi ? Ça ne me dérange absolument pas. D'ailleurs... »
À ce même moment, Matthias se dirigea vers Annabella et se plaça entre les deux. « Anna ?
- Oui, Matthias ? Mais, tu n'es pas censé être en haut ? Qu'est-ce qu'il y a ?
- Je voulais juste te voir avant de monter... Pardon Mikael, je ne voulais pas vous déranger mais elle me manquait.
- Ah bon ? On a passé toute la journée ensemble et pourtant, dit-elle moqueuse.
- Je sais mais en fait je voulais juste faire ça... »
Il l'a pris dans ses bras pendant quelques secondes et lui donna un long baiser sur la joue.

Mikael était choqué par ce spectacle. Annabella venait de mettre un terme à ses espoirs, elle acceptait ouvertement Matthias. Il ne comprenait pas ce qu'il s'était passé ni à quel moment Matthias avait pris une telle place dans le cœur de la jeune femme.

« Ok, c'est bon tous les deux, dit-il pour les arrêter. Je suppose que c'est lui qui va t'y emmener.
- Oui, il ne travaille pas demain. Comme ça tu pourras aller travailler tranquillement, sans te soucier de moi.
- Ah, très bien ça marche.
- Par contre, je tiens à te remercier Mikael d'avoir changé tes plans pour l'accompagner et d'avoir pris soin d'elle mais maintenant c'est à moi que cette tâche revient. Merci encore, dit Matthias avec enthousiasme. Allez, je monte !
- D'ailleurs faites tous la même chose, toi aussi Anna. On passe à table dans 30 minutes », ordonna Eleena.

*

Après le dîner, Mikael avait décidé de sortir pour aller rejoindre ses amis. Les autres, fatigués d'une longue journée, ne résistèrent pas longtemps et allèrent se coucher.

Le lendemain, Annabella se réveilla avec beaucoup d'enthousiasme. Elle était impatiente et excitée à la fois car c'était un grand jour. Dans à peine quelques heures elle saurait si elle avait officiellement une maison d'édition. Elle s'était levée tôt et arpentait sa chambre en priant que le miracle ait lieu. *« Seigneur je te fais confiance, de toute façon je n'ai pas d'autre choix », s'était-elle exprimée une fois sa prière terminée.*

On frappa à la porte.
«Anna tu es réveillée ?»
C'était Lydia. Depuis la veille, elle cherchait le bon moment pour parler à Annabella. Et celle-ci savait que Lydia voudrait en savoir plus sur l'issue de son tête à tête avec Matthias.
«Oui, entre Lydia !»
Lydia entra et fut surprise de la voir déjà prête. Elle s'assit sur le lit d'Annabella et l'invita à faire de même. «Je suppose que tu sais de quoi je veux te parler. Je voudrais juste avoir la vérité de ta bouche.
- Ok, je t'écoute.
- Tu es sure de ce que tu fais avec Matthias ?
- Sois plus clair.
- Tu ne l'utilise pas pour te débarrasser de Mikael ?
- Non Lydia, ton beau-frère me plaît et j'aimerais vivre cette histoire et voir où ça nous mènera.

- Mais tu sais que ce n'est pas un jeu pour lui n'est-ce pas ? Il est sérieux te concernant, dit Lydia avec une pointe d'autorité.
- Oui, il a été on ne peut plus clair. Raison pour laquelle je veux passer le plus de temps possible avec lui. On est déjà mercredi et je m'en vais samedi. Je veux qu'on en apprenne plus l'un sur l'autre.
- En gros tu vas le réquisitionner ?
- Hum c'est ça ! répondit-elle positivement.
- Dis-moi, s'il s'avère que vous vous appréciez vraiment, genre vraiment de chez vraiment et qu'il te demande de le suivre, d'aller avec nous à Reykjavik, tu viendrais n'est-ce-pas ?
- Ouah c'est dans les films qu'arrive ce genre de choses, répondit Annabella en riant. Je ne sais pas quoi te dire et puis on en est encore loin tu ne crois pas ? Sinon, je peux toujours faire le voyage, on est en Europe et c'est à côté, ce n'est pas un problème la distance.
- J'espère vraiment que ça marchera entre vous. J'ai tellement prié pour son bonheur, et maintenant je souhaite que tu sois la bonne.
- Merci Lydia. Faisons confiance à Dieu, il peut nous surprendre qui sait ! Bon allez à mon tour, je ne peux pas garder le silence à ce sujet. »
Annabella changea de sujet pour sortir de cette atmosphère un peu trop sérieuse qu'avait installée Lydia.
« Ah, qu'est-ce qu'il y a ?
- La journée d'hier ne t'a pas paru étrange, je veux dire, le fait que personne ne se soit levé et que tu décides d'aller à la plage… ? »
Lydia se mit à rire. « Je suppose que tu dois être dans le secret comme Matthias. Je sais qui sont mes enfants. Un jour je te raconterai la première fois que j'ai su que mes enfants avaient cette connexion avec Dieu. En fait, Dieu nous avait

fait comprendre lorsqu'on priait avant de dormir la veille qu'il ne fallait pas négliger les vacances des enfants et qu'ils aimaient l'eau, aller à la plage, ce genre de chose mais nous ne savions pas à quel point.
- Mais pourquoi tu ne leur dis pas que tu sais ?
- Ils ont le droit d'avoir leur intimité avec Dieu et de sentir qu'elle est respectée. Étant leur mère, je sais ce que Dieu veut que je sache, même quand je lui en demande plus, il les protège. Il veille sur eux ! expliqua Lydia.
- Et les filles ?
- Je soupçonne les garçons d'avoir entraîné les filles d'où le fait qu'elles soient aussi à l'aise. Je ne te raconte pas le jour où Ariel m'a appelé pour me raconter les choses étranges qui se passaient dans leur maison. Il paniquait et pensait qu'il fallait trouver de l'aide.
- Du genre un exorciste ? demanda Anna amusée. Qu'est-ce qu'il y a eu par exemple ?
- Ouiii. Le plus drôle c'était lorsque des plumes sont tombées alors que les filles dansaient en plein milieu du salon. Il était assis sur le canapé, regardant son téléphone. Quelque chose a attiré son attention vers les filles, c'est là qu'il a vu des plumes tomber du plafond dans les mains des petites. Il nous a appelés directement, il était choqué. »
Elles éclatèrent de rire toutes les deux. Ce fut Lydia qui reprit la parole en premier. « Si jamais tu viens nous rendre visite, c'est chez moi que tu logera d'accord ?!
- Ok ça marche. Merci pour la proposition.
- Bon allons-y vu que tu es prête. Il me semble que Matthias doit être en bas. Vous allez déjeuner ensemble où on vous attend ?
- Ne nous attendez pas, on se verra pour le dîner. J'ai envie d'être seule avec lui. Par contre, je propose que demain soir on se fasse une soirée de prière vu que je m'aperçois que tout

le monde ici connait le Boss.
- Oui ce serait génial. Tony sera le leader, il aime bien le faire !
- Ah bon ? dit Annabella surprise.
- Oui, on va dans un groupe de maison et il leade de temps en temps la louange. Bon allez, tu es attendue. Au fait, Eleena te fait dire qu'elle ne pourra pas venir avec vous à la librairie mais plutôt vendredi ok !?
- Ah, euh ça marche alors. Tu vois avec Tony pour demain ?
- Oui, oui allez vas-y. Bonne journée et attention à vous n'est-ce pas ? » dit Lydia avec le ton d'une mère en poussant Annabella.
Cette dernière partit rejoindre Matthias qui l'attendait sur le porche de la maison. « Bonjour beauté, lança-il. Ce sera toi et moi seulement aujourd'hui, Eleena a un imprévu. Prête ?
- Salut beau gosse, Lydia me l'a déjà dit. Je suis prête, allons-y ! »

Ils s'en allèrent sous le regard fier de Lydia et des quatre agents secrets qui leur disaient au revoir de la main. Ils prirent leur petit-déjeuner en ville avant d'aller à la librairie. Ils arrivèrent à 10h30 sur les lieux. Astus Pol et sa femme Anyka l'attendaient, ils furent heureux de la recevoir ensemble. Matthias se mit en retrait mais pas trop, suffisamment pour qu'ils voient qu'Annabella n'était pas seule.

« Bonjour Monsieur, vous êtes ensemble je présume, dit Astus.
- Oui, je m'appelle Matthias Ellison, son petit ami. »
Annabella n'était pas habituée à ce titre, alors elle le regarda surprise pendant quelques secondes avant d'ajouter : « Oui c'est vrai, pardon de ne pas avoir fait les présentations. Vous, vous devez être Anyka, sa femme. C'est bien cela ?
- Oui très chère. Vous êtes très belle Annabella et vous faites un très beau couple ensemble.

- Je sais c'est fou hein ? C'est ce que j'essaie de lui faire comprendre, dit-il en pointant Annabella du doigt.
- C'est vrai ça ? Mais non ! s'étonna Anyka.
- Désolée, il est très taquin, dit Annabella jouant le jeu en donnant un petit coup de coude sur les côtes de Matthias qui feignit d'avoir mal.

Cette introduction brisa la glace entre eux, ce qui permit de rentrer dans le vif du sujet en douceur. Ce fut Anyka qui prit les choses en main. Elle affirma à Annabella pendant leur conversation qu'elle travaillait en tandem avec son mari et que les décisions se prenaient ensemble. Ils avaient étudié son profil et ils se sentaient honorés de pouvoir donner une impulsion à un jeune talent.
Quant à Annabella, elle vivait un moment qui marquait un tournant dans sa vie. De plus, elle n'était pas toute seule à le vivre. Matthias était là, lui tenant la main tout en restant très attentif à ce qui se disait et en posant des questions quand il avait des doutes. Ce fut à ce moment qu'elle baissa les armes concernant leur histoire, réalisant qu'elle voulait cette relation bien plus encore que ce qu'elle croyait.

Une fois l'entretien terminé, Anyka et Astus les raccompagnèrent et Annabella en profita pour les inviter à la soirée qui se tiendrait à l'auberge le lendemain.
« Est-ce qu'Eleena vous a dit que nous sommes sœurs ? demanda Anyka à Annabella.
- Elle m'a parlé de vous mais pas à ce point-là. Je ne sais pas quoi dire là, mais pourquoi ne m'a-t-elle rien dit ? dit la jeune femme étonnée.
- C'est bien elle ça ! Ne lui en voulez pas, elle est extrêmement prudente dès qu'il s'agit de la famille mais c'est avec plaisir que nous viendrons demain. Étant donné qu'elle n'a

pas pu venir ce matin, je lui amènerai le livre qu'elle a commandé. Quant à nous, on se revoit vendredi matin.
- Ok ! très bien alors, dans ce cas tout est bon. Merci encore et à demain. »

Chapitre 12

Annabella était tellement contente qu'elle n'avait pas attendu pour prendre son téléphone afin d'appeler Mélanie qui était par bonheur avec Amanda au même moment, elle leur annonça la bonne nouvelle en racontant l'histoire du début à la fin. Pendant ce temps, Matthias lui tenait l'autre main alors qu'ils marchaient dans le centre ville. Ils s'arrêtaient toutes les 5 minutes parce qu'Annabella était focalisée sur la discussion qu'elle avait avec ses amies.
Pendant ce temps Matthias était en pleine réflexion. Il sentait qu'ils devaient passer à une étape supérieure dans leur relation. C'était peut-être trop tôt, mais il était convaincu qu'Annabella était celle dont il avait besoin pour avancer dans la vie. Les questions étaient : « Quand et comment devait-il marquer le coup ? » Quelque chose lui disait que ce qu'il souhaitait faire était la bonne chose à faire mais que ce n'était peut-être pas le bon moment. Il devait faire preuve d'un peu de patience avant d'agir. Ils s'arrêtèrent une fois de plus et cette fois-ci devant une bijouterie. « Si ce n'est pas un signe ça », murmura-t-il.

Il se mit à faire un plan dans sa tête en priant pour que Dieu fasse un miracle et qu'elle accepte sa demande. Ils se connaissaient depuis peu mais voilà qu'elle était venue le rencontrer dans son univers et avait allumé un feu qu'il croyait éteint. Une partie de lui qu'il pensait morte avait repris vie en quelques jours. Il avait besoin de ce complément au quotidien, qui de mieux qu'elle ? Annabella.

Une fois sa conversation terminée, Annabella se rendit compte qu'ils étaient arrivés au lounge de l'hôtel où travaillait la fille et le beau-fils des Pol. Matthias l'attira à lui et la prit dans ses bras. « Je veux qu'on célèbre ce moment toi et moi, ensuite ce sera avec les autres.

- D'accord, ça me va. »

Quand il baissa les mains sur ses hanches, il sentit qu'elle se crispait et qu'elle allait le repousser mais il l'arrêta.

« Quoi ? dit-elle sur la défensive.

- On va régler ce malaise tout de suite, je pense que c'est le bon moment. »

Soudainement le téléphone de Matthias sonna, c'était un appel du centre d'accueil à Reykjavik.

« Bonjour Marta, un appel si inattendu de votre part, devrais-je m'inquiéter ? Tout va bien avec Alexandre ?

- Oui Matthias tout va bien. Je vous appelle parce qu'en fait ce n'est pas moi qui ai besoin de vous parler, mais votre fils ici présent. Un instant je vous le passe !

- Bonjour papa.

- Bonjour mon grand, tu veux toujours attendre que ce soit moi qui vienne te chercher ?

- Oui. N'oublie pas de venir avec mes cousines, je veux que mes copains les voient.

- Je n'ai pas oublié mon fils. Alors, tout va bien ?

- Il faut que je te raconte mon rêve.

- Bien sûr mon grand, je t'écoute. »

Matthias s'assit sur une chaise et incita Annabella à faire de même. Il se voulait disponible pour son fils.

«Alors je vais te raconter mon rêve mais c'est un secret, ne le dis à personne.
- D'accord c'est un secret, je vais le garder précieusement. Est-ce que Marta est à côté de toi ?
- Non elle est allée dans la pièce à côté, je lui ai dit que c'était un secret ce que j'allais te dire.
- C'est bien mon grand, c'est bien. Alors dis-moi ce qui s'est passé dans ton rêve ?
- Ben en fait tu sais, avant de dormir hier soir j'ai fait la prière comme les jumelles m'ont dit de faire. J'ai posé une question à Dieu mais je ne sais pas si c'est vraiment ça la réponse. Dans mon rêve je n'arrivais pas très bien à voir la personne qui me parlait mais c'était la voix d'une dame. Il y avait une grande fête là où on était et elle m'a dit : « Tu peux m'appeler maman ! » C'est tout. Est-ce-que c'est Dieu qui m'a répondu ? demanda le petit garçon excité par la situation.
- Eh bien je ne sais pas mais, est-ce que je peux te demander quelle est la question que tu as posé à Dieu, ou est-ce un secret ?
- Bah en fait c'est un secret sinon tu vas savoir ce que je dis à Dieu.
- D'accord, si c'est un secret. Mais tu sais quoi, c'est déjà pas mal que tu aies rêvé de ça non ?
- Oui mais je ne suis pas sûr.
- À ce moment-là, ce qu'on va faire c'est qu'on va demander à Dieu de te donner une réponse plus claire. Tu veux que l'on prie toi et moi ?
- Oui d'accord je veux bien. »
Matthias se mit à prier et il y eut un silence au bout de la ligne. Le petit être l'écoutait attentivement. Une fois la prière terminée, Matthias continua la conversation sous les yeux admiratifs d'Annabella qui assistait pour la première fois à une conversation privée entre le père et le fils. Matthias

venait de l'inviter dans son intimité, c'était comme si il lui disait : « Voilà mon présent et mon futur, est-ce-que tu veux en faire partie ? » Tout à coup elle se rendit compte de la position éventuelle dans laquelle elle se mettait... « Cet homme est vraiment sérieux alors. Il a une responsabilité sur les épaules, c'est sa priorité, je dois en tenir compte », se dit-elle dans son fort intérieur.

« À samedi mon grand et moi aussi je t'aime ! »

Matthias termina sa conversation puis tourna son attention sur Annabella qui était très pensive. « Anna !

- Oui qu'est-ce-qu'il y a ? Tout va bien ? »

Il la regarda dans les yeux avec un air sérieux. Il tira la chaise d'Annabella pour qu'elle soit face à lui. Il lui prit les mains avec tendresse puis libéra ce qu'il avait sur le cœur. « Oui tout va bien. Écoute-moi, je vais passer du coq à l'âne mais je ne peux garder le silence quand je vois que ça ne va pas. Je suis désolé pour toutes les fois où un homme t'a fait sentir que tu n'étais pas plus qu'un moment à passer. C'est dommage que tu aies cru à ces mensonges parce que ce n'est pas ce que tu mérites. Je suis désolé pour toutes les fois où tu n'as pas été respectée mais bafouée. Je suis désolé pour toutes les fois où tu ne t'aies pas senti appréciée à ta juste valeur. Tu n'es pas qu'un visage ou un corps, tu es un être à part entière qu'il faut prendre totalement tel qu'il est et l'aimer. Ce qui s'est passé avant ne déterminera pas ce qui va se passer maintenant et plus tard. Moi, Matthias Ellison, je vais te montrer le contraire de ce que tu as toujours connu. Le traumatisme prend fin maintenant. Tu portes très bien tes formes, j'aime ta taille et tes courbes. Tu es parfaite pour moi et oui, je te désire tellement mais je vais te respecter. Tu es douée, drôle, talentueuse et la famille est importante pour toi. Donne-moi l'opportunité de te montrer la vérité, celle dont tu as besoin. Je ne veux pas m'amuser avec toi, je veux ton bonheur, notre

bonheur. J'ai une famille maintenant et je tiens à tenir mon rôle correctement ou du moins à faire de mon mieux. Je sens que je peux me projeter avec toi. »
Sans comprendre pourquoi, il versa une larme. Annabella était choquée. Non seulement elle avait déjà entendu Dieu le lui dire, mais voilà que Matthias lui disait à peu près la même chose. Elle ne put contenir ses larmes face à un moment pareil. Puis elle lui caressa la joue. « Pourquoi tu pleures ? demanda-t-elle doucement en essuyant ses larmes, c'est moi qui suis censée chialer.
- Je ne sais pas pourquoi mais je ressens ton cœur blessé et brisé, ça m'attriste vraiment. »
Il soupira et continua. « Anna, mes yeux sont posés sur toi et sur personne d'autre. Fais-moi confiance, même si tu pars samedi, ne crois pas que la distance va m'arrêter. Sauf si tu ne veux plus de moi. Je ferai les allers-retours nécessaires, pas seulement moi mais aussi mon fils pour que vous puissiez apprendre à vous connaître. Je ferai ce qu'il faut jusqu'à ce que nos chemins se rencontrent à nouveau ici en Islande.
- Arrête-toi là, dit-elle tendrement, j'ai bien compris ce que tu essayes de me dire. Merci, de tout mon cœur.
- Vraiment ? »

Annabella se sentait portée par le flot de la guérison qui traversait son corps. La liberté faisait du bien à son âme. Elle sentait chaque mots comme des pansements. Elle le fit se lever pour se blottir dans ses bras. Puis elle prit le visage de Matthias entre ses mains et l'embrassa en premier. Ils s'embrassèrent comme pour sceller cette déclaration d'amour et de paix. Ensuite, elle posa sa tête sur sa poitrine et ils restèrent là, silencieux, sans avoir besoin d'en dire plus. Matthias comprit qu'Annabella voulait préserver l'instant, il la serra fort, cachée dans ses bras. Il savait aussi que cela prendrait

du temps pour qu'elle se sente de plus en plus à l'aise avec lui, il laisserait la vérité faire son chemin en elle, il ne fallait rien forcer. Puis il rompit le silence. «Autre chose Anna, pourquoi est-ce que tu ne parles pas de moi à tes amies, tu as honte de moi ?»
Elle le repoussa, l'air choquée. «Tu te moques de moi là, et toi tu n'as rien dit non plus à ton bout de chou !? Attends... quoi ? Comment ça ? Comment tu sais qu'elles ne le savent pas déjà ?»
Avec un naturel incroyable il lui dit en français : «Je comprends le français Anna. Je t'ai déjà dit que mon frère et moi avions étudié le français. De plus, j'ai vécu 10 ans au Canada, entre le Québec et Vancouver. Alors, j'ai mieux fait d'apprendre le français. Ce n'est pas parfait, mais c'est suffisant pour communiquer avec une personne.
- Non, non, mais qui es-tu en fait ? Bon elles savent qu'il y a quelqu'un mais pas au point où nous en sommes actuellement», dit-elle en anglais.
Son cœur se mit à battre de plus en plus fort, elle se sentit fondre. «Je crois que je suis amoureuse, il m'a eu», pensa-t-elle. Cette confession l'attendrit profondément même si elle savait ce qu'il attendait d'elle à cet instant. «Je ne sais pas quoi dire en fait. Je suis tellement sous le choc !»
Puis elle s'adressa à lui en français.
«Tu me plaisais jusqu'à il y a un instant mais là tu m'as eu. Tout ça est un peu effrayant vu qu'on se connaît que depuis peu mais pourquoi pas ! Mais dis-moi tu as parlé de moi à Alexandre ?
- Il sait que papa s'est fait une nouvelle amie, mais je pense que le temps des présentations officielles est arrivé.»
Il sortit son portable de sa poche pour appeler le centre en visio. «Attends, moi d'abord s'il te plaît !» dit-elle heureuse de révéler leur relation au grand jour. Elle sortit son portable de

son sac et composa le numéro de Mélanie. Heureusement qu'elle se trouvait encore avec Amanda. « Salut les filles ! Il y a une chose que j'ai oublié de vous dire… je vais même vous le montrer… »

*

« Anna quand tu les as invité tu ne te doutais pas qu'ils viendraient avec leurs enfants et petits-enfants n'est-ce pas ou alors tu le savais ? demanda Eleena heureuse d'avoir le petit-fils de sa grande sœur dans les bras.
- Bah à dire vrai, j'espérais que le couple vienne. Ils ont embarqué tout le monde, c'est encore mieux !
- Oh mon enfant, tu ne te rends pas compte de ce que tu as fait. Je t'en suis tellement reconnaissante !
- Ah bon ? Je ne comprends pas trop ce que tu veux dire mais sache que je suis contente de te voir si heureuse. »

Eleena était si heureuse de voir sa famille réunie. Quand Anyka l'appela la veille en fin de matinée et lui raconta ce qui s'était passé, celle-ci n'en crut pas ses oreilles. Il y avait toujours eu une certaine distance entre sa sœur et elle. Elles n'avaient pas l'habitude de se retrouver pour passer du temps en famille, ni de se voir, il y avait trop de malentendus. La dernière fois qu'elles s'étaient retrouvées ainsi, c'était pour le mariage d'Alyssa, la fille d'Anyka. Alors lorsque sa sœur lui annonça qu'ils viendraient et qu'ils étaient heureux que la rencontre se passe chez elle, Eleena, prise de court, pleura de joie. Ce qui entraîna la discussion qu'elles attendaient depuis des années. La boîte de Pandore était ouverte et tous les malentendus furent exposés et réglés.

« Allez tout le monde, on va commencer, annonça Lydia. Ce serait bien que tout le monde prenne place !
- Mais où est Mikael ? Je lui ai dit d'être là à l'heure pourtant », s'inquiéta Eleena.
Ce fut à ce même instant qu'il entra dans la pièce. « Je n'en crois pas mes yeux, vous êtes vraiment là ! Mais c'est juste trop génial de vous voir ici chez nous pour une fois ! Excusez-moi, mais c'est un vrai miracle. Oh c'est vrai que je suis arrivé tout juste, désolé *familia* ! »
Eleena fit signe à Mikael de venir s'asseoir à côté d'elle. Elle l'avait appelé aussitôt la conversation terminée avec sa sœur et lui avait raconté toute l'histoire. Il était temps qu'elle puisse elle-même aller à la librairie, sans demander à son fils de s'y rendre pour elle. Elle disait toujours qu'elle y allait, mais il y avait toujours des changements de dernière minute, du coup c'était Mikael qui finissait par faire la navette. Elle passait ses commandes sur le site et ensuite Mikael avait pour mission d'aller récupérer la commande sur place. Maintenant tout ça c'était du passé.

« Je ne sais pas pour vous, mais il s'est passé beaucoup de choses dans la vie de chacun d'entre nous ces derniers jours. Des rencontres, des amitiés, l'amour, des réconciliations et des projets qui aboutissent. Certains d'entre nous ont eu la bonne idée de faire cette petite soirée, car non seulement dans deux jours tout le monde s'en va, mais aussi, nous voulions juste remercier celui qui a orchestré ces deux dernières semaines avec une précision et un timing parfait. Jésus ! Mon mari Tony va diriger la louange, moi je vais l'accompagner. Anna je te demanderai s'il te plaît de te laisser inspirer dans la danse ou si tu connais certaines chansons tu es libre de nous soutenir... »

Pendant que Lydia parlait, Tony son mari jouait déjà un morceau d'introduction. Annabella, surprise d'être mise sous les spots, prit un bon bol d'air et enleva ses chaussures. Les jumelles n'avaient pas perdu une miette de ce qui avait été dit. Elles enlevèrent leurs chaussures et se placèrent derrière Annabella pour la suivre.

Eleena avait eu la bonne idée d'ouvrir la grande porte coulissante en bois qui séparait le salon transformé en bureau et la salle à manger. Ils pouvaient jouir d'un grand espace.

« Les filles, intervint Annabella, demandez plutôt au Boss comment est-ce qu'il aimerait danser avec chacune de vous ou ensemble d'accord ?
- D'accord, répondit Axelia.
- Ça marche », dit Anabela.

Tony prit le leadership et introduisit un chant. Tout ceci était nouveau pour Eleena et sa famille. Ils observaient tout ce qui se passait, mais au fur et à mesure des chansons, ils entraient dans la danse. Il y avait de plus en plus de paix et de liberté dans les cœurs. C'était beau de voir le pouvoir de la réconciliation en action. Pendant que certains chantaient, d'autres dansaient, d'autres encore écrivaient, le reste était resté assis et appréciait l'atmosphère ambiante.
À un moment, Tony demanda à ce que quelqu'un dans le groupe dise ce qu'il avait sur le cœur, et le partage avec les autres sans avoir honte. C'est alors qu'Alyssa, la fille d'Astus et Anyka prit la parole. « Je ne suis pas habituée à cette ambiance, mais je suis contente d'avoir poussé Niels à venir. Je ne sais pas trop à quoi je m'attendais mais certainement pas à vivre une belle réconciliation dans ce genre. Nous ne sommes pas des catholiques pratiquants mais j'aimerais juste

dire merci à Jésus et à vous tous pour cette initiative. Et puis, il y a une telle paix dans cette pièce, c'est vraiment impressionnant. Je le dis parce que notre fille de bientôt 3 ans dort. En général, elle pleure et peut être vraiment, mais vraiment insupportable. Elle a joué avec les garçons, sans crier, elle a dansé et chanté à sa façon puis s'est endormie. Je me préparais à me confondre en excuses, mais voilà que ce miracle se produit. J'ai pu me détendre. Alors merci Jésus et je prie pour que ce miracle continue, voilà ! »
Ce fut le début d'un flot de remerciement et de pardon. Même les enfants jouèrent le jeu et chacun remercia le Boss selon ce qu'il avait sur le cœur.

À la fin de la soirée, Tony proposa à ceux qui le voulaient d'accepter que Jésus soit leur miracle et leur Boss chaque jour de leur vie, comme ça, partout où ils seraient, la paix serait avec eux. Mikael leva la main, Alyssa, Anyka sa mère, ainsi que sa tante firent de même. Le fils aîné d'Alyssa, Peter, âgé de 5 ans, se plaça à côté de sa mère et lui dit que lui aussi voulait le même Boss que les jumeaux. Alors elle lui fit signe de lever la main comme elle et de dire « je l'accepte tous les jours de ma vie. »

Après ça, Mikael s'approcha d'Annabella et lui demanda s'il pouvait lui parler.
« Écoute Anna, je suis désolé pour tout.
- Mais pourquoi Mikael ?
- Laisse-moi te dire ce que j'ai sur le cœur s'il te plaît.
- Ok.
- Je suis désolé pour tout le malentendu, je veux dire la gêne que j'ai causé entre Matthias et toi. Je te voulais pour moi mais mes motivations n'étaient pas très bonnes et mon cœur ne s'est toujours pas remis d'une situation passée. Dans le

cas contraire, je pense que toi et moi on aurait pu être un super couple. Matthias a vraiment de la chance, j'espère moi aussi trouver celle dont j'ai besoin.
- Mikael, même si tes intentions étaient parfaites, tu ne m'aurais pas intéressé en tant qu'homme mais en tant qu'ami et petit frère. Bref, excuses acceptées. Ne t'inquiète pas et donne toi du temps, on finit toujours par trouver chaussure à son pied au bon moment. C'est ce que je te souhaite en tout cas ! »
Au même moment, Alyssa vint les interrompre. « Eh vous deux ! C'était super ce soir n'est-ce pas ? Anna il faut absolument que tu reviennes pour faire d'autres soirées comme ça. Oh ! Au fait Mikael, je dois te dire quelque chose. Michaela est de retour en ville. »
Mikael devint pâle tout à coup, il regarda Alyssa et lui répondit froidement. « C'est bien pour elle. »
Il tourna les talons et sortit de la maison.
« Excuse-moi mais il faut que je sache qui est cette fille pour qu'il réagisse comme ça ?
- Oh c'est toute une histoire ! Apparemment, il en est toujours mordu. J'ai bien fait de le lui dire. S'il veut te raconter cette histoire, il le fera. Même si je sais que tu as dû comprendre. Bon je vais prendre les miens et on va rentrer. Merci encore pour l'invitation Anna. À refaire ! »
Elle prit Annabella dans ses bras et s'en alla. Tout le monde avait apprécié la petite soirée, les invités étaient partis en espérant qu'une autre rencontre comme celle-ci se ferait très bientôt. Quant à Annabella, elle était agréablement surprise par ce qui s'était passé ce soir. C'était assez risqué d'avoir invité des gens qui ne comprendraient pas forcément leur univers. Mais ce fut un franc succès. *« Tu as encore gagné Seigneur. Humm, pourquoi ça m'étonne encore ? » dit-elle à haute voix, debout, devant le portail d'entrée à regarder les étoiles.*

Matthias arriva par derrière et mit ses bras autour de son cou.
« Ça va toi ? Tu as été bien silencieux ce soir, demanda celle-ci curieuse.
- Comment tu sais que c'est moi, tu n'as même pas sursauté ? Ça aurait pu être quelqu'un d'autre, dit-il taquin.
- Je ne vois pas qui ce serait à part toi. Au fait, Mikael s'est excusé tu sais ! dit-elle pendant qu'elle se retournait pour lui faire face.
- Ah bon ?
- Oui, il s'est excusé pour sa maladresse. C'est super non ?
- Ouais, c'est cool de sa part. Je lui en suis reconnaissant. Dis-moi, tu veux faire quoi demain vu que c'est notre dernier jour à tous ici ?
- Sincèrement, je ne sais pas. Suivons le mouvement. Je suppose qu'on voudra rester tous ensemble, bien que je t'avoue que j'aimerais passer du temps avec toi quand même.
- Cette réflexion me plaît. On verra demain alors, trouvons quand même le moyen de s'échapper et d'être tous les deux d'accord ?
- Oh lala, pourquoi c'est à la veille de mon départ que les choses se mettent en place ?
- Tu veux dire que tu as enfin des sentiments pour moi et c'est pour cela que tu ne veux pas rentrer en France ?
- Hahaha, merci d'avoir reformulé pour moi Matthias, dit-elle en riant. Bien tenté mais je dois rentrer en France. Il faut mettre tout en ordre avant de revenir. Bon, je ne sais pas pour toi, mais je tombe de fatigue, je vais aller dormir.
- Ok, je te raccompagne jusqu'à ta chambre.
- Hum tu es mignon. »

Chapitre 13

« Oh mon dieu, oh mon dieu, j'ai complètement oublié. Vite ! » Annabella sauta du lit et se dirigea vers la salle de bain. Elle avait oublié le rendez-vous que lui avait donné Anyka et son mari pour ce vendredi. Elle avait eu un rêve où elle se voyait courir parce qu'elle était en retard, ce qui rappela à sa conscience qu'elle avait un rendez-vous important. Il était 10h et elle était censée y être pour 10h30. Elle prit son téléphone pour avertir les Pol qu'elle serait en retard et promit de faire au plus vite. « Bon je n'ai pas le temps de les lisser et pas le temps de me maquiller, j'y vais comme ça ! » se dit-elle. Elle mit un jean et des baskets avec un long t-shirt rouge. Elle souleva son sac d'où elle prit son portable et appela l'agence de taxi qui se trouvait au même endroit que le terminus du bus, à 10 minutes de la maison. Elle en commanda un qui partirait au plus vite, puis sortit de sa chambre. Elle descendit les escaliers en vitesse et comme elle entendait du bruit dans la cuisine, elle s'y dirigea, Eleena s'y trouvait certainement.

« Coucou Eleena, ça va, bien dormi ?
- Oui Anna et toi... Mais tu sors ? Où vas-tu comme ça ?
- J'ai complètement oublié que je devais aller voir les Pol

pour le contrat. Je suppose que les autres doivent encore être dans leur chambre. Du coup, j'ai pris un taxi, j'y vais là. Dès que j'ai fini je reviens, j'appellerai pour savoir ce qu'ils auront décidé de faire. Allez je file !
- Mais attends ! Ils sont... oh et puis zut elle est déjà partie. »

Le taxi arriva au plus vite pour prendre Annabella. Dix minutes plus tard son téléphone sonna, elle vit que c'était Matthias, alors elle décrocha. « Salut toi ça va ? Ne me dis pas qu'Eleena t'a réveillé pour te dire que j'étais parti !? s'inquiéta-t-elle.
- Mais Anna ! On s'est tous levé plus ou moins en même temps, c'est-à-dire 9h par là, sauf que pour une fois les enfants n'ont pas fait de bruit. On était tous fatigués ! Tu es partie tellement vite que tu n'as pas laissé le temps à Eleena de te dire qu'on était dans le jardin et qu'on prendrait le petit-déjeuner ensemble. J'aurais pu partir avec toi et tu n'aurais pas dépensé ton argent dans le taxi. »
La main sur le front, Annabella inspira et respira profondément. « Désolée, vu le retard considérable, j'ai pensé bien faire en prenant le taxi pour arriver au rendez-vous au plus vite.
- Humm et moi je voulais être avec toi. Tu aurais pu venir me voir aussi, je me serais préparé rapidement et on serait parti, tu ne crois pas ?
- Matthias, excuse-moi s'il te plaît, je n'ai pas réfléchi à cette possibilité.
- Ok, on se voit tout à l'heure alors.
- Tu es fâché là ?
- Bah pour tout te dire, oui quand même. Contrairement à toi, je veux être avec toi en tout et pour tout.
- Ah lala je me suis excusée Matthias, pas besoin d'être dans cet état là. Je fais vite et on se voit tout à l'heure d'accord ?
- Ok d'accord. »

Ils raccrochèrent comme ça, frustrés par la situation. Annabella réfléchit à la situation, puis reprit le téléphone et rappela Matthias. « Ça ne se passera pas comme ça, pas aujourd'hui », dit-elle à haute voix.
Juste à ce moment il décrocha. « Oui Anna !
- Est-ce que tu pourrais me rejoindre à la librairie s'il te plaît, il est hors de question que je rate l'occasion de passer du temps avec toi. Ce sera notre moment avant qu'on ne retrouve tout le monde. Tu veux bien ?
- Je pensais que tu ne me le proposerais pas. Je t'assure que j'allais t'en vouloir. Bon écoute je te brief, Eleena nous a annoncé qu'Alyssa et son mari nous invitent cet après-midi à 13h30 pour une *pool party*. Tu n'auras pas le temps de revenir ici parce qu'on sera en ville. On trouvera bien un endroit où te prendre ce qu'il faut...
- Mais j'ai besoin de certaines choses !
- Pas de mais, je te couvre, il ne te manquera rien. Donc, je te rejoins et quand ce sera le moment on partira au *resort**, c'est là-bas que ça se passera.
- Wow à l'hôtel ?! Ils l'ont privatisé pour nous !? Hâte de vivre ça. Tu pourrais demander à Lydia de fouiller dans mes affaires, elle trouverait mon maillot de bain, ma serviette et ma crème pour éviter des dépenses inutiles tu ne crois pas ?
- Non, non on ne touche pas à tes affaires et puis qu'est-ce que ça fait si tu as deux maillots de bain et quelques accessoires en plus si nécessaire ? Écoute pas de « mais » on fait comme ça ok ?
- Ok, c'est toi qui paye alors.
- Je fonce, à tout de suite beauté.
- Strike ! Et voilà comment Annabella Ericka Botha Luiggi rendit un homme heureux », dit-elle à haute voix toute contente.

**Hôtel* en anglais

Vingt minutes plus tard, elle retrouva les Pol à la librairie et ils purent discuter du contrat. Étant les éditeurs ils se chargeraient de trouver le ou les traducteurs en anglais et en islandais. Ils verraient pour les autres langues après la sortie du livre. Ils avaient aussi convenu qu'Annabella avait un mois pour boucler ses affaires en France, et revenir à Husavik s'installer pour une certaine période, car le travail ne faisait que commencer. En ce qui concernait le logement, ils avaient pensé à un endroit mais ils attendaient la réponse du propriétaire. Ils connaissaient sa situation, ils lui avaient donc trouvé quelque chose d'abordable, il ne restait plus qu'à confirmer.

Ainsi, la vie d'Annabella venait de prendre un tout autre tournant. Il fallait qu'elle fasse ses adieux à la France. Elle devait penser à mettre les choses en ordre, et ce au plus vite. « Mélanie avait raison, quand elle disait que je ne rentrerai pas. Il se trouve que ce n'est pas qu'un homme qui me retient, c'est ma destinée. *Voilà donc ce que ça donne quand on obéit à ta voix Seigneur. Tu viens encore de bouleverser ma vie, j'ai envie de dire que j'ai l'habitude que tu t'occupes de mes affaires, mais à chaque fois, je reste admirative par ta capacité à me surprendre. J'ai l'impression que c'est un rêve et que je vais bientôt me réveiller. » se dit-elle tout bas.*
Émue par ce qu'elle réalisait, elle lâcha le stylo avec lequel elle signait les papiers et se mit à pleurer à chaudes larmes. Ce fut Anyka qui la pris dans ses bras et la consola. « Tu sais, les miracles existent encore, ce qui prouve bien que Dieu n'est pas mort. Tu n'as pas fini d'être bouleversée ma fille, enfin si je peux t'appeler ainsi. »
Annabella ne sut que répondre, elle laissa simplement couler toutes les larmes de son corps.

Une fois l'entretien terminé, elle décida d'appeler Matthias pour savoir où ils se retrouvaient, alors qu'elle sortait de la boutique. Ne regardant pas devant elle, elle fonça droit sur quelqu'un.
« Oh pardon monsieur je suis désolée, dit-elle gênée.
- Tout le plaisir est pour moi beauté, répondit Matthias amusé.
- Hé ! Mais c'est toi ?! J'étais en train de t'appeler et je n'ai pas regardé devant moi.
- Hum, tu peux raccrocher maintenant. Mais vous avez déjà fini ?
- Bah oui. Viens on y va, il faut que je te raconte ce qui s'est passé et puis on a des choses à acheter. Les cadeaux pour ma famille, maillot de bain etc. »

Ils allèrent s'asseoir dans un parc non loin du centre-ville. Elle lui raconta ce qu'ils avaient envisagé en termes de contrat et la démarche de leur collaboration. Pendant qu'elle lui donnait tous les détails, Matthias se sentait de plus en plus frustré. Il avait tellement envie de lui dire qu'elle était la bonne personne pour lui, et qu'il avait eu raison de faire confiance à Dieu et d'avoir été patient pour la trouver, il voulait lui demander de l'épouser mais il savait qu'elle se braquerait, ce n'était pas le moment, il le sentait. Il fallait qu'il mette de l'ordre dans sa nouvelle vie avec son fils et qu'elle aussi soit plus stable. La patience, encore et toujours, la patience.

Annabella remarqua qu'il était ailleurs, alors elle tapa sur sa jambe, vexée. « Tu ne m'écoutes même pas, c'est pas cool ça !
- Désolé, je t'ai écouté, seulement je suis triste parce qu'on va être séparé et je n'aime pas ça. Par contre, je suis content que tu n'aies plus à chercher avec qui travailler. Il y a une telle confiance entre vous, que c'est clair comme de l'eau de roche. Je sais aussi que c'est une partie de ce que tu es capable de faire et que tu n'as pas fini d'exploiter tes talents.

- Merci c'est vraiment gentil de dire ça.
- Le propriétaire du logement dont ils attendent la réponse est un homme âgé ou un jeune homme ? J'aimerais savoir ce qu'il fait dans la vie et s'il est marié. Ils le connaissent bien ?
- Je ne sais pas, je n'ai pas demandé tout ça, je leur fais confiance. En tout cas, j'ai vu qu'ils le connaissaient assez pour lui faire confiance, alors je suis tranquille.
- Ah, eh bien si tu as confiance en eux, ça me va. Bon il faut y aller, on va chercher une boutique où tu pourras t'acheter ce dont tu as besoin pour la petite fête et ensuite les cadeaux ?
- Oui on y va. J'ai un petit creux vu que je n'ai pas eu le temps de manger ce matin, est-ce qu'on peut se prendre un petit truc à manger en passant ?
- Eh ben si tu étais venue me chercher pour que je t'accompagne tu aurais eu le temps de prendre un petit-déjeuner correct et je t'aurais déposé avec plaisir à ton rendez-vous. Mais bon, tu n'as pas pensé à moi, tu ne peux t'en prendre qu'à toi-même, dit-il taquin.
- Tu cherches la bagarre Matthias Ellison ? Tu vas me trouver monsieur. Si tu penses que je me sens coupable et ben c'est raté. Je ne prends rien de ce que tu essaies de m'envoyer là. Je t'ai déjà demandé pardon si je ne m'abuse. *Qu'est-ce qu'il est rancunier ton fils Seigneur !* »
Soudainement, il sortit un sac de viennoiserie qu'il avait acheté juste avant d'aller la chercher. Comme il lui tournait le dos pour ranger ses affaires, elle sauta sur son dos et lui fit un bisou sur la joue. Elle descendit et prit une viennoiserie, en un instant il l'attira à lui et l'embrassa sans tenir compte des gens qui passaient. Annabella n'hésita pas à répondre à son baiser, elle l'encouragea à continuer en passant ses bras autour de son cou et en mettant ses doigts dans ses doux cheveux. Là, Matthias s'arrêta et dit doucement : « Il vaut mieux qu'on aille faire les courses avant d'aller à l'hôtel, j'ai peur

de ne pas pouvoir te respecter si on continue.
- Ok je suis assez d'accord avec toi, allons faire les boutiques. Dis-moi tu n'es pas jaloux du dit « propriétaire » n'est-ce-pas ?
- Qui moi ? Pas du tout, répondit-il en regardant sur le côté.
- Hum, c'est bien ce qu'il me semblait, tu es jaloux, dit-elle en se moquant de lui. Bon, on peut y aller maintenant. »

Ils allèrent récupérer la voiture garée sur le parking de la Grande Librairie des Pol. Ils passèrent devant la même bijouterie qui avait attiré l'attention de Matthias quelques jours plus tôt. Regardant par la vitrine, il répondit au bonjour de quelqu'un qui apparemment lui faisait signe de l'intérieur.
« Tu le connais ? demanda Annabella intéressée.
- Oh non, ça doit être par pure gentillesse ou alors pour attirer un potentiel client que ce monsieur me salue ainsi. Au fait, ton vol est à quelle heure demain ?
- 13h40 pourquoi ?
- On prendra le même vol. C'est pas génial tout ça ?
- Punaise mais c'est trop fort ça !
- On était destiné à se rencontrer ici, en tout cas moi je ne suis pas déçu du voyage.
- Moi non plus. »

Quelques temps après, ils arrivèrent dans une boutique du centre-ville où ils firent du shopping pour la *pool party*. Puis, ils allèrent dans d'autres boutiques pour prendre des cadeaux. Ensuite, ils se dirigèrent vers le *resort hotel* où ils étaient attendus. Ils retrouvèrent le reste de la troupe, et firent connaissance avec les amis de Niels et d'Alyssa. Ils firent de belles rencontres, certaines se transformèrent en futures collaborations ou en potentielles amitiés. Ils passèrent un bon moment tous ensemble, si bien que les aurevoirs furent un peu difficiles, surtout pour les enfants, qui boudaient parce

qu'ils trouvaient qu'ils ne s'étaient pas assez amusés.
Les jumelles partirent avec Annabella et Matthias et les autres prirent le van familial. Une fois rentrés, ils rangèrent leurs affaires pour le voyage du lendemain. Peu après ils prirent un léger dîner ensemble pendant que Matthias, le photographe du groupe, avait mis une série de photos et de vidéos de leur séjour sur l'écran plasma du grand salon.

Après ça, ils montèrent tous se coucher, sauf les amoureux qui restèrent dans le salon à discuter. Matthias avait posé sa tête sur les jambes d'Annabella, assise sur le grand canapé. Ils se mirent d'accord sur la fréquence de leur communication à distance et sur les prochaines visites possibles qu'ils feraient une fois qu'Annabella reviendrait sur le territoire. Elle avait hâte de raconter à sa famille ce qui lui était arrivé. Ils ne se doutaient pas une seconde de ce qui les attendaient, même Miguel, son frère le plus proche, n'était pas prêt pour ce qu'il allait entendre.

*

« Les enfants, il est 9h30, je vais vous demander d'aller tout de suite dans vos chambres respectives et de faire une toute dernière inspection des lieux. Vérifier si rien n'est tombé sous les lits et s'il ne reste rien dans vos placards. Ah oui et aussi s'il n'y a plus rien dans les salles de bains. En avant, marche ! »
Il était l'heure de partir, alors Lydia demanda aux enfants de faire une dernière inspection pour ne pas entendre de plaintes une fois à l'aéroport ou même de retour à la maison. Les jumeaux étaient déjà dans les escaliers et se dirigaient au pas de course vers leur chambre. Comme à leur habitude, les garçons embêtaient les filles, ce qui causait des cris et des

claquements de porte. Tony et Ariel montèrent à leur suite pour calmer la tempête.
De son côté, Eleena était en train de leur faire des sandwichs pour la route tandis que Mikael et Matthias s'étaient porté volontaires pour mettre les valises dans les différentes voitures. Ils commencèrent par celles des adultes. Avant de prendre la valise d'Annabella, Matthias s'assura que tout était en ordre. «Anna, tu es sûre que tu n'as rien oublié? Ta valise part en premier dans la voiture avec celle de Lydia.
- Pour moi c'est bon Matthias, merci, répondit Lydia en premier pour le taquiner.
- Moi aussi Matthias, tu peux y aller, lui cria Annabella depuis la cuisine.
- Ok, j'y vais mesdames!»
Il prit les valises des deux femmes, Mikael l'avait devancé avec celles de Tony et d'Ariel. Entre-temps, les enfants descendirent avec leur sac à dos et allèrent s'installer dans les voitures comme demandé par Ariel et Tony. Lydia rejoignit Annabella et Eleena dans la cuisine. «Besoin d'aide les filles?
- Écoute non. Quoiqu'il faudrait distribuer à chacun sa boîte à goûter, dit Eleena.
- Ok, je peux déjà en prendre cinq. Les enfants et moi-même. Eleena vous venez avec nous n'est-ce pas? demanda-t-elle pour être sûre qu'elle les accompagnerait.
- Oui très chère, je viens. Mais Anna qu'est-ce que tu fais? demanda-t-elle en la voyant faire la vaisselle.
- Bah je nettoie un peu, tu auras beaucoup de choses à faire en rentrant sinon.
- J'aurais tout le temps pour faire ça. Là, il faut partir. Pas de retard pour l'enregistrement et tu le sais. Prenons ce qu'il reste et partons!
- Bien chef», répondit Annabella obéissante.
Elle prit les quatre dernières boîtes et son sac à main et sortit

tandis qu'Eleena restait derrière à tout fermer. Se dirigeant vers la voiture de Mikael pour y laisser deux boîtes, elle aperçut celui-ci en train de discuter avec Matthias. Ils semblaient sérieux mais elle décida de ne pas s'inquiéter alors elle continua. Eleena arriva à son tour et en tant qu'aînée, elle ordonna le départ. Matthias et Annabella partirent avec Mikael et sa mère dans leur voiture, et les autres suivirent en convoi.

Quarante minutes plus tard, ils arrivèrent à l'aéroport. Pendant que certains faisaient la queue pour le check-in, d'autres étaient partis à l'agence de location de voiture pour rendre les véhicules. Une fois les formalités terminées, ils rejoignirent les autres, juste à temps à l'enregistrement car c'était bientôt leur tour. Annabella et Matthias passèrent en premier et ensuite les familles suivirent sur d'autres bornes.
Puis arriva le moment des aurevoirs. Eleena n'arrêtait pas de leur dire à quel point elle était fière de les avoir rencontré, et se sentait honorée de compter une nouvelle famille dans sa vie. Quand elle prit Annabella dans ses bras, elle se mit à pleurer de joie. « J'aurais aimé avoir une fille comme toi, mais Dieu m'a donné un garçon et j'en suis très heureuse. Tu as fait le bon choix, sache que si j'avais vu que tu t'intéressais à Mikael, je te l'aurais déconseillé fortement. Je suis sa mère et je le connais. De plus, Michaela est revenue en ville, je me prépare à tout avec ces deux-là. Cette fille est l'amour de sa vie. Toi, prends soin de ce que tu as entre les mains maintenant que tu n'es plus seule. De toute façon on se revoit très vite et ne t'inquiète pas, on s'occupe de ton installation ici. Je suis très honorée d'ailleurs de te souhaiter encore une fois la bienvenue chez nous, en Islande.
- Merci beaucoup Eleena. Merci vraiment pour tout, on se revoit très vite. » répondit Annabella émue.
Une fois qu'elle eut terminé avec tout le monde, nos vacan-

ciers se dirigèrent vers la salle d'embarquement.
« Et voilà, commença Matthias, un peu plus d'1h30 ensemble sans que personne ne nous dérange.
- Ouais, on a de la chance de n'être qu'à deux cette fois sur notre rangée, répondit Annabella contente.
- Dis-moi, il y a une chose que je n'ai pas évoqué avec toi.
- Laquelle, répondit Annabella avec un sourire en coin.
- Tu sais déjà de quoi je veux parler et ce n'est pas drôle.
- Mais non je ne sais pas, je t'assure Matthias que je ne sais pas. Dis-moi quelle est cette chose dont tu veux me parler. C'est juste que je trouve la situation un peu inhabituelle.
- Ah bon ? Ben il va falloir t'y habituer, on a beaucoup à discuter toi et moi. Bon écoute, il s'agit de nos différences. »
Annabella éclata de rire et Matthias compris qu'elle savait clairement qu'il allait en parler.
« Tu vois ? dit-il en boudant.
- Mais ce n'est pas de ma faute j'ai juste eu ce fort pressentiment que ce serait ça. Bon sérieusement maintenant, tu es blanc et moi je suis métisse. Deux cultures différentes, plusieurs même, qui vont devoir apprendre à composer ensemble et se soutenir.
- Et s'aimer aussi, sans amour on arrivera à rien.
- Oui c'est vrai apprenons à nous connaître mieux que ça, apprenons à nous aimer, soyons intentionnels.
- Je suis d'accord avec toi ma belle. Je suis tellement reconnaissant à Dieu de t'avoir rencontré de cette manière, c'est un beau scénario. Mais bon revenons à nos différences… »

Ils continuèrent à parler de leurs différences et réalisèrent qu'ils avaient pas mal de similitudes, et que les rencontres familiales promettaient d'être assez marrantes. Pour le moment, le mieux était d'apprendre à se connaître avec la distance pour chaperon. Ils se mirent ensuite à commenter chaque étape de leur séjour surtout le moment où ils se sont embrassés pour la première fois. Ensuite, Matthias lui raconta la rencontre qu'il avait eu avec Dieu quand il faisait son safari-photo. Il lui raconta ce qu'il avait vu et aussi ce qu'il avait ressenti. Ce fut l'occasion pour Annabella de lui raconter les quelques fois où elle avait vu des signes, quand Dieu répondait à des questions.

Puis arriva le moment de l'atterrissage. Annabella se préparait mentalement à la séparation lors du transit. Elle se sentait vraiment triste, et elle avait peur pour la suite des événements, comme un déjà-vu. Ne sachant pas quoi dire, elle regarda vers le hublot pour cacher ses émotions. Voyant cela, Matthias la prit dans ses bras et tenta de la consoler.
« Écoute-moi Anna, ça ne tiendrait qu'à moi, je t'emmènerai tout de suite avec moi mais je sais que tu as des choses à faire et une vie à mettre en place. Pareil pour moi et puis on sera dans le même pays. On s'est trouvé non ?
- Matthias, j'ai une fâcheuse tendance à m'attacher facilement, c'est pour ça que je rejette les gens dès que l'on m'approche de trop près et toi je t'ai laissé entrer dans mon cœur, je suis déjà perdue alors s'il te plaît dis-moi la vérité.
- La vérité c'est que je ne suis pas tes ex, je suis affreusement sérieux concernant notre relation. Regarde-moi s'il te plaît. »
Elle tourna la tête et le regarda dans les yeux. Il y lu de l'inquiétude. « On m'aurait dit que tu te mettrais dans cet état-là que je ne l'aurais pas cru. Je vois bien que tu as des sentiments pour moi et ils sont réciproques alors fais confiance en ce que Dieu a préparé pour nous. Pour ma part, je sais ce que je veux. »

Une fois l'atterrissage terminé. Les portes de l'avion s'ouvrirent et ce fut le moment de descendre. Ils arrivèrent au

point de séparation au bout du couloir et elle dit au revoir aux enfants et ensuite aux adultes. Lydia lui chuchota des mots d'encouragements la voyant triste, elle lui redit encore que les portes de sa maison lui étaient ouvertes. Un dernier câlin puis un bisou à Matthias et se fut le moment de partir.
«Appelle-moi une fois que tu as passé la zone de transit, à peu près dans 15 à 20 minutes.» lui avait-il demandé.
Ce qu'elle fit. Ainsi ils purent rester ensemble au téléphone jusqu'au décollage de l'avion pour Paris.

Quand elle arriva 3 heures plus tard, elle partit directement chez Mélanie qui l'attendait avec un bon repas et une bouteille de vin pour célébrer son retour. Celle-ci savait que son amie serait triste et qu'elle le serait pendant plusieurs jours. Quand elle entra dans l'appartement, Annabella entendit Mélanie terminer sa conversation en anglais.
«Coucou, je suis là. Avec qui tu parlais en anglais ?
- Coucou ma belle, ça va on tient le coup ? dit-elle compatissante.
- Je n'ai pas le choix mais je t'assure que malgré mes doutes, aussi étrange que ça puisse paraître, je crois que c'est lui. D'ailleurs, il faut que je l'appelle là. Mais sérieusement, dis moi à qui tu parlais ? J'ai bien entendu que tu parlais à quelqu'un.
- C'est une personne que j'ai rencontré. Tu me connais, tu sais que j'aime bien parler aux gens que je ne connais pas, et là je suis tombée sur quelqu'un d'intéressant sur Hitalk et je crois qu'on va être amis. On a de bonnes conversations, du coup ça me pousse à faire des efforts en anglais.
- Toi alors, tu as une capacité pour connecter avec les gens qui m'impressionnera toujours. Bon laisse-moi appeler Matthias s'il te plaît et ensuite je serai tout à toi Mel.
- Ça me va, tu as des choses à me raconter, je vais attendre que tu termines.»

*

«Tu es sûre que tu nous dis toute la vérité, il n'y a pas un homme caché derrière tout ça? s'inquiéta Oscar.
- Tu vas t'installer là-bas fin juillet, voire début août pour toute la durée du travail. Hum, je le sens bien moi, elle va faire ce qu'elle aime, c'est tout à fait elle ça.» renchérit Miguel.

Comme d'habitude Miguel était son supporter numéro un et Oscar, celui qui doute de tout. Annabella leur avait raconté ce qui lui était arrivé et la décision qu'elle avait prise suite à la proposition de travail avec les Pol. Elle avait décidé volontairement de ne pas mentionner Matthias car dans sa famille c'est un sujet de très très haute importance et elle voulait être vraiment sûre de leur relation avant de le leur dire.

«Tout ce que je dis, c'est qu'il est grand temps qu'elle fonde une famille et construise quelque chose de sûre, c'est normal quand même non!? souligna Oscar.
- Oscar je ne dis pas le contraire, mais je crois qu'on est tous différents et Annabella aime prendre l'air et vivre des expériences, si c'est comme ça qu'elle voit sa vie, laisse-la donc faire et crois en elle. Qu'il y ait un homme ou pas, la seule chose que je retiens, c'est qu'enfin un de ses projets prend vie et le fait que ce ne soit pas en France ne me dérange pas. Je t'aime ma petite sœur, fonce, tu as tout mon soutien.
- Ne me fais pas passer pour le mauvais comme à ton habitude, je pense que c'est une adulte et qu'il y a des choses à prendre en compte à son âge. Je ne veux pas qu'elle ait des regrets à 40 ans, ce qui est vite arrivé. Manuel ne lui a vraiment pas montré le bon exemple d'ailleurs.

- Merci à tous les deux ! coupa Annabella sans plus attendre. Je comprends vos points de vus respectifs et heureusement que vous êtes comme ça. Pour ma part, je compte suivre mon cœur et apprécier les portes que Dieu ouvre pour moi. Ce que je m'apprête à faire me demande de croire en moi et en Dieu parce que c'est un terrain vraiment inconnu que je vais découvrir. Pensez à moi lorsque vous priez, quel que soit le résultat de ce projet je ressortirai riche de quelque chose. Ceci dit, dans une semaine je vais chez maman à Rome. Je resterai avec elle jusqu'à mon départ pour Husavik. Bien entendu c'est à moi de le lui annoncer, si elle veut vous en parler par la suite ce sera son choix s'il vous plaît.
- Après tout, c'est ton histoire, dit Oscar un peu frustré.
- Toi-même tu sais *sis'* », répondit Miguel heureux de voir sa sœur s'affirmer.
C'est à ce moment que le fils aîné d'Oscar arriva pour prévenir que le dîner était prêt. Annabella annonça à ses belles-sœurs qu'elle partirait vers la fin du mois de juillet pour un certain temps en Islande et comme elle s'y attendait, celles-ci parlèrent des hommes Islandais et d'un possible mariage sur cette terre.

*

Annabella avait raconté à sa mère l'opportunité qui s'était présentée à elle durant ses vacances en Islande. Elle passerait les deux semaines suivantes avec elle, histoire de recevoir le plus de conseils possible, mais elle avait surtout hâte de lui raconter de vive voix son histoire avec Matthias. Qui de mieux que sa mère pour l'aider à faire de son mieux dans cette affaire ?

Elle arriva en Italie et pris un train qui l'emmena à l'extérieur du centre-ville de Rome dans une petite ville appelée Castel Gandolfo. Celle-ci fut longtemps le lieu de retraite préféré des empereurs puis des papes. La jeune femme aimait surtout le grand lac et avait des projets pour son séjour.
Elle arriva chez sa mère qui l'attendait avec de bons petits plats faits maison et des pâtisseries dont elle seule avait le secret. En entrant dans la cuisine, elle vit que sa tante Odilia sortait une tarte pomme-poire du four. Quand elle aperçut sa nièce elle s'écria de joie : «*Bambina* mais quelle belle surprise ! Quand ta mère m'a dit que tu venais, je me suis dit que j'allais faire un de tes desserts préférés. Regarde, il ne me reste plus qu'à mettre des amandes.»

C'était une très belle femme d'1m 68 et âgée de 58 ans. Elle avait de beaux cheveux volumineux frisés et grisonnants. Elle aimait prendre soin d'elle et sa vitalité en était la preuve. Au même moment, sa mère Roberta, fit son entrée. Annabella n'en revenait toujours pas en 36 ans de vie de la ressemblance entre les deux sœurs, à la seule différence de l'âge et des 2 cm en plus de sa mère. Roberta étant plus âgée de 2 ans, elle avait cet air de grande sœur et fière de l'être que sa tante Odilia lui enviait toujours.

«Arrête de faire la grande toi, ta dernière est arrivée et oui c'est bien ta fille. Maman te l'aurait piqué si elle était vivante.
- Je suis juste fière et je n'ai pas l'intention de m'en cacher. Viens là ma fille, dans les bras de maman. Tu sais que ta grand-mère était une très belle femme et que tu tiens d'elle !
- Oui Maman, c'est ce que tu m'as toujours dit et aussi le fait qu'elle ait écouté la voix de Dieu a fait qu'elle soit tombée amoureuse d'un bel homme noir, résultat nous sommes de belles femmes. Mais maman...

- Oui je sais tu as tout pris de ton père, c'est fou à quel point tu lui ressemble ! Nous sommes de belles femmes dans cette famille, de mon côté comme celui de ton père. Dès que je te vois, je ne peux pas m'empêcher de penser à lui, il a volé mon cœur et il est parti bien trop tôt. Allez, nous continuerons à bavarder plus tard, pour l'heure mangeons et allons nous promener. Nous reviendrons nous occuper de tes affaires à notre retour.

Quand elles rentrèrent à la maison ce soir-là, elles furent bien trop fatiguées pour s'occuper des affaires d'Annabella. Comme il était de coutume, elles avaient rendu visite aux frères et sœurs de sa mère. C'était la « promenade » selon sa mère.

Le lendemain, elles entreprirent de commencer à faire les cartons d'Annabella. Le moment était bien choisi pour raconter à sa mère et à sa tante son histoire d'amour. Les deux femmes étaient suspendues aux lèvres d'Annabella, elles n'en perdaient pas une miette. Une fois terminée, elle leur demanda leurs opinions, Roberta fut la première à parler. « Je suis très heureuse que ton cœur batte pour quelqu'un, c'est une belle histoire. Je sais que tu as de grandes attentes, mais il va falloir que tu sois patiente avec toi-même et avec lui, il a des priorités, dont une qui est hyper importante, son fils. Prie beaucoup pour eux, aime-les avec patience. Sois sage et ne regarde pas aux circonstances, fais confiance à Dieu, il sait quand et comment vos vies ne feront qu'un si c'est son plan. Apprécie chaque moment et ne mets pas la charrue avant les bœufs, pour l'instant occupe-toi de toi dans tous les sens du terme et vis ta vie. Je suis fière de toi !
- Ta mère a raison ma beauté, renchérit Odilia, prends soin de toi, concentre-toi sur tout ce que tu as à faire et à vivre. Fais

preuve de discernement et apprends à les aimer en tant que famille à part entière. Ça va bien se passer tu verras.
- Pourquoi n'êtes-vous pas plus positives, un peu plus enthousiastes quoi, ce n'est pas très encourageant je trouve !
- Ma fille on te connaît, tu es capable de t'oublier et de vivre par procuration en idéalisant votre histoire. Cette fois-ci non, Annabella ! Vis ta vie et sois accomplie pour ton propre bonheur et laisse-le te regarder t'épanouir, tu n'en seras que plus attirante. Ne le sais-tu pas ? expliqua sa mère.
- On n'est pas en train de te dire qu'on n'est pas contentes, il y en a enfin un qui est capable de t'apprécier, au contraire, on veut juste que tu sois équilibrée dans tes émotions et dans tes priorités. Si c'est Dieu qui est l'auteur de votre rencontre, il va finir parfaitement ce qu'il a commencé. Entre-temps, continue de vivre et fais-lui confiance. Tu as peur que ça se passe comme dans tes relations passées et je peux l'entendre mais ce n'est pas vrai. C'est tout neuf alors choisit d'adopter une nouvelle perspective, ajouta sa tante.
- C'est peut-être pour ça que vous n'êtes pas dans la même ville mon cœur, Dieu n'est pas fou.
- Ouais c'est vrai que j'ai cette fâcheuse tendance à foncer tête baissée, à m'oublier et à agir par peur d'être déçue. Vous avez certainement raison. Vous êtes quand même contente pour moi ou pas ?
- Mais bien sûr, répondirent-elles à l'unisson. D'ailleurs, continua sa mère, tu trouves normal qu'on ne sache pas à quoi ressemble ton amoureux ? Comment veux-tu que l'on prie pour vous si on n'a pas de précisions ?
- Et voilà ! » dit-elle en sortant son téléphone.
Elle leur montra plusieurs photos de lui sur son portable. Elle en profita pour leur montrer une partie de sa famille.
« Notre travail à nous est de vous soutenir à distance, toi-même tu sais que tu es ma nièce préférée. Au fait, je valide,

il n'est vraiment pas mal du tout. Il est mature.
- Merci ma tante !
- Je ne suis pas non plus étonnée ma fille, vous êtes beaux tous les deux, je valide aussi. Et il a 40 ans !? Si c'est lui, ne le laisse pas partir d'accord ?
- Ça marche maman... Oups et voilà quand on parle du loup, il m'appelle. Allô, oui... oui je suis chez ma mère là et regarde, elles sont avec moi, elles ne parlent pas anglais par contre. Fais juste un coucou elles comprendront. Nous étions justement en train de parler de toi et moi… Tu me manques aussi… »
Les deux femmes répondirent au salut de Matthias puis sortirent de la pièce pour leur laisser un peu d'intimité. Pendant qu'ils discutaient, elles décidèrent de continuer à ranger, histoire d'avancer le travail.

Roberta avait le pressentiment que ce jeune homme pourrait être le pilier dont sa fille avait besoin, alors elle se mit à prier de tout son cœur que ce soit le cas. *« Elle est différente. Cette fois-ci, c'est son tour seigneur, cette fois-ci c'est son tour. » dit-elle tout bas.*

Chapitre 14

Deux semaines s'étaient déjà écoulées, il était temps pour Annabella de partir, elle entrait dans sa destinée. Les derniers conseils de sa mère, de gros câlins de sa tante et la jeune femme était prête à partir pour Husavik, en Islande.

Plus tard, arrivée sur le territoire, se furent les Pol qui vinrent la récupérer à l'aéroport. Dès qu'ils la réceptionnèrent, ils la bombardèrent avec le programme qu'ils avaient mis en place. La traduction de son livre en Anglais et en Islandais lui demanderait toute son attention. « Nouvelle saison pour Bianca » avait trouvé des cœurs qui croyaient en lui et en son auteure, avec une histoire unique en son genre. Annabella n'avait qu'une demi-journée pour se relaxer avant d'entamer une nouvelle aventure qu'elle avait hâte de vivre.

« Demain nous serons le 22 juillet, on dirait que Bianca n'est pas la seule à commencer un nouveau chapitre de sa vie », dit-elle avant de s'assoupir.

*

« On est le 8 août aujourd'hui et c'est l'anniversaire de Karl, mon premier neveu. Onze ans déjà ! Il faut que je sache si son cadeau est bien arrivé mais avant ça, il faut que j'ai le cœur net sur quelque chose. Je n'aime pas le fait de devoir attendre autant pour que Matthias réponde à mes appels et à mes messages. »

Annabella était sur un nuage depuis qu'elle avait commencé à travailler en collaboration avec les Pol, elle appréciait le voyage. Elle avait également fait la connaissance de certains collaborateurs avec qui elle travaillait à distance, car ils se trouvaient dans d'autres villes. Mais une ombre pointait au tableau depuis quelques semaines : la communication avec Matthias était moins fréquente qu'avant et puis tout à coup elle devait passer par son assistante avant de pouvoir lui parler. Elle n'était pas au courant du fait qu'il avait une assistante et qu'elle devait passer par elle. Quand il répondait, c'était souvent par son intermédiaire ou encore par messages. Il était censé lui donner une bonne nouvelle, mais il semblait qu'il était plus occupé qu'elle ne le pensait. N'empêche qu'elle n'aimait pas cette distance, elle avait comme un pressentiment inconfortable qui ne la lâchait pas. Alors elle décida d'appeler Lydia histoire de prendre des nouvelles.

« Bonjour Lydia, ça va ?
- Oui et toi Anna, pas trop dur le boulot ?
- Je commence à comprendre comment ça marche, et les Pol sont géniaux, c'est une bénédiction de les avoir rencontré. Et puis je peux aller les week-ends à l'auberge chez Eleena et Mikael, j'ai tout le soutien qu'il me faut et l'espace pour respirer. Je dirai donc que ça va !
- Quand est-ce que tu viens nous voir ?
- Ce ne sera pas maintenant Lydia, je veux rester concentrée

jusqu'à ce que ce soit terminé. Si tout va comme on le souhaite, je pourrais prendre quelques jours d'ici fin Septembre. Je dois travailler d'arrache pied jusque là.
- Courage ma belle. Au début c'est toujours un peu compliqué, mais une fois qu'on a trouvé son rythme de croisière et que tout le monde sait ce qu'il doit faire et comment le faire, les choses seront plus simples à gérer. Je suis super contente pour toi dans tous les cas. Alors, et si tu me disais ce qui me vaut le plaisir d'entendre ta voix ?
- Eh bien en fait je t'appelais parce que depuis que je suis arrivée, je n'ai pas eu le temps d'avoir une vraie conversation avec Matthias. Il est très occupé apparemment et moi aussi mais quand je suis à la maison le soir j'essaie de me créer du temps pour parler avec lui mais c'est compliqué. Là, ça fait plusieurs jours que je n'ai carrément aucune nouvelle, pas de réponse à mes messages. J'ai appelé à son bureau avant de t'appeler et son assistante m'a dit qu'il ne serait pas disponible avant un bon moment, dû à des réunions à l'extérieur et certains déplacements programmés. Depuis quand est-ce qu'il a une assistante, déjà ? Lorsqu'il répond c'est juste par message, pourquoi est-il si distant avec moi ?
- Tu as dit à son assistante qui tu étais pour lui ?
- Oui et pas qu'une fois. Elle m'a encore dit qu'elle transmettrait mon message, et que dès qu'il serait dispo il me rappellerait certainement. Je me suis sentie obligée de t'appeler pour te demander de m'aider. Dis-moi, tu sais ce qu'il se passe s'il te plaît ? Je suis frustrée... Tu sais quelque chose toi ?
- Pour tout te dire, je suis rentrée il y a deux jours de chez mes parents adoptifs. À peine sommes-nous arrivés à la maison au retour d'Husavik que j'ai reçu un appel me disant que ça allait mal et qu'il fallait que j'y aille en urgence. J'ai pris les enfants et je suis parti deux jours plus tard. Je n'ai pas eu le temps de parler à Matthias entre-temps. Mais de ce que je

sais au travers de Tony, ils ont un travail monstre à abattre, mon absence lui a permis d'être concentré au boulot. Je suis désolée Anna, je n'en sais pas plus.
- Ah bon d'accord, je comprends. Je suis désolée de t'embêter avec ça. Matthias doit être certainement débordé, je continuerai de lui envoyer des messages d'encouragement. C'est le mieux que je puisse faire. Il me rappellera plus tard certainement. Mais dis-moi, tu ne m'as jamais raconté ton adoption ?
- J'ai été placé en famille d'accueil à l'âge de 5 ans puis une autre quand j'ai eu 10 ans. J'ai fait la rencontre de ce couple qui m'a donné mon premier travail quand j'ai eu 16 ans et sont devenus mes tuteurs légaux. Ils m'ont poussé à faire des études et aujourd'hui je suis infirmière anesthésiste parce qu'ils n'ont rien lâché. Ils n'ont pas pu avoir d'enfant alors quand je suis entrée dans leur vie ils m'ont transmis tout ce qu'ils pouvaient. À ce stade, ce sont mes parents de cœur.
- Je suis contente d'être tombée sur toi, tu as toujours des histoires inspirantes à raconter, et pas des moindres.
- Par contre rassure-toi Anna, je vais voir ce qu'il se passe du côté de Matthias, moi non plus je ne savais pas qu'il avait une assistante personnelle. On dirait qu'il s'en est passé des choses en pratiquement un mois et demi.
- Oh merci Lydia, ce serait vraiment d'une grande aide. Je me sens moins seule tout d'un coup. Je saurais me montrer patiente avec lui quand même, il doit certainement être très occupé.
- Mais de rien Anna et oui sois patiente. Allez je te laisse, je dois m'occuper des jumeaux. Tu devrais venir un week-end, ce serait vraiment bien et tu en profiterais pour mettre les choses en ordre dans tout ça non ? Sinon, je t'appelle dès que j'en sais plus d'accord ?
- Oui pourquoi pas, je vais y réfléchir. J'attends que tu me rappelles entre-temps Sherlock.

- Hahaha. Ne t'inquiète pas, tout va bien. Je t'embrasse ma belle.
- Embrasse ta famille pour moi s'il te plaît.
- Je n'y manquerai pas. »
Voilà Annabella rassurée de savoir que Lydia irait à la pêche aux infos. « La connaissant, j'ai toutes les chances de savoir ce qu'il se passe », pensa-t-elle tout bas.

Mais il y avait quelque chose qui lui disait de rester vigilante et de partir un week-end à Reykjavik. « Oh mais tu abuses comme d'habitude Annabella Botha Luiggi ! Fais confiance cette fois-ci. Pour le moment tu as des choses à faire », se dit-elle à haute voix.
Annabella reprit ses activités en se disant qu'elle ne devait pas se laisser distraire par ses émotions, car entre-temps, elle avait aussi du travail à faire.

*

Annabella passait ses week-ends à travailler sur des textes qui lui serviraient pour un projet qu'elle souhaitait inspirationnel, et aussi sur une nouvelle histoire qui semblait prendre vie dans son cœur. Elle n'avait pas eu de nouvelles de Lydia depuis leur dernière conversation, elle ne voulait pas l'appeler pour savoir ce qu'il en était, elle se sentait négligée dans cette histoire. Lydia avait une vie de famille, ce serait l'embêter avec autant d'émotions négatives. Elle n'avait pas plus de nouvelles de Matthias et sans s'en rendre compte, elle s'était renfermée et avait perdu l'envie d'en faire plus.

Mais ce lundi matin, elle décida d'appeler Matthias sans trop de conviction, juste un feeling. Ce serait peut-être la dernière

fois qu'elle le ferait, alors autant se jeter à l'eau. Elle tenta sur son portable et tomba directement sur le répondeur puis, elle appela à son bureau et ce fut une jeune femme qui répondit.
« Ellison & Son bonjour, je vous écoute.
- Bonjour je suis bien au secrétariat de Matthias ?
- Oui madame, que puis-je faire pour vous ?
- Voilà des jours, non, des semaines que j'essaie de le joindre personnellement et c'est un parcours du combattant. J'ai laissé des messages auprès de son assistante mais je n'ai pas de retour. Pardonnez-moi, je vous raconte tout ça bien que je ne vous connaisse pas. À votre voix, vous n'êtes clairement pas celle que j'ai l'habitude d'entendre. Pouvez-vous me dire s'il est arrivé s'il vous plaît ?
- Excusez-moi madame, je ne vous ai pas demandé qui vous étiez s'il vous plaît ?
- Annabella Botha Luiggi, sa petite amie.
- Un instant, je me renseigne.
- Faites donc. »
Annabella mit le haut-parleur pour lui permettre de faire son petit-déjeuner en attendant que son interlocutrice reprenne l'appel. Elle n'entendit pas de musique d'attente mais des voix au loin. Elle s'approcha pour entendre ce qu'il se disait, malheureusement pour cette jeune femme, elle n'avait pas appuyé sur le bouton d'attente. Elle put reconnaître certains mots et à l'intonation de la personne qui parlait, rien de bon ne sortait de sa bouche. Il fallait qu'elle lui confirme ce qu'elle avait compris. Il fallait agir avec discrétion, douceur et efficacité. Elle attendit que celle-ci reprenne le combiné. La réceptionniste appuya deux fois sur le bouton d'attente preuve qu'elle ne s'était rendu compte de rien. « Mademoiselle Botha Luiggi, êtes-vous toujours là ?
- Oui je suis là. S'il vous plaît, puis-je me permettre de vous demander un grand service ?

- Oui bien sûr, lequel ?
- Je sais que son assistante est devant vous et vous a dit de me dire quelque chose pour me faire arrêter d'appeler. Ne la regardez pas et faites comme si vous preniez des notes. Dites-moi d'abord ce qu'elle vous a dit et ensuite répondez-moi par oui ou non. S'il vous plaît, j'ai besoin de votre aide, ne vous inquiétez pas, je ne dirais pas que c'est vous qui m'avez aidé. J'aimerais connaître son nom.
- Mais bien sûr, avec plaisir. Mademoiselle Richard qui est l'assistante de Monsieur Ellison me fait dire que monsieur est en déplacement pour la semaine, et qu'il faudrait le rappeler la semaine prochaine. Je peux prendre votre message et le lui transmettre, elle le lui donnera dès que possible.
- Merci de m'avoir donné son nom. Est-ce qu'elle vous a dit qu'il n'est disponible pour personne ? Encore moins pour moi ?
- Oui.
- Est-ce qu'elle vous a dit que je n'étais pas sa petite amie, euh non qu'il ne me connaissait pas ?
- Oui et oui.
- De femme à femme, elle a le béguin pour lui ?
- Oh oui mademoiselle !
- Ils sont souvent ensemble ?
- Bien sûr mademoiselle.
- Je vous remercie...
- Hilda et je parle un peu français pour la prochaine fois.
- Ah mais comment avez-vous su que... ? Eh bien c'est noté, merci Hilda, je ne l'oublierais pas. Je vous souhaite une bonne journée. N'oubliez pas de barrer ce que je vous ai soit disant donné comme message.
- À vous aussi mademoiselle, ne vous inquiétez pas ça a déjà été fait. »

Annabella n'était pas très surprise par cet aveu concernant

l'assistante de Matthias, par contre elle était étonnée par la solidarité dont avait fait preuve Hilda alors qu'elles ne se connaissaient pas. Il était clair que celle-ci ne portait pas cette Richard dans son cœur. Maintenant, elle comprenait pourquoi elle avait de plus en plus de mal à communiquer avec Matthias, au point où cela faisait des semaines qu'il y avait une distance qui s'était créée entre eux. La dernière fois qu'elle avait eu Matthias au téléphone, c'était le jour de son arrivée à Husavik. Depuis, il avait petit à petit disparu de son radar. Dans tout ça, il n'y avait pas que l'assistante, on dirait que Monsieur Ellison n'avait pas non plus envie de prendre plus de nouvelles que ça. La situation était déplaisante.
Des tas de pensées allaient et venaient dans sa tête, elle ne savait pas si elle devait se laisser aller ou pas, mais elle décida d'appeler une dernière fois sur le portable de Matthias. Encore une fois elle tomba sur le répondeur. Par contre, elle reçu un texto de sa part : « Excuse-moi Anna, Inna a dû te dire que j'étais en réunion. Je te rappelle dès que possible. Je suis très très content que tu m'aies appelé. Je pense à toi, Bisous. »
« En voilà un autre qui se moque de moi... Je n'ai pas le temps pour ça, s'écria-t-elle déçue. Dieu merci après tout, j'ai moi aussi ma vie à gérer. »

*

Annabella arriva à la bibliothèque et alla s'asseoir directement dans le coin lecture, à sa table, pour pouvoir travailler. Elle était tellement en colère, qu'elle se disait qu'elle allait être plus productive que jamais pour ne pas penser à Matthias. Ce qu'elle fit. Dans son état, elle ne remarqua pas que Anyka lui avait posé de quoi manger et boire, elle n'avait même pas entendu ce que celle-ci lui avait dit. Ce ne fut que quand son alarme sonna à midi qu'elle leva les yeux de son ordinateur et de son bloc-note. Elle vit ce qu'on avait posé à côté d'elle, et fut surprise de n'avoir rien vu, entendu, ni même senti. Elle rangea ses affaires et décida de faire l'impasse sur les cours d'Islandais intensifs qu'elle prenait depuis son arrivée. Elle alla dans la cuisine de la bibliothèque pour déposer le plateau et croisa Anyka, ou plutôt c'était elle qui l'attendait dans la cuisine avec un drôle d'air. « Alors qu'est-ce qui se passe ? demanda Anyka sans détour.

- Les cours d'Islandais m'ont permis de décrypter une conversation, où j'ai appris que je suis en compétition avec une autre femme qui fait son possible depuis plus d'un mois, pour ne pas que je communique avec Matthias, qui visiblement n'a pas plus envie que ça de me parler.

- Tu en as parlé à Lydia ?

- Oui bien sûr et elle est censée me rappeler pour me donner des informations. Mais j'attends patiemment depuis le 8 parce que je me suis dit qu'il avait beaucoup de travail et qu'il était important que je sois juste patiente. Mais je ne sais pas pourquoi, j'ai suivi un feeling que j'avais et j'ai décidé de l'appeler et badaboum ! Si ce n'est pas ridicule ça, je me sens nulle et encore une fois quelqu'un s'est moqué de moi !

- Ça s'est passé quand ça ?

- Ce matin. Je suis désolée Anyka mais je ne serai pas là cet après-midi, je vais au spa de l'hôtel. J'ai demandé à Alyssa si je pouvais venir et elle m'a préparé un programme spécial détente.

- Ça va te faire du bien tu verras. Vas-y, je parlerai à Astus ne t'inquiète pas trop. Ça va aller. Je dois te dire tout de même que moi je serais parti le voir, je n'aurais pas attendu.

- Oui peut-être. J'aurais dû écouter Lydia quand elle me l'a suggéré. Merci quand même Anyka, il faut que ça passe, je

n'ai pas le choix, et j'ai du travail alors autant que je me concentre sur ça. Je dois y aller, on se voit demain?
- Oui bien sûr, juste une dernière chose.
- Oui?
- Ce qui est à toi est à toi.»

Cet après-midi-là, Annabella profita de plusieurs séances de soins et d'un massage d'1h45. Ce fut l'idée du siècle, elle sortit de la revigorée et décidée à prendre encore mieux soin d'elle et d'aller de l'avant. Elle était triste et se sentait embarquée dans une histoire qu'elle n'avait jamais demandé. Elle devait y mettre un point final sans trop attendre. Une chose qu'elle ne voulait certainement pas changer dans tout ça, c'était de prendre des nouvelles d'Alexandre, le fils de Matthias, de Lydia et toute sa famille et les jumelles. Elle était sûre qu'elle faisait partie de leurs vies, mais voilà que tout était gâché. Matthias et Alexandre avaient une belle histoire et d'ailleurs elle s'en était servie pour écrire son nouveau roman. Arrivée chez elle, elle se dirigea directement vers sa chambre. Elle prit son téléphone et regarda les messages et les appels qu'elle avait reçus. Rien d'intéressant à part Mélanie qui l'avait appelé 3 fois. Elle lui envoya un message lui disant qu'elle la rappellerait le lendemain matin car elle avait besoin de calme et de beaucoup de sommeil. Juste après ça, elle s'endormit profondément.

*

Quand Annabella ouvrit les yeux, il était 6h du matin. Elle n'en croyait pas ses yeux. «Ah ouais, il faut croire que j'en avais besoin. Bon, il est temps d'aller voir le Boss, j'ai besoin de paix et de mettre de l'ordre dans mes émotions.

Allez Anna, tu en as vu d'autres, ça aurait pu être pire.» dit-elle pour s'encourager.

*

À 7h30 son téléphone sonna, ce qui la sortit de son temps de communion avec Dieu. Mélanie avait un flair très aiguisé la concernant.
« Salut Mel, bien dormi ?
- Oui oui, vas-y raconte qu'est-ce qui se passe ? » demanda-t-elle sans préliminaires.
Annabella raconta toute l'histoire à son amie qui l'écoutait dans le plus grand des calmes. Mélanie la connaissait très bien donc elle savait que même si ça ne lui plairait pas, elle aurait un avis objectif. Une fois qu'elle eut terminé de parler, Mélanie prit la parole. « Tu es tellement douée en langue que tu as pu déchiffrer ce que l'autre disait. Je ne me moque pas de toi, je sais que c'est vraiment un don que tu as, donc je te crois. Et la réceptionniste t'a aidé, comme dans un film. Tu es tombée sur la bonne personne, en tout cas Dieu est bon. Tu as une alliée proche dans la direction, c'est très bien je trouve. Tu en as parlé à Lydia ?
- Je ne lui ai pas raconté ce que j'ai découvert, elle doit être occupée avec ses parents et sa famille. Elle m'a dit qu'elle me rappellerait pour me dire ce qu'il en était mais ce n'est plus important maintenant. Je n'ai pas l'intention de jouer à ce jeu, il m'ennuie. Par contre, j'ai une nouvelle histoire à écrire donc je vais passer quelques jours à l'auberge chez Eleena pour donner vie à ce bébé.
- Donc tu baisses les bras, tu as plusieurs cordes à ton arc pour aller jusqu'au bout de cette affaire et tu préfères ne pas tirer mais fuir. Le dernier message qu'il t'a envoyé donne

l'impression que tu lui manques, mais qu'il est super occupé car son affaire tourne. Gloire à Dieu pour ça ! De vous deux tu es celle qui est la plus disponible, tu peux prendre du temps et y aller, en plus, tu as les portes ouvertes chez Lydia. Ce serait l'occasion de voir Alexandre et d'apprendre à le connaître et de t'en occuper. Prends la place qui te revient. Je te dis tout ça parce que tu m'as dit que c'était le bon, tu étais tellement heureuse. Je ne veux pas que tu lâches ta bénédiction, ce serait vraiment dommage. Je ne crois vraiment pas que tu sois en compétition, Anna.
- Je me retrouve encore dans le même cycle, à chaque fois c'est la même chose et c'est toujours à moi de faire quelque chose. Pourquoi est-ce qu'il ne se bat pas pour moi et pourquoi je dois me poser comme une cerise sur le gâteau ?
- Parce que tu es la cerise sur le gâteau. Tu te poses sur un gâteau entier, rien que pour toi. Si ce cycle revient encore une fois, que ce soit la dernière alors. Casse cette chaîne, change l'histoire et gagne en ayant rien à regretter, la facilité viendra après.
- Ouais, je vais prendre soin de moi d'abord, je verrai pour le reste après. Je suis blessée pour le moment.
- Bon, je t'ai dit ce que j'avais à te dire. Réfléchis et prends une décision, surtout ne regrette rien. Allez je dois te laisser il faut que j'emmène Mélissa au centre aéré. Prends soin de toi et tiens-moi au courant d'accord ?
- Ok bisous à toutes les deux et merci.
- C'est normal ma belle. Bisous !
- Eh ben voilà ce qui s'appelle prendre une douche froide, dit-elle après avoir raccroché. Bon ça ne change rien au fait que j'aille quelques jours, voir plus, à l'auberge. »
À ce moment même le téléphone sonna. C'était Lydia.
« Ah Lydia, comment ça va là-bas ?
- Écoute Anna, Ariel et Tony m'ont dit que c'est l'amie

d'enfance de Matthias, et qu'ils se sont retrouvés lors d'une conférence et depuis ils collaborent ensemble...
- Lydia, je suis désolée de te couper mais je ne suis plus intéressée par cette histoire. Pour que tu comprennes, voilà ce qui s'est passé... »
Là encore elle se retrouva à raconter sa mésaventure à son amie et à apporter une conclusion à cette histoire. « Donc, je vais m'occuper de mes affaires et sortir de ce ring où sans le savoir, je disputais un match pour un homme. Ce n'est pas mon style.
- Quoi mais c'est génial ! Tu as découvert la faille, ce qui se passe derrière le dos de Matthias et ce qu'elle manigance et tu veux laisser tomber ? Est-ce que tu sais à quel point il est occupé Anna entre son fils et le cabinet ? Il a fait une découverte dans les énergies qui lui vaut des appels de presque partout dans le monde. Il lui fallait une aide et Inna est dans le même domaine ! Alors ceci expliquerait cela, en plus de leur amitié bien sûr. Et il n'y a rien entre eux.
- Il m'avait dit qu'il avait eu une percée extraordinaire et qu'il voulait me raconter les détails une fois que j'arriverai ici. Mais c'est impossible de le joindre. C'est ridicule, je suis sur le territoire. Mais surtout qu'est-ce que j'ai horreur de ce genre de situation !
- Anna, son propre fils vit chez ses parents le temps qu'il arrive à tout gérer. Tony et Ariel l'aident à mettre les choses en place, ils parlent même de fusionner les deux cabinets. Nos hommes font de leur mieux. D'ailleurs vendredi je vais prendre les jumelles et Alexandre. Ça va être la folie ici et je voulais justement te demander si tu pouvais venir passer le week-end ici avec nous ? C'est l'occasion de connecter avec Alexandre en vrai. Tu ne crois pas ? Cet enfant sait que tu es dans leur vie, c'est pas comme s'il ne t'avait jamais vu et ne te connaissait pas. Écoute-moi cette fois-ci, viens !

- J'ai déjà prévu d'aller à l'auberge quelque temps pour travailler sur un nouveau livre. Franchement, je suis désolée Lydia mais je vais te dire non.
- De quoi as-tu peur ?
- J'ai peur de la situation, j'ai peur de l'humiliation, je pense que cette femme doit être celle dont il a besoin. Je ne suis pas à la hauteur. Mon Dieu je suis amoureuse de cet homme, quelle catastrophe !
- Écoute-moi Anna...
- Non Lydia, je ne sais pas, je ne sais plus. Je suis perdue. Désolée, mais je dois te laisser. »

Chapitre 15

« Bonne nouvelle Anna, Élias à terminé la correction du chapitre 14 en Islandais, il nous l'a envoyé par mail. Il attend qu'on se mette au travail pour le dernier chapitre et... Anna ! Annabella Botha Luiggi, vous me semblez à des kilomètres d'ici mademoiselle. Est-ce-que ça va ? Tu as entendu ce que je viens de te dire au moins ?
- Oh mon dieu, je suis désolée Astus. J'étais loin dans mes pensées. Tu m'as demandé quelque chose ?
- Non, je te transmettais une bonne nouvelle que tu n'as clairement pas entendue. Bon, lundi je me suis dit que je te laisserai faire un break après ce qu'il t'est arrivé, je t'ai donc laissé tranquille. Mardi tu étais présente physiquement mais renfermée dans ta coquille. Tu n'as pas bougé et tu n'as rien mangé. J'ai appelé Elias, vu que tu n'as communiqué qu'avec lui et il m'a dit que vous aviez tellement avancé qu'il a terminé la correction du chapitre 14. C'est très bien tu sais mais, je te trouve bien misérable, et ça ce n'est bon ni pour toi, ni pour le business. Tu as l'intention de continuer comme ça pendant combien de temps ?
- Eh bien au moins on avance non ? répondit-elle irritée. Ça ira Astus, il ne faut pas que mes états d'âmes nous empêchent d'avancer. D'ailleurs, vendredi je pars à l'auberge

pour écrire le premier chapitre d'une nouvelle histoire et...
- Non et non, je ne veux pas de cette attitude ici. Heureusement qu'Anyka m'a raconté ce qui s'est passé et Alyssa aussi, il me fallait plus d'informations pour que je comprenne la situation. Je t'apprécie beaucoup mais je ne te veux pas ici dans cet état. Je te dispense de travail aujourd'hui et ce jusqu'à ce que les choses soient en ordre.
- Pas besoin, ça va aller je te promets... »
Astus leva la main immédiatement pour interrompre Annabella qui ne semblait pas comprendre sa décision. « Comme je te disais, tu es dispensée de travail. C'est aussi avec ces attitudes qu'on devient accro au travail et aigri et je ne participerai pas à ce suicide. Ce qui était une passion, une partie de toi, deviendra une obsession. Je veux garder mon salut. La solution est géographique dans ton cas, vas à Reykjavik régler ton problème, et non comme tu tentes de le faire avec le prétexte d'aller à l'auberge. Et ça mon enfant, c'est un conseil de père. Tu ne reviens pas tant que tu n'as pas réglé cette affaire. On ne fuit pas, on confronte la situation, on trouve une solution et on guérit. »

Astus quitta la pièce après ses mots. Quant à Annabella, elle ne put retenir ses larmes plus longtemps. Après s'être faite remonter les bretelles, une bataille fit rage en elle. Elle savait qu'il avait raison, ils avaient tous raison d'ailleurs. Elle croyait que cette fois-ci ce serait différent mais elle se retrouvait devant les mêmes défis, les mêmes murs, les mêmes géants à abattre. Elle devait affronter ses deux plus grands ennemis, elle-même et la peur. Le même choix se présentait encore à elle, rester paralysée en se cachant à l'auberge ou sauter les deux pieds joints dans cette zone sensible et si inconfortable.

« C'est le moment où tu dois faire une apparition Seigneur ou alors prends un haut-parleur et dis-moi ce que je dois faire. Bien que je sache ce qu'il faut faire. Si je ne fais rien, j'accuserai le coup, je te blâmerai, je rentrerai dans une énième dépression et les murs seront plus fortifiés. On reviendra dessus dans 2 ans et blablabla... C'est quand même au-dessus de mes forces là s'il te plaît, aide moi. J'ai peur, cette fois-ci je ne veux rien rater, je veux réussir mais je sens que je me fige. Je suis faible. » adressa-t-elle comme prière à haute voix.
En plein milieu de ce boucan infernal en elle, elle entendit une toute petite voix lui dire : « Va, n'aies pas peur, je suis avec toi. Sois courageuse ! »

*

Il était 21h lorsque Lydia réussit à faire dormir les jumeaux surexcités par la bonne nouvelle du petit cousin qui arriverait jeudi soir, en plus de leurs cousines Anabela et Axelia. Elle s'assit sur la table de la cuisine avec son *notebook* pour terminer la liste des courses à faire impérativement le lendemain en fin de matinée, pour avoir le temps d'accueillir tout le monde sans courir. Puis elle lâcha un soupir devant l'ampleur du travail qui l'attendait, bien qu'elle fut heureuse de les avoir avec elle. D'un autre côté, elle pensait à Annabella qui était sous l'emprise de la peur. Les choses auraient pu être différentes si elle s'était décidée à y mettre un terme plus tôt. Et puis, elle l'aurait certainement aidé avec tout ce monde et vu son état. « Si seulement elle n'avait pas aussi peur. Si seulement elle se rendait compte que sa place était ici et pas à l'auberge. » s'exclama-t-elle à haute voix. Son téléphone sonna et elle s'aperçut à son grand étonne-

ment que c'était Annabella qui tentait de la joindre.
« Laisse-moi te dire que je suis choquée !
- Ah bon ? Tu me raconteras ce qui se passe après, j'ai besoin que tu donnes ton adresse maintenant s'il te plaît, je te passe le chauffeur.
- Quoi ?! Mais quel chauffeur ?
- Bonsoir madame, je vous écoute, dit le chauffeur prêt à entrer l'adresse.
- Euh bonsoir, alors c'est 6 rue Bragaj numéro 55, celle à côté du parc Hjosmka.
- Le GPS a trouvé et nous en avons pour 25 minutes s'il n'y a pas de bouchon. Merci Madame, à tout de suite.
- Mais de rien, répondit-elle sans se rendre compte qu'Annabella avait déjà repris le téléphone. C'est une blague, sérieusement !?
- Oui sérieusement, j'arrive. On aura le temps de parler Lydia, on est en route là.
- Oh mais je t'attends très chère. Si dans 25 minutes tu n'es pas là, je saurais que c'est un canular. À tout de suite ! »
Elle raccrocha et au même moment Tony entra dans la maison. Il arriva dans la cuisine et vit le visage ébahi de sa femme.
« Qu'est qui se passe ? » demanda-t-il intéressé.
Il s'approcha d'elle et lui fit un câlin, ce qui lui fit le plus grand bien. « Allez, raconte chérie.
- Tu le verras de tes propres yeux dans 25 minutes.
- D'accord, on verra ça alors. Comment se porte-t-on ici ? demanda-t-il caressant le ventre de sa femme.
- On va très bien papa, un peu fatigué mais c'est tout.
- C'est tout ce qui m'importe », dit-il avant d'embrasser langoureusement sa femme.

*

Trente minutes plus tard, on sonna à la porte. Tony s'empressa d'aller ouvrir car il était assez curieux de voir la surprise. Il regarda d'abord par la caméra de l'interphone par sécurité et vit Annabella faisant de grands signes.
« Mais non ! Lydia vient vite, Annabella est là !
- Oui, je sais qu'elle est là. Ouvre-lui la porte s'il te plaît.
- Ok. Anna pousse le petit portail et suit le chemin ! Je suis très heureux que tu sois ici parmi nous. »

Annabella poussa le portail et emprunta le petit chemin qui était recouvert par des haies de fleurs. Elle aperçut Tony et Lydia sur la terrasse d'entrée qui l'attendaient. Quand elle les rejoignit sur le perron, ils la prirent en même temps dans leurs bras sans rien dire pendant quelques instants puis, ils l'invitèrent à entrer. Lydia avait préparé un assortiment de petites choses à manger et les posa sur la table du salon.
Pendant ce temps, Annabella s'installait dans une chambre au rez-de-chaussée. Ensuite elle alla les rejoindre dans le salon, ils s'assirent et Lydia ne perdit pas une minute de plus.
« Tu as fait le bon choix, je suis fière de toi. Je ne m'attendais pas à te voir ce soir, je suis encore sous le choc. Tu as été tellement radicale que j'ai vu un château de cartes s'écrouler. J'étais triste et déçue je t'avoue. Qu'est-ce qui t'a poussé à venir finalement ?
- Parfois la solution peut être géographique, va régler ton problème au lieu de le fuir, prétextant aller à l'auberge, ayant soi-disant une nouvelle histoire à écrire. J'ai rajouté quelques mots mais ce sont ceux d'Astus, il a percé la dernière couche et la lave est sortie. Il ne veut pas me voir tant que ce n'est pas réglé. J'ai hâte de voir Alexandre. La dernière fois que je lui ai parlé, il m'a demandé de lui apporter quelque chose. Je ne m'attends pas forcément à voir Matthias, il doit être occupé. Mais dis-moi, tu ne l'as pas déjà contacté pour lui

dire que j'étais là, n'est-ce pas Lydia ?
- Attends, attends. Comment ça tu ne t'attends pas à le voir ? Il peut débarquer ici à tout moment, on est sa famille et c'est aussi chez lui ici. Tu ne peux pas prétendre voir le fils et esquiver le père. Tu as peur à ce point ?
- Oui, alors attends toi à ce que je dise des choses qui n'ont pas forcément de cohérence. Je n'ai jamais fais ce que je suis en train de faire là. Je ne comprends pas pourquoi c'est à moi d'aller chercher l'homme, mais bon.
- Eh bien je te félicite, les adultes vivent souvent ce genre de situation et pour répondre à ta question, il m'a dit de ne pas me mêler de vos affaires et c'est ce que je m'efforce de faire.
- Je me sens obligé d'intervenir, coupa Tony subitement. Je te regarde et je t'écoute mais ne comprends toujours pas ce qui se passe. D'après ce que Lydia m'a raconté, il s'agit juste d'un énorme malentendu qui peut se régler facilement. Tu es venue jusqu'ici pour ne voir qu'Alexandre et pour aider Lydia, d'accord. Et c'est vraiment tout ? Tu parles sous l'influence de la peur et de la confusion sans aucun doute. Sois vraiment honnête et en accord avec toi-même. Sais-tu que Matthias est persuadé que tu n'as pas le temps pour lui et donc pour Alexandre ? Peu importe ce qui se passe, notre porte t'est ouverte et tu le sais depuis que l'on s'est rencontré. Tu aurais pu venir, ça aurait changé la donne et on n'en serait pas là. Ton homme a un fils et tu aimerais faire partie de la famille, tu ne peux plus penser qu'à toi dans l'équation. Bref, il croit que lui est tombé amoureux mais pas toi, vu que tu n'avais pas vraiment confiance en votre histoire dès le départ. Et de ce que je vois, tu n'as pas confiance en toi non plus. Il a tenté d'établir la communication avec toi il y a quelques jours pour la dernière fois mais tu n'as pas répondu. Qu'est-ce qui se passe de ton côté, tu es tombée amoureuse d'un autre homme pour avoir la facilité de zapper quelqu'un

aussi simplement et en aussi peu de temps ? Faire le déplacement va au-delà de tes forces ? Tu es donc si fière ? Il est comme mon frère aîné et je le défendrai parce que je connais ses sentiments pour toi. La vérité c'est que la peur te tient paralysée et elle est très mauvaise conseillère au point où elle te dit que tu es ici pour voir Alexandre mais pas Matthias parce qu'il est occupé. Inna Richard à peut-être fait surface mais elle n'est pas sa destinée, toi oui. Tu le sais, nous le savons tous. Jusqu'à quand vas-tu écouter la voix de l'ennemi et le laisser jouer avec ton cœur ? Cependant, je suis content que tu te sois forcée à aller au-delà de tes peurs pour arriver jusqu'ici, maintenant va jusqu'au bout de ta démarche. J'ai dit ce que j'avais sur le cœur et sur ces paroles mesdames, je vous laisse car j'ai des mails à terminer. Anna encore une fois, tu es la bienvenue chez nous, fais comme chez toi. »

Tony venait de boucler la boucle. Cette histoire était l'opportunité parfaite pour apprendre à grandir et à se positionner face à une bénédiction. Sa façon d'appréhender les choses dans cette histoire n'était qu'un autre mensonge auquel elle avait cru. La peur était une très mauvaise alliée. Annabella voulait que les choses changent, sinon elle pourrait bien perdre ce qu'elle avait tant désiré au plus profond d'elle-même. Ce qui signifiait qu'elle devait reprendre son épée et la tenir fermement pour sa famille. *« Seigneur, j'ai vraiment besoin que tu crées une circonstance qui fasse que je rencontre Matthias. Il faut qu'on remette les choses au clair, il faut arranger la situation. Aide-moi mon Dieu. » implora-t-elle dans son cœur.*

Tony prit congé d'elles et alla dans son bureau tandis que les deux femmes restèrent silencieuses, assises sur le canapé jusqu'à ce que Lydia décide de rompre le silence.

« Excuse-le s'il te plaît, il peut être parfois très incisif et un peu dur. Avec un ton plus doux et en gardant plus ou moins les mêmes mots, je te dirai la même chose. Juste une question et on ferme la discussion sur ce sujet. On ne va pas se mentir ça va faire seulement trois mois que vous vous connaissez c'est vrai, mais, tu es tombée amoureuse de lui ?

- Oui. C'est bizarre hein !?

- Non, ça arrive. Je veux savoir si dans ta tête, tu es déjà prête à accepter la responsabilité d'être la mère d'Alexandre et changer ton mode de fonctionnement ? Il va changer toute ta vie.

- Oui. Je ne l'ai jamais vécue mais je suis prête. Et puis je ne serais pas seule.

- Une dernière pour la route. Qu'est-ce que Dieu t'a dit ?

- « N'aie pas peur, je suis avec toi. »

- Sur cette belle parole, je te propose d'aller te reposer, ne t'inquiète de rien, ça va aller maintenant. Demain le marathon commence et ce jusqu'à dimanche. Sache que je suis de ton côté, tu n'as qu'un mot à dire, et je braverai les interdits pour vous deux.

- J'ai vu ça oui. Par contre, ne dis rien à Tony mais je n'ai pas mal pris ce qu'il a dit ni le ton qu'il a employé, c'était nécessaire. J'en avais besoin.

- Merci pour lui, je trouve qu'il a fait beaucoup d'efforts de ce côté, je l'ai connu bien plus dur que ça. Allez on y va, je suis épuisée.

- Ok. Bonne nuit et merci encore de m'accueillir.

- Tu rigoles ! Je n'allais pas te laisser aller ailleurs, merci à toi d'avoir dit oui. »

*

Quelqu'un frappait à la porte dans le rêve d'Annabella, elle entendait la voix de sa mère l'appeler. Elle avait beau répondre dans son cœur mais la voix continuait de l'appeler. Elle senti une présence à côté d'elle et la voix se faisait de plus en plus clair, ce n'était plus sa mère mais bien celle d'une femme. Elle ouvrit soudainement les yeux et vit Lydia assise à côté d'elle. « Mon dieu, mais tu m'as fait peur Lydia !
- Je n'arrête pas de t'appeler le plus doucement possible pour te réveiller, désolée. Il faut se lever, on va avoir une longue journée. J'ai aussi une bonne nouvelle à t'annoncer.
- Attends que je me redresse pour accueillir la bonne nouvelle. Je t'écoute.
- Je suis enceinte !
- Hein !? Enceinte !? Mais non, ça fait combien de temps ?
- Le 13 Septembre ça fera 3 mois. Je te le dis en avance je sais mais je suis trop heureuse pour ne pas te le dire.
- Il vient de l'auberge celui-là ? Vous ne vous êtes pas ennuyés hein ? dit Annabella taquine.
- Je ne vais pas te contredire, en tout cas j'espère que ce sera une fille, Tony le veux aussi.
- Je vous le souhaite alors. Allez câlin, félicitations à vous deux.
- Merci Anna. Bon, les jumeaux sont réveillés, je laisse à Tony 30 minutes en plus de sommeil, le pauvre travaille dur ces derniers jours. Nous on se prépare, petit-déj' et on va faire les courses. C'est bon pour toi ?
- Ok pour moi. Cet après-midi on fait quoi ?
- On va chercher les jumelles chez les grands-parents maternels.
- Et Alex ?
- On ira le prendre juste après les jumelles, il est chez les parents de Matthias.
- Ah d'accord.

- Ça va bien se passer tu verras. Fais-moi confiance, il t'aime déjà.
- Ouah, ça me fait flipper !
- Ya pas de quoi, dit Lydia taquine. Bon on est sur les starting-blocks. Il faut qu'on soit parti pour 10h45 au plus tard. On ira dans un grand centre commercial à 20 minutes d'ici. »
Voyant qu'Annabella s'était recouchée alors qu'elle parlait, elle lui pinça les fesses. La jeune femme sursauta.
- Hééé mais...
- Mais quoi ? On y va ! » dit-elle en se moquant d'Annabella surprise.

Lydia était heureuse qu'il y ait une autre femme dans la maison. Il lui arrivait parfois de se sentir très seule et incomprise face à tous ces hommes qui l'entouraient. Annabella ferait bientôt partie intégrante de la famille Ellison, elle en était persuadée.

À 9h30 tout le monde prenait son petit-déjeuner, difficilement pour Annabella car les jumeaux s'étaient donnés pour mission de lui raconter leurs dernières aventures. Ils exigèrent de s'asseoir tous les deux à côté d'elle, réclamant chacun à leur tour son attention. Ce qui ne déplut pas à Lydia qui pouvait prendre soin de Tony et d'elle-même, chose qu'elle aimait particulièrement.
Une fois que tout le monde eut fini de manger, ce fut le moment pour Tony de prendre congé et de filer au travail. Un peu plus tard, ils étaient en route pour le centre commercial. Annabella avait droit à une visite guidée des jumeaux et de leur mère. Dès qu'ils arrivèrent au parking du centre commercial, Tony appela Lydia et à voir les réactions de celle-ci il y avait un changement de programme. Mais il y avait quelque chose en plus car Lydia tourna sa tête vers la fenêtre

côté conducteur en disant : « C'est vrai Tony ? Dis-moi que ce n'est pas une blague s'il te plaît ? » avec un ton ému.
Ils descendirent de la voiture une fois l'appel terminé et se dirigèrent vers le centre commercial. Lydia laissa les garçons prendre un peu d'avance pour pouvoir parler à Annabella.
« Anna, il y a un changement de dernière minute.
- Je le savais, à ton attitude je me suis dit qu'il s'était passé quelque chose.
- Oui eh bien ce n'est rien de grave. C'est juste qu'on ne pourra pas aller récupérer Alexandre, son père a décidé qu'il le garderait vu que la rentrée scolaire c'est la semaine prochaine. Il souhaite passer du temps avec lui en faisant une pause de quelques jours étant donné qu'il l'a très peu vu ces derniers jours. »
Annabella s'arrêta de marcher et lança un regard inquiet à Lydia. « Dis-moi la vérité, Tony lui a dit que j'étais là c'est ça ?
- Oui mais ce n'est pas ce que tu crois Anna !
- Mais pourquoi il a fait ça ? Non tu sais quoi, il vaut mieux qu'on arrête de parler parce que… »
À cet instant même, elle fondit en larmes et retourna vers la voiture. Lydia rappela les garçons qui la rejoignirent en courant. Ils observèrent Annabella, la voyant sortir son téléphone de son sac. Les choses ne se passaient pas comme prévu. Lydia en avait trop dit. Elle savait qu'elle se ferait engueuler par son mari. Elle décida d'appeler Tony pour lui raconter ce qui venait de se passer. Entre-temps, Annabella décida de ne pas perdre de temps et d'appeler Matthias étant donné qu'il savait qu'elle était là. Elle demanda juste à Dieu que ce ne soit pas la Richard qui réponde, elle ne le supporterait pas. Elle était en train de se faire des scénarios d'attaque et de défense, mais ce fut une voix masculine très familière qui répondit, ce qui mit fin à la guerre dans ses pensées.
« Matthias !

- Bonjour Anna.
- Euh désolée, je suis assez surprise, en général c'est ton bras droit qui répond ou juste le répondeur. J'étais prête à en découdre cette fois-ci parce que...
- Annabella ! dit-il pour l'arrêter dans son élan. Je sais pourquoi tu es là, Tony me l'a dit. Tu avais l'intention de voir le fils sans voir le père ? Tu trouves ça normal ? dit-il irrité.
- Je comprends pourquoi tu ne veux pas qu'il vienne passer le week-end ici. Je suis désolée. Je me suis laissé emporter par mes émotions et puis je voulais lui faire une surprise et lui donner le maillot qu'il m'avait demandé et repartir sans embrouille.
- Sans embrouille ! C'est raté. Bon écoute, j'aimerais vraiment que l'on se parle, mais là je viens d'arriver chez mes parents. Je te propose de te recontacter un peu plus tard ou demain si tu te couches tôt, on a beaucoup de choses à se dire je pense. Ça ne te dérange pas si je t'appelle un peu tard ?
- Non ça me va. Par contre, fais-le vraiment parce que si je n'ai pas de tes nouvelles je considérerai cette relation comme terminée. Je ne peux plus continuer comme ça.
- Raison pour laquelle il faut qu'on se parle. Je te laisse, à plus tard Anna.
- Ok ça marche, je t'attendrai. »

Annabella n'arrivait pas à mettre le puzzle en place dans sa tête. C'était bizarre, leur conversation donnait l'impression qu'il lui manquait des informations. Et à l'intonation de sa voix, elle n'arrivait pas à voir autre chose que la fin d'une histoire qui n'avait pas si mal commencé. Elle commença à se sentir coupable de ne pas s'être assez battue pour Matthias, elle aurait dû venir plus tôt à Reykjavik, quitte à débarquer à son cabinet pour remettre les choses en place. Ensuite, elle se dit que lui aussi aurait pu la rassurer quant à son assis-

tante, mademoiselle Richard, qui semblait être un problème à résoudre.
Pour l'heure, elle décida d'attendre qu'il la recontacte comme il avait dit, elle lui ferait confiance une dernière fois. Elle rangea son portable et repartit en direction de Lydia qui était assise sur un banc à l'entrée du centre commercial avec les jumeaux. Une fois devant elle, elle s'excusa pour tout le drame et lui raconta sa conversation téléphonique avec Matthias. Elle lui exposa son incompréhension. Quant à Lydia, elle s'excusa pour toute cette situation qu'elle avait créé mais se garda de lui dire qu'elle en avait trop dit et mal car il y avait une suite. Mais elle devait garder ça pour elle.

Ils partirent faire les courses et rentrèrent à la maison. Ils déjeunèrent peu de temps après puis décidèrent de faire une pause de deux heures avant d'aller récupérer les jumelles. L'après-midi passa rapidement. Une fois qu'ils récupérèrent les filles, ils allèrent célébrer leur retrouvailles dans un Kid's Café où les enfants ont accès à une énorme salle de jeux répartie en plusieurs sections. Annabella s'était préparée en conséquence, elle savait qu'elle devait être à cent pour cent présente car Lydia s'absenterait une heure le temps de son rendez-vous médical.

Axelia et Anabela ne lâchèrent pas la jeune femme d'une semelle dès le moment où elle se présenta devant leur porte. Elles firent la course et lui sautèrent dessus à peu près en même temps en poussant des cris de joie. Annabella senti son cœur se gonfler de joie mêlée à de la tristesse, elle ne pensait pas qu'elle était tant aimé par cette grande famille. Elle craignait que ce soit les derniers instants qu'ils passeraient ensemble, alors elle décida d'oublier ses soucis, et de vivre à fond ces quelques jours avec eux.

Lydia mit plus de temps que prévu, ils eurent une demie heure de plus pour se dépenser sans s'arrêter. Il était 19h quand elle les récupéra, heureusement qu'ils décidèrent de prendre à emporter, ce soir ce serait japonais ! Après manger, Annabella resta en bas avec les jumelles qui l'aidaient à ranger tout en bavardant tandis que Lydia s'occupait des garçons. Pendant ce temps, Annabella avait eu droit à un interrogatoire. Les filles étaient curieuses. « Est-ce que tu chantes toujours ? Tu habites encore à l'auberge où tu as déménagé ? Tu te rappelles que tu nous as promis de nous apprendre à chanter ? Pourquoi ne viendrais-tu pas vivre ici près de nous, ce serait plus facile non ? »
Pendant qu'Axelia bombardait Annabella de questions, sa sœur s'écria en entendant le portail s'ouvrir, c'était sûrement leur oncle Tony qui rentrait. Elle alla l'accueillir. Annabella restait à répondre du mieux qu'elle pouvait aux interrogations d'Axelia. Autant d'enthousiasme lui avait manqué. Après avoir fini ce qu'elle faisait dans la cuisine, elle monta en premier avec Axelia. Ne les voyant plus en bas, Anabela saurait où les trouver.

Annabella assista à un spectacle hilarant arrivée à l'étage. Les garçons tiraient leur mère de toutes leurs forces par les bras en criant : « Dégagez le passage nous avons une patiente qui se plaint de douleurs abdominales ! »
Lydia vit le regard amusé d'Annabella et lui fit comprendre que c'étaient des médecins urgentistes « et je suis la patiente, pas le choix que de jouer le jeu » avait-elle dit en surjouant son rôle. Annabella éclata de rire suite à l'explication de son amie puis entra dans la chambre des enfants. Il y avait deux grands lits cigogne, un lit en cachait un autre en dessous. La chambre était en « U », chaque coin avait un thème bien particulier. Pour quelques nuits, il semblerait que Paul parta-

gerait l'espace de son frère pour permettre aux filles d'être à l'aise. Axelia partit prendre sa douche sans attendre sa sœur qui mettait un peu trop de temps pour monter à son goût. Annabella décida de rester à attendre dans la chambre, assise confortablement sur le lit des filles. Au bout de 5 minutes elle n'entendit plus les garçons chahuter dans la chambre de leurs parents. « Peut-être que c'est l'heure des câlins », pensa-t-elle. Ce qui la fit sourire face à un tel bonheur.

« Ah je savais que je te trouverai là Anna, dit son homonyme.
- Oh mon Dieu tu m'as fait peur ! Mon cœur a failli lâcher. Tu en as mis du temps dis donc ! Ta sœur t'a devancé, tu peux la rejoindre si tu veux.
- Je vais la rejoindre mais je voudrais savoir pourquoi nous ne sommes pas allés chercher Alexandre ? Pourtant mon père nous avait dit qu'il serait avec nous ?
- Ton oncle Matthias voudrait passer du temps avec lui étant donné qu'il travaille beaucoup. Et puis l'école pour vous c'est la semaine prochaine. Je pense qu'Alex en a besoin autant que son père, tu ne crois pas ?
- Oui. Mais on aurait vraiment tous aimé qu'il soit avec nous, c'est notre cousin et ce n'est pas juste je trouve. Tonton pourrait venir avec lui et on pourrait tous passer le week-end ensemble.
- Oui, je te comprends et je suis assez d'accord avec toi mais…
- Alors pourquoi tu ne l'as pas appelé pour lui dire qu'il devait venir ici avec notre cousin ? Tu ne veux pas le voir ? Tu ne l'aime plus ?
- Ouah doucement jeune fille. Tu vas loin dans tes pensées. Je veux voir Alexandre et j'aime ton oncle. Je veux passer du temps avec eux mais c'est compliqué les histoires d'adultes…
- Ah oui !? Je suis curieux de savoir à quel point c'est si compliqué, Anna. »

Annabella sauta du lit en poussant un cri instinctif et se retrouva au milieu de la pièce. Matthias était apparu derrière la petite fille avec un petit garçon dans les bras. Elle était sous le choc et n'arrivait pas à articuler un mot. Elle se sentait comme prise au piège, son cœur battait si fort, qu'elle avait l'impression que la terre entière pouvait l'entendre. Si elle pouvait rentrer sous terre pour se cacher, elle l'aurait fait. Mais voilà, il semblait que le moment de vérité avait débarqué sans crier gare. Le mieux était de l'affronter et d'en finir.

*

Les filles étaient un peu plus autonomes que les garçons, alors Annabella s'assura qu'elles avaient chacune leur vêtements prêt pour le lendemain et qu'elles étaient en pyjama. Ensuite elle proposa à Matthias d'aller discuter dans le bureau de Tony alors qu'il terminait de mettre à Alexandre son pyjama. Le petit garçon quitta brusquement les bras de son père pour aller se plonger dans les bras d'Annabella puis lui fit un bisou. Il resta dans ses bras pendant un bon moment. Annabella avait déjà succombé à son charme au travers de conversations vidéo avec Matthias, alors quand elle le vit dans les bras de celui-ci en chair et en os lui souriant, ce fut pire. Mais avec ce geste de tendresse qui marquait son acceptation elle su qu'elle ne pouvait pas se permettre de se fermer à toute réconciliation possible et à autant d'amour. Il y en avait un qui avait jeté son dévolu et l'avait scellé dans son cœur. Elle aimait cette petite tête châtain.

Matthias avait observé la situation sans rien dire, il avait désiré que ce moment arrive dès l'instant où son cœur avait choisi d'aimer Annabella. Il ne tenta pas de retenir Alexandre, parce qu'il savait qu'ils étaient faits pour être une famille. Alexandre avait reconnu le cœur de mère de la jeune femme, il ne s'était pas trompé. Il fallait rétablir les choses, car il ne souhaitait en aucun cas perdre ça, la famille qu'il rêvait tant d'avoir. Après ce qu'il avait entendu un peu plus tôt entre les deux homonymes, il était déterminé à retrouver sa place dans le cœur d'Annabella et c'était ce soir, pas demain. Dès l'instant où Tony lui avoua qu'elle était chez lui, soi-disant pour aider sa femme enceinte avec les enfants, Matthias avait dit à Tony que ce serait lui qui emmènerait Alexandre. Il comptait sur leur discrétion pour ne pas le lui révéler. Il avait tout mis en attente pour elle. Il n'était pas indifférent dès qu'il s'agissait d'elle, il avait changé son programme car il brûlait d'impatience de pouvoir la prendre dans ses bras, même s'il ne comprenait pas pourquoi ils avaient arrêté de communiquer et pourquoi elle lui en voulait au point de ne pas chercher à le voir.

Lydia arriva quelques minutes après et proposa aux enfants de regarder un dessin animé avant d'aller se coucher. Étant donné qu'Alexandre n'avait pas l'intention de lâcher Annabella, elle le porta jusqu'au salon et le fit asseoir entre les filles et les garçons et alla chercher des boissons chaudes pour eux avec Lydia. Une fois dans la cuisine, Lydia poussa gentiment Annabella vers la sortie avec un sourire qui voulait tout dire. « Ma chère amie, tu joues ton destin ce soir, tu n'as pas de temps à perdre dans la cuisine, je peux m'en occuper. Va dans le bureau, il t'attend. Fais-moi plaisir, tu n'es plus en guerre alors ne pense qu'à récupérer ce qui est à toi. » Annabella répondit en soupirant : « Crois-moi je l'ai compris dès l'instant où je l'ai vu. Et puis Alexandre m'a enchaîné définitivement à lui dès l'instant où il s'est précipité dans mes bras. Merci pour ton soutien », dit-elle en levant un poing en l'air.

Sans plus tarder, elle alla rejoindre Matthias dans le bureau de Tony. Quand elle entra, il était debout face à la baie vitrée, le regard lointain. Il se retourna et la regarda droit dans les yeux d'un air très sérieux. Le cœur de la jeune femme s'accéléra, il était peut-être sérieux mais qu'est-ce qu'il était beau, sa personne et sa présence lui avaient rudement manqué. Elle ne put s'empêcher de lui sourire en retour. « Cette fois, c'est mon tour. Je ne le laisserai pas partir. » se dit-elle.

Chapitre 16

Matthias avait devancé Annabella dans le bureau de Tony. Il préférait l'attendre car il se doutait qu'elle voudrait donner un coup de main à Lydia avec les enfants. Il avait pris soin de prendre quelques jours de repos, suite à la charge de travail causée par sa découverte dans les énergies. Il savait à qui il le devait, tout ayant commencé par un rêve. Dieu lui avait montré certains éléments aussi clairement que la première fois où Il lui avait parlé alors qu'il était dans le coma. Il se souvenait encore de l'intensité de la connexion et de l'excitation qu'il avait ressenti en se réveillant. Il avait passé toute une journée à mettre par écrit ce qu'il avait vu, et à partir de ce moment, l'aventure avait commencé pour lui. Quand il commença à avoir de la demande il appela Annabella pour lui raconter ce qui s'était passé, mais ce soir-là, Alexandre avait attrapé un mauvais rhume et Annabella était avec sa mère et sa tante chez un de ses oncles. Il lui avait juste annoncé la bonne nouvelle sans rentrer dans les détails pensant qu'ils auraient plus de temps après, mais voilà qu'il avait été submergé par des rendez-vous professionnels et quelques déplacements dans le pays et à l'étranger. Inna Richard était arrivée à ce moment-là. Elle connaissait le métier, et en plus ils étaient de très bons amis depuis le lycée, c'était un gros

avantage. Elle avait déjà travaillé avec son père à Dallas dans le domaine. Elle avait décidé de faire le déplacement non seulement pour être avec sa sœur, à qui il restait 2 mois avant d'accoucher, mais aussi pour travailler avec lui pour une période de 6 mois. Ce qui donnerait le temps à Matthias, Ariel et Tony de pouvoir fusionner les deux cabinets et de remanier l'organigramme de la société à leurs convenances. Il avait mis en place un recrutement pour trouver un assistant à plus long terme, qui serait formé par Inna. Il était ainsi plus serein et pouvait se concentrer sur la demande et sur certaines propositions de partenariat. La vision était grande, la charge de travail aussi. Mais il était heureux de voir comment les choses étaient en train de se mettre en place. Par contre, Alexandre était obligé de rester chez ses parents. Il le récupérerait les vendredis, pour le déposer le dimanche soir. Il est arrivé qu'il n'ait pas le temps de le faire alors il réservait des temps d'appel en visio. C'était très dur pour lui, il rêvait d'une famille pour Alexandre, d'un père et d'une mère présents pour lui. Voilà qu'il se retrouvait en plein boom et que celle que son cœur avait choisi avait décidé de disparaître. Il n'avait plus le temps de jouer, si Annabella décidait de faire chemin seule, il l'accepterait et attendrait une femme prête à avoir une famille. Il souhaitait de tout son cœur qu'elle change d'avis, il avait tellement de choses à lui partager. Il avait de vrais sentiments pour elle, mais l'équilibre de son fils passait avant tout. La frustration et l'incompréhension firent soudainement surface.
À ce même instant, Annabella fit irruption dans la pièce, il se tourna dans sa direction et elle lui fit un sourire des plus touchants. Il ne put résister bien longtemps, elle semblait perdue et tellement belle avec ses cheveux frisés lâchés, il aimait voir ses cheveux s'exprimer au naturel. Elle lui avait terriblement manqué. Il n'avait qu'une seule envie, la prendre

dans ses bras pour lui rappeler où était sa vraie place. Avec lui. Il était prêt à tout entendre venant d'elle, à abattre des murs pour en construire de nouveaux pour elle. Tout à coup, il ressenti le besoin de trouver une solution à leur problème, il le fallait. Il la voulait, elle.

« Tu veux quelque chose à boire ou à manger Matthias, dit-elle doucement.

- Non merci Anna, j'ai pris soin de me restaurer avant de venir. Je suis là pour qu'on puisse comprendre, ensemble, ce qui nous arrive. Je préfère aussi rester debout pour qu'on puisse parler. Au fait, tu es magnifique comme ça.

- Oh merci mais je n'ai rien fait, je veux dire que je suis sans maquillage... euh je suis gênée ce n'est pas la bonne réponse on dirait, dit-elle en voyant Matthias interloqué par sa réponse.

- Tu sais très bien que j'aime te voir au naturel et que tu n'as pas besoin de beaucoup pour me plaire.

- Ouah merci pour le compliment, il faut croire que je n'ai pas l'habitude qu'on me le dise, dit-elle en soupirant pour le piquer un peu.

- Eh bien, ça c'est dit ! Je ne suis pas en guerre contre toi tu sais.

- Désolée je suis en mode attaque, toute cette situation me stresse. Et si on se parlait, je pense qu'on a des choses à se dire. Je propose qu'on recommence à zéro si tu veux bien ?

- D'accord je veux bien, par contre, je ne retire rien de ce que je t'ai dit parce que c'est vrai.

- D'accord mais recommencer à zéro c'est...

- Anna, je suis désolé de te couper mais je ne veux pas qu'on tourne autour du pot. Je suis disponible et disposé à discuter. Qu'est-ce-qu'il nous est arrivé selon toi ?

- Très bien, je vais parler du problème selon moi. Il était une fois mademoiselle Richard, ton assistante ou bras droit, qui

m'a traité comme une de tes fans, même quand je lui ai dit qui j'étais pour toi. Elle m'a mise sur la touche toutes les fois où je tentais de te contacter. Elle me donnait des horaires pour te joindre et quand je le faisais, personne ne répondait. Au début, je me suis dit qu'elle avait raison et que tu avais certainement beaucoup à faire, entre travail et famille, et qu'il fallait que je sois compréhensive et patiente. Mais un simple message envoyé n'avait pas de retour et pas qu'une fois. Là où j'ai été épatée c'est quand elle a répondu à un énième message que je t'avais envoyé, je savais que ce n'était pas toi, ce n'était pas ta façon de t'exprimer, du moins avec moi. Bref, que ce soit par mail, texto ou appel, mademoiselle Richard avait le contrôle, pardon je rectifie, a le contrôle. En plus je n'ai réussi à joindre personne de ton entourage. Mets-toi à ma place, tu dirais quoi toi si c'était moi qui avait Mikael comme « assistant » ?
- Je peux te répondre ?
- Je préfère tout dire d'emblée s'il te plaît.
- Ok vas-y. »
Pendant qu'elle parlait, Matthias s'était déplacé pour se mettre en face d'elle, alors qu'elle s'était assise sur le bureau de Tony. Il préférait l'avoir en face de lui pour ne rien rater. Il poussa un fauteuil, le tourna face à elle et s'assit.
« Du coup, continua-t-elle déterminée, je me suis mise à réfléchir, et j'en ai conclu qu'on s'est vu quoi, le temps d'un séjour !? On s'est parlé après certes, mais j'ai déjà rencontré ce genre de situation et de ce que j'ai appris, ça se solde toujours en échec. Du moins, me concernant. Les mots ne suffisent plus à un moment donné. Je suis quand même bornée parce que je me suis dit que quelque chose de spécial s'était réellement passé entre nous quand même, je n'avais pas imaginé ces sentiments. Alors j'ai fait une dernière tentative lundi matin exactement. Ce matin là, je tombe sur une

jeune femme qui n'est pas Richard pour une fois, et qui me semble moins complexe, alors je tente de lui expliquer que ça fait très longtemps que j'essaie de te joindre, etc. Elle m'a mise en attente, en oubliant d'appuyer sur le fameux bouton d'attente, alors bien évidemment, j'ai entendu la conversation qu'elle avait avec Richard. Avec le peu de compréhension que j'ai en islandais, j'ai décrypté ce qu'elle disait et puis, le ton qu'elle employait a joué aussi. La jeune femme a reprit le combiné et m'a dit que tu étais en déplacement pour la semaine et que je devais laisser un message ou rappeler la semaine qui suivait. Mon problème, c'est que j'avais compris autre chose et qu'il fallait que j'en aie le cœur net. J'ai demandé alors à Hilda de me répondre par oui ou par non et de faire comme si elle prenait un message. Au vu de ces réponses, il était clair que tu ne me connaissais pas et que je n'étais rien d'autre pour toi qu'une croqueuse d'homme, qui pensait avoir mit le grappin sur une tour en or. De plus, vous passiez le plus clair de votre temps ensemble et que si c'était vrai elle m'aurait vu. C'était elle ta petite amie. Bref, vous aviez une véritable relation quoi. Mets-toi à ma place Matthias, comment aurais-tu réagi ? Hilda s'attend à ce que je rappelle, elle m'a dit qu'elle parlait un peu le français et qu'elle m'aiderait, mais il en est hors de question pour moi. Pas dans ces conditions là. Puis Lydia est entrée en scène, ma meilleure amie aussi m'encourageant à me battre pour notre histoire, mais je n'étais pas disposée à être une actrice de telenovelas, j'avais décidé de faire de notre rencontre une aventure, et de m'en servir pour une histoire. Je me suis sentie tellement humiliée qu'aucun effort n'était possible pour ma part. Mais Astus m'a chassé en me disant d'aller régler mes problèmes plutôt que de les fuir et vu que Lydia m'avait demandé de venir, une chose en entraînant une autre, me voici devant toi. Je dois dire que c'est un coup de maître, je n'avais pas du tout prévu ce scénario. Voilà j'ai terminé.» Matthias ne l'avait pas quitté des yeux une seule seconde. Plus Annabella parlait, plus il avait la confirmation qu'elle était parfaite pour lui. Il ne put s'empêcher de sourire bien que les circonstances étaient sérieuses. Elle lui avait terriblement manqué. Cette passion pour tout ce qu'elle vivait, ce en quoi elle croyait, les gens qu'elle aimait, elle ne faisait pas dans la demi-mesure. D'un autre côté, il savait que Richard avait eu un faible pour lui il y a longtemps, il pensait avoir été clair sur leurs rapports depuis tout ce temps. Apparemment elle n'en faisait qu'à sa tête et était allée trop loin dans ses agissements, il devait régler le problème. Pour l'heure, il devait rassurer Annabella.

«Pourquoi tu souris comme ça Matthias? dit-elle le sortant de ses pensées.

- Excuse-moi. Loin de moi l'idée de me moquer de toi. Tu m'as tellement manqué et je constate que mes sentiments pour toi n'ont pas changé. Je suis très heureux que les circonstances nous aient poussés jusqu'ici. Il était temps. J'ai vraiment cru que je n'étais pas important pour toi, après tout comme tu as dis, on n'a été réellement ensemble que pendant quelques jours. Mais non, c'était largement suffisant pour qu'on sache que c'est sérieux entre nous et qu'il s'agit d'amour.

- Voilà pourquoi je me suis entêtée…

- Attends chérie, laisse-moi continuer, dit-il en levant la main pour l'arrêter. Il se trouve que je suis tombé amoureux de toi Anna, il m'aura suffit de quelques jours et puis, je me suis accroché à ce que Dieu m'avait montré. Je Lui ai fait confiance, et c'est encore le cas. Mon seul regret est de ne pas avoir été plus ferme sur la relation entre Richard et moi. On se connaît depuis le lycée, je pensais que c'était clair pour elle, je pensais que du moins, j'avais été assez claire te concernant car

oui, je lui ai bien parlé de toi.
- Apparemment pas, elle a réagi comme…
- Anna ! dit-il pour l'arrêter sérieusement.
- Désolée.
- Comme je disais, on se connaît depuis longtemps. J'ai confiance en son travail. Je dois collaborer avec elle pendant quelques mois, peux-tu me faire confiance ? La confiance, Annabella Botha Luiggi, est très importante. Tu as préféré t'enfermer dans tes pensées et te laisser enseigner ou guider par tes expériences passées. À aucun moment tu ne t'aies dit que tu allais me faire confiance et que si c'était trop dur, il fallait faire confiance en ce que Dieu te disait par rapport à cette relation. Vu que tu es si passionnée, pourquoi est-ce que tu ne t'aies pas déplacé pour confronter la personne directement ? Je me serais attendu à ça à la limite ! En fait, j'aurais vraiment aimé que tu viennes, mais rien de tout ça. Alors je me suis demandé si tu avais des sentiments pour moi. Les portes te sont ouvertes ici, si je suis ton homme, tu remets les pendules à l'heure et tu prends ta place.
- C'est vrai que j'ai manqué de confiance en moi et que je n'ai pas cru en toi, j'ai plutôt laissé les circonstances dicter ma conduite, j'ai eu peur et honte. Je peux te faire confiance Matthias, mais c'est en elle que je n'ai pas confiance, je n'ai pas envie de me retrouver dans le chemin du « et pourtant je savais, il y avait déjà des indices avant-coureurs… »
- C'est bien ce qui m'embête. La confiance et la foi sont super importants étant donné que je rencontre beaucoup de personnes. Si tu apprends à me faire confiance tout ira bien et ça te fera des vacances émotionnelles. Je sais que tu as besoin d'être rassurée et je vais faire ce qu'il faut pour cela, crois-moi. Mais le reste il faudra que tu le gères avec Dieu.
- Ok je reconnais que j'ai du travail à faire sur moi-même.
- Bon, autre chose que je regrette. Je n'aurais jamais dû lui

confier mon portable et lui demander de t'appeler pour moi ou de t'envoyer des messages. Je me rends compte qu'elle ne te les a jamais envoyés et tout ce que j'avais en retour c'était que tu n'avais pas le temps car tu avais beaucoup de travail. Quand je lui ai demandé de te dire de venir un week-end important pour moi, à l'occasion d'un événement professionnel au travail, elle ne l'a clairement pas fait car la réponse a été négative.

- Quoi ?! Mais Matthias c'est quoi ? C'est une blague ? Sachant qu'elle avait le béguin pour toi ?!

- Oui mais je la connais depuis le lycée et je lui avais parlé de toi. Je pensais que c'était clair ! On s'est souvent disputé parce qu'elle n'en faisait qu'à sa tête dans le passé, on y revient encore !? Nous sommes des adultes aujourd'hui et pourtant…

- Non, non et non Matthias ! Il fallait juste séparer le travail de ta vie personnelle, c'est évident pourtant !

- Excuse-moi, j'ai eu confiance en notre amitié de longue date. Et oui c'était vraiment stupide de ma part. À ne jamais refaire, c'est noté ! »

À cet instant, Matthias se leva et s'approcha sensiblement d'Annabella, il voulait qu'elle ne se concentre que sur lui et pas autre chose. « Anna, je vais remettre les choses en place. Je n'étais pas au courant de ce qu'il se passait derrière mon dos, ça suffit maintenant. Je vois bien que tout ça nous a bouleversé, tout ce malentendu a failli nous séparer pour de bon. Mais maintenant que tu es là, je ne vais certainement pas te laisser partir. Je ferai beaucoup plus attention encore, j'ai une famille à protéger. »

Cette fois-ci il prit sa main gauche et la caressa doucement. Annabella avait les yeux mouillés de colère.

« Je te demande pardon d'avoir été négligent dans notre histoire, dit-il doucement.

- J'ai vraiment envie de te frapper Matthias, tu es fou d'avoir

fait ça, c'est impensable. Moi je ne fais pas assez confiance mais toi tu fais trop ou mal confiance. Je suis énervée et déçue, c'est notre intimité que tu as exposé.
- Pardonne-moi s'il te plaît, parce que tout ce que je veux maintenant c'est te montrer à quel point je tiens à toi Anna. C'est toi que mon cœur a choisi et ça ne changera pas. »
Il l'attira à lui et l'embrassa tendrement d'abord puis avec plus de passion. Ils savaient tous les deux qu'ils étaient faits l'un pour l'autre. Matthias s'arrêta doucement et la serra fort dans ses bras et ils restèrent ainsi pendant quelques instants. Puis la jeune femme reprit la parole. « Tu ne m'auras pas comme ça Matthias, je suis toujours déçue, moi je n'aurais pas fait ça, dit-elle en forçant Matthias à la regarder.
- Pardonne cet imbécile s'il te plaît. »
Là, il l'embrassa fougueusement. Plus rien ne comptait, si ce n'est leur histoire. Annabella perdit la bataille et lâcha prise. Elle répondit avec la même vigueur. Tout s'était évaporé. Elle ne put résister à un déchaînement d'émotions et de sensations. S'ils n'arrêtaient pas tout de suite, ils ne répondraient plus de rien.
« Matthias stop ! ce fut la seule chose qu'elle trouva à dire en s'arrachant à son étreinte.
- Ouah, j'ai besoin de quelque chose de fort, je suis un être humain, dit-il reculant de deux pas.
- Je vais te prendre quelque chose de frais et je vais en profiter pour redescendre moi aussi. Matthias… plus jamais ça s'il te plaît !?
- J'ai bien compris la leçon mon amour, je ne veux pas te perdre. Mais dis-moi, c'est pas que je veuille détourner la conversation mais tu as perdu du poids ?
- Un peu oui, 3 kilos. Tu as l'œil ! répondit-elle fière d'elle.
- Tu connais mon opinion, moi j'aime tes formes, dit-il en la détaillant de la tête au pied avec un sourire en coin.

- Je crois qu'il vaut mieux que j'aille nous prendre à boire, je suis gênée là.
- Oui c'est mieux. »

Annabella sortit de la pièce tenant à peine sur ses jambes. Elle alla dans la cuisine pour se passer un peu d'eau sur le cou, puis prit une boisson fraîche pour Matthias. Elle attendit quelques minutes avant de repartir dans le bureau. À sa grande surprise, elle le trouva assis sur le canapé avec Alexandre. « Désolé, dit-il, quelques secondes après que tu sois sorti, il est entré pour savoir si on avait fini. Je lui ai dit que je t'attendais pour lui donner la réponse.
- Je pense qu'on a terminé pour ce soir Alex », lui dit-elle en l'invitant dans ses bras.
Il s'y précipita et lui fit un câlin. « Tu sais, je suis très heureuse de te voir enfin en vrai mon poussin ?
- Papa m'avait promis que tu viendrais alors j'ai attendu. Et maintenant que tu es là, je peux dormir avec vous deux ?
- Pas encore fils, répondit Matthias en riant, très bientôt. Il y a certaines choses à mettre en place avant, pour le moment tu vas dormir avec un de tes cousins si tu veux.
- Non je veux dormir avec Anna s'il te plaît papa.
- Pour moi il n'y a aucun problème Matthias, il ne me dérange pas.
- Tu es un veinard fils.
- Ça veut dire quoi veinard ?
- Ton père est jaloux parce que tu vas dormir avec moi, répondit la jeune femme. Allez on y va, 22h30 c'est bien trop tard pour un enfant de 5 ans. »
Tout à coup le téléphone de Matthias sonna. Il était posé sur la table basse, Annabella vit que c'était Inna Richard. « Tu n'avais pas éteint ton portable ? demanda-t-elle surprise.
- Non, il y a toujours des urgences, mais tu peux répondre, le

changement c'est maintenant. »
Ce qu'elle fit promptement. « Bonsoir Mlle Richard, c'est Annabella Botha Luiggi, la petite amie de Matthias.
- Ah bonsoir, j'ai cru que je m'étais trompée de numéro en entendant une voix inconnue. Je suis très surprise, Matthias ne m'a pas dit que vous étiez de passage.
- Mais il vous a bien dit que j'existais ? Et puis a-t-il des comptes à vous rendre sur sa vie personnelle ?
- Non bien sûr mais… »
Matthias prit la suite de l'appel, car il sentait que la discussion tournait au vinaigre. Il ne voulait certainement pas que sa soirée se termine mal. « Bonsoir Inna, y a-t-il urgence ? (...) Oui en milieu de semaine prochaine, bien joué. Par contre on termine ça mercredi, j'ai vraiment besoin d'être avec ma famille. (...) Voilà c'est ça, mercredi et on en profitera pour remettre certaines choses en ordre (…) bon week-end également. »
Il raccrocha et revint vers Annabella qui était assise sur le bureau avec Alex dans les bras. « Anna j'espère que tu ne repars pas avant quelques jours, mercredi nous allons discuter avec Inna une bonne fois pour toute.
- D'accord pour le faire ensemble ce mercredi.
- Génial. Sinon tu fais quoi demain matin ? demanda-t-il de but en blanc. Non, en fait j'ai besoin que tu sois dispo demain toute la journée, accompagne-moi quelque part.
- Euh attends je vois avec Lydia, question d'organisation.
- Très bien, on va dire bonne nuit et on couche le petit, ensuite j'y vais. J'ai des choses à régler au plus vite, la nuit va être courte pour moi. »

Ils allèrent retrouver les autres dans le salon pour leur dire bonne nuit, ce qui permit à Annabella de demander à Lydia le programme du lendemain. Ensuite elle emmena Alexandre dans sa chambre tandis que Matthias faisait les derniers câ-

lins à ses nièces. Il la rejoignit quelques minutes après pour embrasser son fils. « Anna, je peux entrer ?
- Oui, vas-y. »
Il entra et se dirigea vers Alexandre couché au milieu du lit. Annabella était assise à côté de lui et lui tenait la main.
« Je suis prêt papa.
- Très bien. Anna, ça ne te dérange pas que je prie ? demanda-t-il un peu gêné.
- Pas du tout, j'aurais trouvé ça bizarre que tu ne le fasses pas », dit-elle pour cacher sa surprise.
Matthias pria pour tous les trois très simplement puis embrassa son fils. Annabella fut attendri par ce spectacle et sentit la joie gonfler son cœur. Il lui fit signe de le suivre.

« Alors, ça va, tu n'es plus fâchée ?
- Je suis en train de te pardonner monsieur.
- Il va falloir que ce soit fait totalement demain, je veux qu'on passe la ma… euh non qu'on prenne le petit-déjeuner ensemble mais dans la paix ma puce. C'est bon pour Lydia j'ai cru comprendre n'est-ce-pas ?
- Oui c'est bon t'inquiète, je ne raterai pas notre rendez-vous.
- Tu m'as terriblement manqué ma chérie, tu ne sais pas à quel point j'aurais aimé que les choses se passent différemment, mais même comme ça, notre histoire me plaît et quand je dis ça je parle de nous trois.
- Quand je pense que j'ai failli tout gâcher moi aussi. Et voilà qu'on se retrouve brutalement ici à remettre les choses à leurs places. Tu m'as manqué aussi bébé. »
Il la prit dans ses bras et la serra très fort puis lui fit un bisou sur la joue. « Oh en passant, c'est tenue correcte exigée. Je t'aime. Il faut que j'y aille maintenant, on se voit demain !?
- Oh... euh... ok on se voit demain. Je t'aime aussi, euh et bonne nuit. »

Matthias partit rapidement ayant hâte d'être au lendemain. Quant à Annabella, elle avait eu un aperçu de ce que serait possiblement sa vie avec ses deux hommes à ses côtés. Quelle ne fut pas sa surprise quand il lui dit qu'il l'aimait. « Il est parti trop vite après me l'avoir dit. Je n'en ai vraiment pas l'habitude mais je suis si contente. » dit-elle tout bas. Elle s'endormit en remerciant Dieu d'être si bon avec elle. Il lui avait apparemment trouvé « le bon. »

*

Matthias eut du mal à s'endormir, il ne pensait qu'à Annabella. Il avait hâte de la voir et de passer la journée en sa compagnie. Elle ne savait pas ce qui l'attendait, car il allait lui sortir le grand jeu. Il passa des coups de fil très tardifs pour lui préparer un évènement qui la marquerait pour toujours. Il avait fait exprès de ne rien lui dire sur l'heure ou l'endroit, ou encore comment elle allait s'y rendre, c'était la mission de quelqu'un d'autre.

*

Le lendemain, Annabella et Lydia se répartirent les tâches pour s'occuper des enfants pendant que Tony avait la responsabilité du petit-déjeuner. Lydia savait qu'elle avait un rôle important à jouer aujourd'hui, il fallait agir de façon naturelle mais être efficace.
« Ceux qui ont fini de s'habiller peuvent aller prendre leur petit-déjeuner. Mettez des serviettes sur vous, je ne veux pas que vous vous salissiez. Anna, tout va bien de ton côté ?
- Oui, oui. Axelia a terminé, elle est dans la cuisine avec sa

sœur et je suis en train de m'occuper d'Alexandre.
- Ok. Les jumeaux descendent dans 10 minutes. »

C'était la course, Lydia avait insisté pour emmener Annabella à son point de rendez-vous. La jeune femme était complice de la surprise de Matthias, elle avait l'adresse pour se rendre là où il l'attendait. Quand Annabella demanda à Lydia son programme après l'avoir déposé, elle était restée très vague mais après tout, elle lui faisait confiance car elle était censée les rejoindre après le rendez-vous avec Matthias. Une fois terminée avec Alexandre, elle s'apprêta. Il fallait aller prendre le relais dans la cuisine pour permettre à Tony de s'occuper de lui-même.

Une heure plus tard, les garçons partirent avec Tony et les filles suivirent quelque temps après. Pour brouiller les pistes, Lydia se mit à faire des commentaires sur l'endroit où elle emmenait Annabella. « Tu sais, c'est l'un des meilleurs *resort* de la capital. Tu verras, une fois à l'intérieur, on oublie qu'on est en ville. Il veut vraiment que tu te sentes comme une reine, tu me raconteras hein !?
- Bien sûr que oui. J'y crois pas, notre premier vrai date quoi ! Bon d'accord ce n'est pas notre première sortie mais là, je le ressens comme ça ! Je suis super excitée ! Du coup on vous rejoindra après notre tête-à-tête, j'ai hâte d'être au rassemblement familial dont tu m'as parlé.
- Mais oui, ce sera l'occasion de voir ta belle-famille haha. Ils sont adorables, je ne te mens pas et ils t'attendent avec joie. Enfin ils pourront rencontrer celle qui a bouleversé la vie de Matthias. Bon, on est arrivé. Les filles, encouragez votre futur… euh Annabella, elle en a bien besoin. Je crois que je stresse pour toi, c'est tellement excitant !
- Merci Lydia, t'es vraiment chou. Allez, les choses sérieuses

commencent. J'y vais maintenant ! »

Elle descendit de la voiture et fit un dernier au revoir tandis que les filles l'encourageaient de leur mieux. Elle se dirigea vers l'entrée du *resort* et Lydia pu repartir, mais pas bien loin. Elle attendit qu'Annabella entre, pour rentrer à son tour dans le parking souterrain et s'y garer. Elle donna des instructions aux jumelles, leur raconta le plan de leur oncle Matthias, puis donna le top départ depuis son téléphone à Tony.
Pendant ce temps, Matthias, qui attendait sa belle à un endroit bien précis, fut averti de sa présence. C'était le « Go » qu'il avait attendu pendant des années. Il alla récupérer Annabella à la réception et lui demanda de le suivre. Ils arrivèrent devant une entrée recouverte de fleurs qui s'appelait La Vallée. « Anna, maintenant ferme les yeux. Il va falloir me faire confiance.
- Tu dis ça comme si... Pourquoi je dois fermer les yeux, tu veux ma peau c'est ça ?
- Arrête ! Sois sérieuse s'il te plaît !?
- C'est bon, je ferme les yeux et tu me guides. Je te fais confiance. »
Les portes s'ouvrirent et ils entrèrent. Annabella serrait fort le bras de Matthias. Il sentait bon et était très élégant dans son tailleur deux pièces, bien qu'elle pensait qu'il était un peu trop habillé pour un rencard. Une fois qu'ils se mirent à marcher, la chanson de Christina Perri « A thousand years » se fit entendre. Son cœur se mit à battre plus vite, elle était en train de perdre le contrôle de la situation. « Matthias qu'est-ce qu'il se passe ? Pourquoi c'est cette chanson qui est jouée ? Un simple rencard qui se transforme en colin-maillard avec cette chanson... tu me fais peur là.
- Continue de marcher encore un peu, jusque là tu t'en sors bien.

- Cette chanson me fait pleurer, il ne manquerait plus qu'il mette celle de John Legend et là je tombe par terre. Tu auras honte tant pis pour toi.
- Hahaha ! Arrêtons-nous là !
- Très bien.
- On danse ?
- Avec plaisir surtout sur cette chanson. »
Elle le suivit dans un slow, au rythme de la chanson. Elle continua de jouer le jeu, toujours les yeux fermés, attendant le signal. Une fois la chanson terminée, il lui demanda de garder les yeux fermés un instant de plus et la fit asseoir. Puis elle entendit la chanson « All of me » de John Legend. Là, elle comprit ce qui se passait et ne put s'empêcher d'ouvrir les yeux, étonnée. « Matthias ! s'écria-t-elle surprise de le voir avec un genou à terre.
- Je savais que tu ouvrirais les yeux. Je ne veux pas perdre une minute de plus, je veux t'épouser. Je sais qu'on se connaît depuis très peu de temps seulement et qu'il y a la distance qui nous sépare, mais certaines distances existent pour être réduite et quand tu sais que c'est le moment, il faut battre le fer tant qu'il est chaud. Et aujourd'hui, c'est le bon jour pour ça. Je ne suis pas seul comme tu le sais… »
À ce moment-là, Alexandre sorti de derrière un grand rideau blanc et couru vers eux, il sauta sur son père et ensuite alla dans les bras d'Annabella qui étaient en larmes.
« Si tu veux de moi, tu nous acceptes tous les deux. Encore une fois, je sais que c'est soudain et certainement trop tôt vu que tout a commencé il y a bientôt trois mois mais pour moi, c'est toi, c'est nous et c'est maintenant. On peut me dire ce qu'on veut, je le sais aussi bien que je m'appelle Matthias Hénoch Ellison que c'est toi que j'attendais, je ne veux pas d'une autre, que toi. Je ne te cache pas que Dieu s'en est mêlé pour que je fasse tout ça au plus vite, j'avais besoin d'une

stratégie et de beaucoup de courage et il a eu raison en tout point. Tu es celle que je veux et... »
Elle se mit à genoux devant lui et lui prit la bague et se la mit au doigt. « C'est la première chose que tu aurais dû faire avant de parler. C'est vrai que c'est tôt mais c'est notre histoire qui a été écrite comme ça, bien avant que toi et moi ne venions au monde. Je ne te donnerai à personne, alors oui, oui je veux être ta femme. On a toute la vie pour trouver notre rythme de croisière.
- Elle a dit oui ! », s'écria Matthias en la soulevant.
Toute la famille sortit de derrière le rideau pour les féliciter en criant de joie.
« Sincèrement, vous m'avez tous eu, s'exprima Annabella. Quand Alexandre est arrivé, j'ai compris que vous étiez tous là. Je suis la seule qui n'ai pas compris qu'il y avait un évènement surprise qui s'était incrusté dans le programme du week-end. Où sont tes parents Matthias ? Je veux me présenter officiellement à eux.
- Maman, papa, voici Annabella en vrai cette fois-ci ! »
Les parents de Matthias lui ouvrirent les bras en même temps. Annabella s'avança vers eux et les salua respectueusement. La mère de Matthias, une femme de 66 ans, grande, brune aux yeux bleus avec une allure classe et très sûr d'elle, la prit dans ses bras en lui racontant brièvement sa rencontre et son mariage assez similaire au leur. « C'est bien notre fils » avait-elle dit. Puis ce fut au tour du père, un blond vénitien tout aussi grand que sa femme. Elle nota la ressemblance frappante avec Matthias.

Peu après, deux écrans géants firent leur apparition devant les rideaux blancs. Annabella fut appelée au centre de la pièce, accompagnée de son futur mari et de son beau-fils. Ses frères, ses deux amies, sa mère et sa tante se connectèrent depuis la France, l'Italie et le Canada. Ils se présentèrent à tour de rôle et félicitèrent Matthias et Annabella pour avoir sauté dans ce train à grande vitesse pour la vie. Ils étaient surpris par la demande express de Matthias, qui avait réussi à joindre tout le monde grâce à Mélanie et à Miguel.

« J'ai passé presque la moitié de la nuit à répondre aux dernières questions et suggestions pour cette journée. Ton frère Miguel m'a été d'une très grande aide en ce qui concerne ta famille. Mélanie m'a contacté mercredi soir par Facebook pour me parler afin que je lui explique ce qui se passait entre nous, du moins ma version des faits. En discutant j'ai compris où se situait le problème, facile à résoudre d'ailleurs et une fois fait, je me devais d'agir. Je ne sais pas comment la remercier. Je me suis gardé de révéler cette partie mais le résultat d'aujourd'hui, disons que c'est elle. Merci à vous tous de m'avoir accordé sa main. Elle est à moi maintenant et je vais faire ce qu'il faut pour m'occuper d'elle, de ma famille. Vous serez fiers de nous.
- C'est la seule sœur que nous ayons, compte sur le fait que nous serons là pour veiller à ce que tu tiennes tes promesses, intervint Oscar.
- J'aurais dit la même chose si j'avais une sœur, approuva Matthias.
- Mais papa, intervint Alexandre, est-ce-que je peux dormir avec vous maintenant ? »
Tout le monde se mit à rire, face à l'innocence de l'enfant.
« Non fils pas encore, par contre est-ce que tu as compris qu'Annabella est ta maman maintenant ? »
Alexandre prit la main d'Annabella. « Oh ouiii, super tu es ma maman. Je peux t'appeler maman et dormir encore avec toi alors ?
- Oui mon cœur tu peux », répondit-elle en larmes.

Épilogue

Le mercredi qui suivit, Matthias emmena Annabella et Alexandre sur son lieu de travail. Ce fut l'occasion de présenter sa famille à ses collaborateurs et d'avoir une conversation sérieuse avec Inna Richard pour remettre les choses à leurs places. Ils s'installèrent dans le bureau de Matthias, qui décida d'ouvrir la discussion en partageant ce qu'il avait sur le cœur. Annabella exprima son incompréhension et son mécontentement par la suite puis ce fut au tour d'Inna. «Je suis vraiment désolée de vous avoir causé du tort à tous les deux, surtout à toi Matthias une énième fois. Tu es mon ami d'enfance et oui j'avoue avoir été jalouse de toi Annabella ce qui m'a malheureusement amené à faire une fois de plus cette bêtise. On a grandi ensemble et te voir partir avec quelqu'un me fait mal, c'est mon ami qui part. Attention, je ne suis plus amoureuse de toi, c'est un cas de jalousie possessive et je vais devoir consulter. Cette fois tu te maries et ce n'est pas une blague pour le coup. J'ai failli vous séparer alors qu'il y a une véritable histoire d'amour entre vous deux. Annabella pardonne-moi s'il te plaît. J'ai entendu que tu étais croyante, alors demande à Dieu qu'il me sauve parce que toute cette attitude vient d'une douleur interne dont je ne souhaite pas parler.

- Oh mais sache qu'il ne ratera pas la perche que tu lui tends.
- Je l'espère vraiment… »

*

Dix mois s'étaient écoulés et le jour J était enfin arrivé. Ce fut un bouleversement pour les familles Botha Luiggi et Ellison, qui ont dû s'adapter à la nouvelle situation, en préparant un mariage en moins d'un an.

Deux mois après la demande en mariage, Annabella s'installa à Reykjavik chez Tony et Lydia, pour pouvoir se consacrer au mieux aux préparatifs du mariage qu'elle avait confié à son amie dans un premier temps. Elle avait demandé à tout le monde de mettre la main à la pâte, car elle savait qu'elle n'y arriverait pas toute seule. Elle avait aussi un projet en cours qui demandait une partie de son attention. Les familles durent trouver des terrains d'ententes, car il fallait que les cultures sud africaine, française et italienne se marient avec la culture Islandaise.
Pendant ce temps, la naissance d'Ericka Umurdottir marqua une pause dans les préparatifs pendant dix jours. Née le 7 Avril avec 3,240kg, elle fit le bonheur de toute la famille mais surtout des heureux parents et celle de ses grands frères Paul et Mateos, fiers d'avoir une petite sœur.

*

Une fois les vœux et les « je le veux » prononcés, les cœurs furent apaisés et tous purent libérer la joie contenue depuis des mois. C'est Alexandre qui donna le « la » quand il s'adressa à haute voix à Annabella. « Maman c'est bon maintenant, on a le même nom ! » Toute la salle éclata de rire et les festivités commencèrent. La réception se déroulerait au *Stellar Resort* le lieu où Matthias avait fait sa demande en mariage. Ils avaient réservé la plus grande salle dans la foulée, agenda en main en se lançant un challenge, de réaliser un mariage en peu de temps. Le lieu donnait accès à un grand jardin où il y avait un lac. Ils avaient le droit d'utiliser tout l'espace et ce fut la responsabilité de Mélanie et d'Amanda et de quelques cousines de Matthias de prendre soin de la décoration.

Matthias et Annabella étaient enfin mariés. Tout le poids de la préparation de cet évènement était retombé, ils pouvaient apprécier ce précieux instant avec leurs proches. Enfin, tout le monde pouvait faire la fête, entre spectacles des enfants, danses traditionnelles des différentes cultures et les multiples surprises que Matthias avait préparé pour sa femme et vice versa, ils étaient servis. Lors de l'ouverture du bal, ce fut à la mère d'Annabella de jouer le rôle du père. Ce fut un moment particulier pour elle, bien que Roberta aurait préféré que son père soit celui qui danse avec elle. Alors que passait des images de son père sur un grand écran, Annabella ne put s'empêcher de fondre en larmes dans les bras de sa mère. « Ton père serait très fier de toi, sa petite aventurière s'est posée sur une terre et s'y est établie », avait-elle chuchoté à sa fille en lui caressant doucement le dos. Peu après, ses frères prirent le relais, laissant ensuite la place à Matthias car elle appartenait à une autre famille maintenant.

« Madame Annabella Ericka Ellison. Ça sonne bien non ? Tu sais depuis quand je le tourne dans ma tête ?
- Non, dis-moi ?
- Le fameux soir de notre réconciliation, pendant que je t'atten-

dais dans le bureau de Tony. En fait non, c'est depuis Husavik.
- Vraiment ? Humm ça sonne vraiment bien je trouve aussi. Tu m'avais vraiment énervé ce soir-là chez Tony et Lydia. D'ailleurs j'y pense, tu aurais vu Inna, elle était bien à la mairie tout à l'heure pourtant ? Elle a vraiment fait ce qu'elle nous a dit, elle n'est pas restée plus longtemps.
- Et non elle n'est pas restée plus longtemps, elle avait son vol pour les Etats-Unis, impossible d'annuler.
- Tu ne lui avait pas confié un projet qui ferait d'elle une associée ? Ou les choses ont changé ? Il me semble que vous avez célébré l'acquisition de ce projet, non ?
- Eh bien non, les choses ont changé. C'est Joon qui est notre consultant sur ce projet, ils vont devoir collaborer ensemble pendant un certain temps, ensuite ce sera fini pour Inna. C'est elle qui a voulu que les choses se passent ainsi et j'ai comme l'impression qu'on a pas fini d'entendre parler d'elle.
- Elle va travailler avec ton meilleur ami Kim Joon qui est assis à notre table actuellement !? Le célibataire le plus demandé de la soirée, que dis-je, depuis qu'il a mit les pieds sur le tarmac en Islande ? Celui qui refuse les avances de toutes les jeunes femmes ? Tu penses que ces deux-là pourront travailler ensemble sans qu'il n'y ait des étincelles ?
- Oh des étincelles il y en aura mais sache qu'étrangement il ne tarit pas d'éloges sur Inna, il l'apprécie beaucoup même. Par contre si tu veux en savoir plus, il va falloir que tu attendes parce que pour le moment je veux me concentrer sur toi et sur notre famille. C'est mon projet le plus précieux...

J'espère que vous retiendrez de ce roman que l'amour de Dieu a de multiples facettes à explorer. Elles nous inspirent à rêver grand dans l'imossible, à aimer malgré l'inadmissible et à aimer en croyant que tout est possible.

Inna Richard et Kim Joon, deux personnalités, deux cultures totalement différentes qui vont devoir collaborer sur un projet qui va les rapprocher et laisser place à une belle histoire. Pourra-t-elle ouvrir son cœur et se laisser apprivoiser par l'amour ? Et lui, saura-t-il réapprendre à aimer malgré le vide laissé par Christina, sa défunte femme ? Un peu de patience et je vous raconterai leur histoire dans un prochain volume.

Auto-édité par Shanah Jis
Mise en page et couverture par Léa Jéquier
Édition par Léa Jéquier et Lina Lukumbisa
Achevé d'imprimé en Octobre 2022
Imprimé en France

Contact : hashanahjis@gmail.com

ISBN: 978-2-9580457-0-8
Dépôt légal: Octobre 2022

Printed in Poland
by Amazon Fulfillment
Poland Sp. z o.o., Wrocław

13218462R00160